UN MOUTON
DANS LA BAIGNOIRE

Azouz Begag est né en 1957, à Villeurbanne, de parents algériens. Il est écrivain (auteur de nombreux romans et essais) et chercheur au CNRS. De 2005 à 2007, il a été ministre délégué à la Promotion de l'égalité des chances. Son roman, *Le Gone du Chaâba*, a été adapté au cinéma et a connu un succès de librairie considérable. Azouz Begag a été nommé chevalier de l'Ordre national du Mérite et chevalier de la Légion d'honneur.

Azouz Begag

UN MOUTON DANS LA BAIGNOIRE

Dans les coulisses du pouvoir

RÉCIT

Fayard

Cet ouvrage est paru aux éditions Fayard, en 2007,
sous le titre *Un mouton dans la baignoire*.

TEXTE INTÉGRAL

ISBN 978-2-7578-0724-8
(ISBN 978-2-213-63375-6, 1re publication)

© Librairie Arthème Fayard, 2007

Le Code de la propriété intellectuelle interdit les copies ou reproductions destinées à une utilisation collective. Toute représentation ou reproduction intégrale ou partielle faite par quelque procédé que ce soit, sans le consentement de l'auteur ou de ses ayants cause, est illicite et constitue une contrefaçon sanctionnée par les articles L. 335-2 et suivants du Code de la propriété intellectuelle.

*À la mémoire de mon frère Salah,
qui était si fier de me voir
dans mon nouveau costume de ministre.*

À la France du respect et de la tolérance.

« *On respecte ses règles (France),
c'est-à-dire qu'on n'est pas polygame,
on ne pratique pas l'excision sur ses filles,
on n'égorge pas le mouton dans son appartement
et on respecte les règles républicaines.* »

Nicolas Sarkozy

C'est un beau jour de printemps parisien. Nous sommes en l'an 2006. Je regarde ma main en train de signer un décret dans mon bureau de ministre de la Promotion de l'égalité des chances, derrière l'Assemblée nationale, rue Saint-Dominique… Dominique comme Dominique de Villepin, que j'ai croisé un jour de novembre 2003 à la foire du livre de Brive-la-Gaillarde où il venait recevoir un prix pour un recueil de poésies. Il était alors ministre des Affaires étrangères. Ce jour-là, ma vie a pris un virage en épingle à cheveux. Je me trouvais avec quelques amis écrivains dans une salle de réception où était offert le dîner de gala. J'étais assis entre Jacques Duquesne, avec qui j'avais noué une belle amitié, et son épouse corrézienne. Villepin était installé à la table officielle, à côté de sa jolie femme, entouré de plusieurs gens importants de la culture et de la politique. Tous les regards étaient tournés vers cet homme à l'élégance raffinée dont le discours du 14 février 2003, aux Nations unies, contre la guerre en Irak était resté gravé dans les cœurs et les esprits. Je fixais, admiratif, cet orateur qui m'avait donné pour la première fois de mon existence l'immense fierté d'être français. Je frissonnais d'avoir vu à la télévision les représentants des nations du monde se lever et applaudir la position courageuse qu'il venait d'exprimer. Je me souvenais avoir eu envie de sortir sur mon balcon et de crier : « On a gagné ! Oui, c'est ça, bravo, vive la France ! On est en finale ! » Envie de chanter à tue-tête *La Marseillaise*.

Depuis ce fameux discours, je trouvais le métier de diplomate très prestigieux et me disais, dans un rêve lointain, que j'aurais bien aimé être représentant de la France, un jour. Soudain, à peine cette pensée s'est-elle formée que le sort décide de me prendre au mot. Pas chiche ! Je me tourne vers Jacques Duquesne pour m'ouvrir à lui de ce désir secret qui trace en moi son chemin :

« Tu sais quoi, Jacques ? Je voudrais bien être ambassadeur de France. »

Sous forme de boutade, il me conseille illico d'aller présenter ma candidature au ministre des Affaires étrangères, puisqu'il est justement assis à quelques mètres de nous. « Ça va pas, non ? », je me braque en rougissant. Les collègues écrivains se mettent soudain à me presser de faire cette démarche insensée, histoire de tester mon audace. Ne sachant comment me sortir de cette grotesque situation, je retiens mon souffle, saisis un bout de serviette de papier qui traîne sur la table et écris : « J'aimerais bien être ambassadeur de France. Pouvez-vous me nommer quelque part dans le monde ? » Je ne sais pas pourquoi j'ai écrit « quelque part dans le monde », alors que ma pensée visait précisément l'Afrique, tant j'aime ce continent. À peine ai-je fini de rédiger ma missive que Mme Duquesne s'en empare, se détend comme un ressort et va la porter à Villepin. Interloqué, je la regarde se diriger vers la table d'honneur, se pencher sur l'épaule de mon *destin-à-terre* et lui passer ma bouteille à la mer ! Cette image, je la garde en première place dans les tiroirs de ma mémoire. À ce moment, un mouvement de plaques tectoniques se produit dans ma vie. Villepin saisit le bout de papier, le parcourt, m'adresse un sourire amusé. Je rougis de plus belle, fais un signe de la main pour le saluer. Quelques secondes plus tard, Mme Duquesne revient à ma table et me livre le verdict : « Il a dit OK, mais n'importe où sur une autre planète ! » Et tout le monde de rire autour de moi. L'affaire est bouclée, mon destin paraphé. Nous levons nos verres à la légèreté de la vie.

Le soir même, nous nous retrouvons au Château de Collette, le *Castel Novel,* à l'orée de Brive-la-Gaillarde, où nous sommes logés. Villepin est là aussi avec son épouse. Son garde du corps, Djamel, s'approche de moi en me tendant la main : « Je t'ai vu plusieurs fois à la télévision dans des émissions sur les banlieues, c'était bien… » Son sourire est discret, comme s'il cachait quelque surprise pour l'avenir. C'était en 2003, les Américains et leurs alliés entraient en guerre contre l'Irak pour détruire les armes de destruction massive dont Colin Powell était chargé de prouver l'existence, le 5 février – jour de mon anniversaire –, devant les caméras du monde entier. Les mots du discours flamboyant de Villepin aux Nations unies s'étaient dissous dans un alphabet mondial en miettes.

Jeudi 2 juin 2005. À 16 h 14, mon téléphone portable sonne. C'est Bruno Le Maire, le conseiller de Villepin, qui appelle. Il me lâche sur un ton solennel : « Azouz, bonjour, je te passe le Premier ministre. » En quelques mots, Villepin, sur un ton professoral, transforme ma vie : « Azouz, c'est Dominique. Je t'apporte des soucis : j'ai décidé de te nommer ministre délégué à la Promotion de l'égalité des chances. Tu seras directement rattaché à moi… À demain. » Et il raccroche.

Brusquement, sous la pression du destin, une porte s'est ouverte, un courant d'air a tout aspiré dans une sorte de dépressurisation de ma cabine, j'ai été transporté dans un accélérateur temporel, sans masque à oxygène. Les années se sont engouffrées par paquets derrière moi. Le temps de la jeunesse innocente s'est esquivé. Ne me sont restées que des odeurs de crottes de bique, de lait de chèvre, de la gomme dans mon cartable, du plastique qui recouvrait mes livres et mes cahiers, celle de l'intérieur de ma trousse, de la craie, des crayons à papier HB. J'entends mon père qui murmure à mon oreille avant de m'endormir : « Mon fils, l'*icoule* c'est bien pour gagner la vie. » L'*icoule*, c'était l'école où il n'avait jamais mis les pieds. Je ne sais plus exactement ce qui sort de ma bouche pendant ces deux minutes. Peut-être ai-je dit vaguement que je m'étais préparé à cette idée, que la veille des rumeurs m'étaient parvenues aux oreilles et que j'étais allé courir au jardin du Luxembourg pour évacuer le stress, sanglotant comme un nouveau-né. Pensant à mon défunt père, à ses parents, aux paysans de son village envoyés au front en 1917, aux autres, arrachés à leurs champs de blé sétifiens et tués à Monte Cassino. Les vies de tous mes ancêtres ont défilé en trois secondes pour une récapitulation générale. Ce que je vivais ressemblait à un remboursement de l'Histoire. Madame la France m'avait choisi pour régler ses dettes envers ces dizaines de milliers de paysans d'Afrique du Nord qu'elle avait envoyés à la mort sans billet de retour. Une seule phrase et je me retrouve tout bête dans ma solitude, dans le tumulte des murmures de mes ancêtres enfin heureux, dans mon appartement en train de suivre un match de tennis à Roland-Garros qui oppose une Française à une Russe. Cette histoire commence par du sport. Ce sera du sport jusqu'au bout.

Mon destin file entre mes doigts pour suivre son cours. Il joue avec mes nerfs : « Alors, bonhomme, tu voulais de l'harissa dans ta vie, tu en as assez avec ça ? Allez, vas-y, je te regarde faire ! » C'est vrai que j'ai toujours aimé les plats relevés, mais cette fois ce n'était pas du Cap Bon tunisien mais du Vindaloo indien, du mexicain, de l'antillais. Ça enflammait tout sur son passage.

*

Le soir, quand l'annonce officielle est faite par le secrétaire général sur le perron de l'Élysée devant les télévisions et les radios, quand le nom de famille de mon père, Begag, de Sétif, Algérie, débarque dans l'histoire de France, mon téléphone commence à exploser. Cela va si vite que je ne réponds que trois mots à mes amis dont je lis le nom sur mon portable, je raccroche pour en prendre un autre, je n'arrive pas à faire de la place dans la mémoire qui sature au fil des secondes. J'essaie de partager ces moments avec mes amis, de leur dire mes impressions à chaud tandis que le téléphone brûle dans mes doigts, tant les appels sont nombreux et la batterie insuffisante. Comme celle de mon cœur. Journalistes, parents, camarades d'enfance, amis nouveaux, gens croisés aux hasards des chemins de la vie, correspondants de l'étranger, Los Angeles, Alger, Le Caire, Bamako, mes enfants…, je ne sais que dire à chacun. Un mot revient à chaque fin de phrase sur mes lèvres : « Mektoub. » Tout cela était écrit, pour l'écrivain que je suis. Tout ça grâce à l'*icoule* !

*

Le soir même, je me rends chez Jean-Philippe qui m'a invité à dîner dans le Marais. Je me dis qu'il ne faut surtout pas modifier mes habitudes, changer mes plans de vie. Au contraire, je dois rester dans mes vieilles baskets pour sortir indemne de cette aventure en restant lucide. Mais le téléphone n'arrête pas de brûler. Les minutes que je vis sont historiques. Je ris aux éclats, je ne sais quoi faire d'autre. C'est la première fois dans l'histoire de ce pays qu'un Français issu de l'immigration maghrébine est nommé ministre d'un gouvernement. Sous Jean-Pierre Raffarin, Tokia Saïfi n'était que secrétaire d'État. Je suis fils de pauvre, élevé dans un bidonville, nourri au couscous trempé dans du lait de chèvre, et j'accède à des fonctions suprêmes ! De quoi passer une nuit blanche.

Au-dessus de ma tête, tous mes ancêtres faisaient la fête sur le mont Djurdjura. J'entendais le tintamarre des derboukas et les youyous des femmes. C'était fascinant. Effrayant aussi, car je savais bien ce qui me

tombait dans les mains : « Je t'apporte des soucis... »
Il ne s'agissait pas de se vautrer dans le lit de la notoriété et de jouir de ce maroquin. Il fallait aller au charbon, prendre des risques avec mon propre destin, déplacer les frontières. La peur et l'angoisse de mal faire ont tout de suite pris position dans mon cerveau.

Le lendemain, premier Conseil des ministres. Une voiture officielle, la mienne désormais, vient me prendre chez moi. Je fais connaissance avec mon chauffeur et mon officier de sécurité qui seront mes compagnons de route jusqu'au bout de la mission. Je roule pour la première fois en voiture ministérielle dans les rues de Paris. Direction : palais de l'Élysée. Je rêve ? Dans ce palais que je n'ai vu jusque-là qu'en photo, j'entre par la grande porte dans ma voiture de fonction. Je ris encore à pleines dents, tellement je n'y crois pas. Mes yeux découvrent avec stupéfaction les personnels d'accueil, tout le faste du palais. À pas de loup, je me faufile comme un enfant dans *Les Mille et Une Nuits*. J'essaie de cacher mon angoisse. Je tremble comme une feuille. Je salue des ministres dont je connais la tête par la télévision. Puis on installe les nouveaux promus du gouvernement dans une antichambre pour les présenter au président de la République avant le début du Conseil. Je vois Sarkozy en chair et en os. Il vient soutenir ses amis Brice Hortefeux et Christian Estrosi. Il y a aussi Catherine Colonna, Christine Lagarde, nouvelle recrue de la société civile, comme moi, venue d'un cabinet d'affaires de Chicago. Tous les autres ministres semblent se retrouver comme à la rentrée des classes. Adossé à un mur, Sarko me fait un coup d'œil complice, sourire au coin des lèvres, pour me souhaiter bonne chance dans ce monde broussailleux. C'est la première fois que je vois ce personnage en vrai. Il est petit de taille. Je remarque sa veste trop grande pour lui, ses épaules carrées, sa poitrine musclée. Sa présence pèse lourd dans l'espace de cette antichambre. Il en émane une drôle d'énergie.

Autour de la table ovale, je suis assis entre Brigitte Girardin et François Baroin. Juste avant que ne commence ce premier Conseil, on laisse entrer des dizaines de photographes et de cameramen pour filmer les membres du gouvernement Villepin. Ils s'engouffrent d'abord par la gauche. Je vois tous mes collègues tourner la tête vers les flashes. Moi, je n'ose pas faire comme eux. Puis on laisse pénétrer la deuxième cohorte par la droite. Je vois encore les têtes de mes collègues se tourner et poser pour la photo de famille. Ministre, flashes, caméras : première leçon d'association de mots.

À la sortie du Conseil, je suis déjà sonné par tous ces événements, tellement ça va vite. Puis nous faisons une photo souvenir sur les marches du palais, côté jardin. Ensuite, c'est fini. Il faut partir. Proche de l'évanouissement, à la sortie du palais, je me retrouve face à des dizaines de journalistes qui me tendent des micros et des caméras et me demandent mes premières impressions de ministre. Je parle de mes ancêtres, je dis que j'ai pensé très fort à mon père, mort trois ans auparavant à Lyon, analphabète, non francophone, et que, assis sur une étoile, il devait me voir en train de sortir du palais de l'Élysée, ce jour de juin. Lui aussi devait verser une larme de joie.

*

Mon portable me brûle les doigts. Il ne désemplit pas. Il vibre de tous ses pores. On m'appelle encore de partout. J'entre dans une ère de grandes turbulences. Je pense à ce moment-là à Jacques Duquesne et à sa femme, mes passeurs d'un soir, à Brive. Et bien sûr, quand ma première nuit ministérielle tombe, je ne trouve pas le sommeil. Première nuit blanche.

Le lendemain, à bord de ma voiture officielle, je me rends à Matignon pour parler au Premier ministre et à mes amis Nathalie, Véronique, Franck, Wladimir, que j'ai connus lors de mon rapport sur la diversité dans la police nationale. Ils m'embrassent pour me féliciter. J'écoute le conseiller spécial du Premier ministre m'expliquer qu'il faut désormais s'exprimer avec prudence dans les médias. Il me rappelle qu'il y a des ministres qui ne sont restés en poste que quinze jours pour cause de grosse boulette proférée d'entrée de jeu. Je comprends que je dois apprendre à être un autre Azouz, tout en essayant de rester le même jusqu'à la fin de ma vie. Il faut même que je me méfie de moi plus que des autres.

Matignon : c'est la première fois que je mets les pieds dans cet hôtel de la rue de Varenne. Soudain, Villepin entre dans le bureau. Il est en bras de chemise. Il fait déjà très chaud en ce mois de juin. Il m'embrasse fraternellement. Aussitôt, avec Bruno Le Maire, ils évoquent la composition de mon équipe. J'entends que le directeur de cabinet est la personne clef d'un ministère. Ils citent des noms devant moi. Villepin prend lui-même le téléphone pour appeler une certaine Laurence, une femme hors pair, me dit-il, qui travaille dans un autre ministère. Elle refuse gentiment, l'égalité des chances n'est pas sa spécialité et elle a un autre plan de vie. Dommage pour moi. Heure après heure, tout s'emballe autour de moi. Je trouve un chef de cabinet qui m'a spontanément offert ses services. Il connaît bien le métier pour avoir été longtemps conseiller de ministre. Il connaît aussi les parlementaires, un atout essentiel. J'ai de la chance. Mais je vois déjà un souci poindre à l'horizon : je ne suis pas un politique au sens précis du terme. Je n'ai pas l'esprit formaté pour le pouvoir. Je n'ai jamais aimé commander personne, ni imposer mon point de vue. Et j'ai toujours pensé que le doute était la force suprême des sages. Mais j'ai dit oui, il est trop tard pour réfléchir, il faut que je m'agrippe au bastingage. Ça va secouer ! Tu voulais de l'harissa dans ton pain quotidien ? En voilà, mon Zouzou !

Quelques jours passent en rafale devant mes yeux. Je m'achète deux costumes bleus de ministre. Des cravates en couleur, des chemises blanches aussi, je n'en avais pas. Mon téléphone se refroidit un peu, passé l'effet de surprise. Une routine s'installe. Un faux plat, en réalité, car je commence à sentir que les choses traînent en longueur et que j'ai intérêt à me débrouiller seul pour composer mon cabinet, même si je ne sais pas ce que c'est.

Je suis seul dans la cage. Le départ a été donné, le Premier ministre et ses conseillers se sont lancés au galop dans leur course, moi je suis resté sur la ligne, je n'ai pas entendu le signal du départ. Je tourne autour de moi-même. Je ne sais même pas que c'est une course. Une course de quoi ? Où va-t-on ? La tête me tourne. J'ai fini par comprendre : je suis en cellule. Je suis devenu un atome. On m'a jeté dans l'arène, et ciao pantin ! Ma cravate commence à m'étrangler.

Les heures passent. Ou peut-être les jours. Ou encore les semaines, je ne vois même plus la différence. Les nuits sont des jours et les jours je suis dans le noir. J'appelle à l'aide mes ancêtres. Hélas, ils se sont retirés dans leur éternité au-delà du temps. La fête à la derbouka est terminée. Les cotillons se sont évanouis dans les galaxies. Chacun est retourné dans son pré de silence éternel. On m'a marié avec ma destinée et passé les clés de mon chemin : à moi de jouer. Nous sommes en juin. Les cerisiers ont les branches lourdes. Ils attendent avec impatience que les hommes et les oiseaux viennent se servir pour les soulager. La chaleur est étouffante. J'ai froid. J'ai peur d'avancer seul. J'essaie de joindre mon père dans les étoiles, ça sonne dans le vide. Il n'y a plus d'abonnés au numéro que vous avez demandé. Je suis enceint d'une drôle de chose à l'estomac.

*

Je marche à côté de mes chaussures. Maintenant, je me vois à l'Assemblée nationale où je suis assis au banc des ministres, en bas de l'hémicycle, pour le discours de politique générale de Villepin. Première fois de ma vie que je mets les pieds dans ce lieu mythique. J'ai l'impression de m'introduire derrière la télévision, tout à coup, tant j'ai toujours vu ce bâtiment sur mon petit écran. Je ne suis plus un spectateur mais un intrus dans le décor. Je suis de l'autre côté. Je regarde avec mes petits yeux ronds ces députés et ces anciens ministres dont je reconnais les visages « vus à la télé » : Balladur, Bayrou, Hollande, Méhaignerie, Emmanuelli, Dubernard-le-Lyonnais… Quelques-uns viennent me féliciter. Je suis assis au banc des ministres, juste en face du perchoir où trône Jean-Louis Debré. Je suis heureux d'être là, en direct dans l'Histoire de France.

Juste avant de monter à la tribune pour prendre la parole, Villepin passe devant moi, assis à mon banc, et pose la main sur ma tête pour m'encourager et nous porter bonheur à tous deux. C'est cette photo que le journal *Le Monde* reprendra pour illustrer, en janvier 2006, en pleine page, mes difficultés existentielles en politique. Présentée ainsi, elle est méprisante, paternaliste, elle fait l'homme blanc qui couvre de sa main dominatrice le petit bicot. Alors qu'il s'agissait d'un geste de fraternité. Un journaliste du *Monde* me demandera un jour si je connais d'autres ministres à qui le chef du gouvernement aurait adressé un geste pareil. Choqué, je n'ai pas su quoi répondre. On me surveille dans mes moindres mouvements. Au moment où le Premier ministre monte à la tribune, je repense à notre rencontre de Brive. Incroyable destin : tu y es, mon petit, serre les dents ! Dominant l'Assemblée, il se lance comme aux Nations unies. Et aussitôt une bronca monte de l'hémicycle. Je me retourne, hébété. Pendant que Villepin lit son texte, dans les rangs des partis communiste et socialiste, et même à l'UDF, on hurle à tue-tête. Je me dis : mais qu'est-ce qui a déclenché pareille colère ? Je n'en crois pas mes yeux ni mes oreilles. Je ne cesse de me retourner pour repérer qui vocifère, j'entends une voix d'ours dans mon dos, des grognements : ah, c'est le député Emmanuelli. Abasourdi, je suis assis à cinq mètres de Villepin et je n'entends pas ce qu'il dit à cause du tumulte qui monte de tout le côté gauche. « Galouzeau, arrête ! » crie un député communiste en souriant. C'est donc ça, la démocratie ? me dis-je ; empêcher l'autre de s'exprimer, tout faire pour le déstabiliser ? Ça commence bien ! En regardant Villepin encaisser ces violences verbales tout en déroulant son texte, je comprends combien ce métier est dur, cruel et dangereux. Je me souviens des mêmes agressions subies par Édith Cresson, première femme à Matignon. Mes yeux d'enfant sont déjà ridés.

D'heure en heure, pas à pas, je découvre mon nouveau monde. Comment fonctionne un Conseil des ministres, qui peut prendre la parole, et quand. Mon ignorance est accablante. Ici tout est codé, formalisé, préparé, décidé. Je me pince à chaque fois que je réalise qu'on m'a balancé dans cette fosse aux ours sans formation ni préparation. On m'a fait confiance, c'est tout. Mais je ne sais pas faire ministre, je n'ai aucune idée du métier. Des collaborateurs chevronnés pourraient m'aider à faire mes apprentissages, mais j'ai encore ce problème sur les bras : il me faut choisir des conseillers. Sur mon bureau, je vois passer des dizaines de CV que j'examine toute la journée, impuissant, ou bien que je ne lis pas. Je ne sais quoi en penser. On me recommande des candidats, on vient me vendre des savoir-faire, des plans, des outils pour communiquer. Je suis embrouillé. J'ai envie de me sauver en courant dans la ville, de jeter mon costume bleu à la mer, d'arracher ma cravate pour libérer mon cou. Je me sens poisseux, englué.

*

On m'a trouvé un directeur de cabinet pour quelques mois, avant sa nomination au poste de préfet en septembre : Michel Lebois. Il a l'accent du Sud. C'est un homme charmant, discret, d'une belle intelligence. Il me conseille de choisir des candidats avec qui je me sente bien, avec qui j'aie des atomes crochus, c'est tout. Il n'y a pas de menu pour ce travail, c'est juste une question de feeling. Mais, hélas, j'ai des atomes crochus avec tous. La pression monte, je ne sais plus où donner de la tête, j'appelle Matignon, en vain, car à Matignon ils ont d'autres lions à fouetter que de faire mon éducation de ministre. Me voici dans de beaux draps ! Je ne dors plus. Chaque matin, je me réveille en sursaut, je regarde l'horloge : 3 h 12 ! Je suis en nage. Je n'ai jamais été aussi fatigué de ma vie. Une lassitude venue des profondeurs de l'âme, alors que rien n'a encore vraiment commencé.

Nous sommes en juillet, je crois. Je suis bousculé par Brigitte qui a préparé des vacances en Indonésie et vient d'apprendre que les ministres ne peuvent pas partir à plus de trois heures de Paris pour cause de canicule l'année passée. Elle avait, depuis des mois, tout ficelé, minutieusement. Elle avait tant rêvé de ce voyage. Elle ne veut pas se résigner. Elle insiste : « Dis-leur que tu seras joignable vingt-quatre heures sur vingt-quatre ! Dis-leur que l'on part quinze jours seulement ! » Elle appelle mon chef de cabinet. Puis mon directeur de cabinet. J'espère qu'elle ne va pas chercher à joindre le Premier ministre ni Chirac ! Elle n'a pas mesuré l'ampleur de la vague qui vient de me happer pour me jeter dans un autre espace-temps. Je ne lui ai pas dit qu'avant de partir en vacances d'été, le Président a rappelé en Conseil des ministres que nous étions malléables et corvéables à merci, au service des Français, naturellement. Nous n'avons pas de gratifications à recevoir ni à attendre.

Il faut que je me fasse une raison : c'est une nouvelle existence au service des autres que j'ai endossée avec mon costume bleu ciel. Toute ma vie je me souviendrai de mon 2 juin 2005. Je suis nuit et jour le représentant de l'État. De son autorité. C'est un énorme pouvoir. J'ai peur. Au premier faux pas on ne me ratera pas, je le sais. Pour beaucoup, je suis un ministre arabe et le ministre des Arabes. Une cible ! Sur Internet, le site Proche-Orient infos m'a violemment attaqué en prétendant que je suis l'ami de Dieudonné, et membre d'Euro-Palestine, un mouvement de jeunes des banlieues qui avait présenté un programme et des candidats aux dernières élections européennes. C'est faux. On me tire dessus à boulets noirs et rouges. Ça commence par des juifs extrémistes qui, sans me connaître, m'agressent parce que je suis arabe et, pensent-ils, antijuif. Ça continue avec les fachos du FN, puis ceux de la Vox Dei, puis enfin ceux des musulmans de Umma.com qui mettent en ligne une dizaine de pages sur Internet sous le titre : « À quoi sert Azouz Begag ? » J'espère qu'on ne va pas lancer une fatwa contre moi. Mes ancêtres m'ont fourgué dans un drôle de destin.

Les jours passent. La chaleur monte. Je ne supporte plus mes chemises et mes cravates, elles m'étranglent de plus en plus. Leurs nœuds se resserrent. J'ai l'impression de gonfler. J'ai mal au ventre, une grosse pierre a grandi en moi comme un calcul. Elle fait mal.

Mon directeur de cabinet m'a annoncé que je n'ai de tutelle politique sur aucune administration. Pas de budget propre. Pas de moyens. Je suis rattaché à Matignon, c'est tout. Pour le reste, on verra plus tard. Ok, dis-je, on verra plus tard, après les vacances. Je suis confiant.

C'est la libération estivale. Les week-ends, je fuis Paris pour reprendre ma respiration et casser ma pierre. Je me retrouve dans un avion qui m'emmène à la mer pour trois jours. Je suis installé au premier rang. Soudain monte à bord un collègue du gouvernement. Surpris et heureux, je lui propose de s'installer à mes côtés. Il dit non brutalement, prétextant que quelqu'un risque de s'installer sur le siège à ma droite. Je comprends qu'il ne veut pas s'embêter la vie avec un ministre qu'il ne connaît pas encore et avec qui il n'a aucune envie de converser. Je me sens étranger, comme un nouveau dans la classe, à qui personne ne désire parler. L'hôtesse en rajoute en lui proposant de nous rassembler. Il redit non et reste collé à son portable pour simuler une intense activité cérébrale. Je fais le voyage en essayant d'éviter son regard. À l'arrivée, son père l'attend. Il me présente comme le secrétaire d'État à l'intégration. Heureusement, il n'a pas dit l'immigration. Il n'a donc pas compris ce que je fais dans ce gouvernement. Je suis *ministre* de la Promotion de l'égalité des chances. L'intégration, c'est un autre. Je suis arabe, mais je ne m'occupe pas d'intégration, ça, c'est pour les étrangers, pas pour les millions d'enfants d'immigrés comme moi qui rêvent d'égalité avec leurs compatriotes depuis une génération.

Je garde ma ceinture de sécurité attachée durant tout le voyage, même avec mes collègues. Le combat commence en interne. Avec certains, je sais qu'il est même perdu d'avance. Ils ne m'aiment pas. Il y a partout des sourires, des sourires toujours. C'est la règle d'or dans la cage. Villepin m'a dit que les gens sensibles, qui ont des valeurs, sont, hélas pour eux, capables de perdre leur sang-froid, de s'énerver, de sortir de leurs gonds et de commettre des fautes, tandis que les cyniques restent en général maîtres d'eux-mêmes. Leur estomac ne reçoit aucune secousse. Ils n'ont pas d'amour-propre, pas d'orgueil, ils avalent tout : les couleuvres, les rats, les ortolans ; leur objectif est le pouvoir et sa conservation. Je dois enregistrer et greffer cette information, la garder comme un clip devant mes yeux.

*

J'ai passé les vacances les plus agitées de ma vie. Je n'ai pas pu me reposer. J'étais contracté, j'avais des soubresauts. Je me suis aperçu que personne ne connaissait le ministre de l'égalité des chances. Un inconnu sur la plage, un Lyonnais en congé, m'a demandé : « Cé koi, l'égalité des chances ? » Il parlait en texto. « C'est pour l'intégration des rebeux et des kéblas ? » Il a insisté. Pour bloquer le débat qui démarrait, j'ai dit oui, mais qu'il y avait aussi les *meufs* dans la cible. Je voulais ajouter les personnes handicapées, mais je ne savais pas le dire en texto.

La pierre dans mon ventre n'a pas voulu prendre le moindre jour de congé. Elle laboure mes intérieurs sans ménagements. De retour fin août à Paris, en entrant au ministère, je manque de tomber par terre. Mon bureau Louis XVI a disparu ! Enseveli. Il est noyé sous des espèces de classeurs que ma secrétaire nomme « des parapheurs ». J'apprends le vocabulaire technique du parfait ministre intégré. Ces classeurs contiennent des centaines de lettres qui se sont accumulées durant l'été et que je dois signer. Devant l'ampleur de la tâche, je demande à ma secrétaire d'en signer quelques-unes à ma place, mais elle sourit, elle n'a jamais entendu un ministre lui faire ce genre de suggestion. C'est ma main qui doit parapher, aucune autre. Répondre à tous ces gens de France me prendra des semaines. Mon directeur de cabinet me confirme que ce geste est important : « C'est une façon de vous faire connaître. Pour beaucoup de citoyens, recevoir une lettre signée d'un ministre est rare. » Alors je signe. Des heures durant. Des semaines durant. Quelquefois en oubliant de lire une missive. Parfois, quand mon poignet est endolori, j'en lis une au hasard. Et cela ne rate pas, je déprime : c'est une lettre de souffrance. J'en ouvre une autre : une demande de papier français. Une autre encore : demande d'emploi, de logement, plainte pour discrimination… Je n'en peux plus. Mon cœur n'est pas assez bien arrimé pour entendre cette *sous-France* qui attend son égalité des chances. Parfois, emporté par l'émotion, je prends mon téléphone et compose moi-même des numéros de gens anonymes dont je viens de lire la lettre à la mer. Un père de famille pleure, son fils n'a pas pu réussir son examen oral à cause d'un bec-de-lièvre : c'est en tout cas ce que l'examinateur de l'Éducation nationale a écrit sur le papier. Le père n'en revient pas que le ministre l'appelle sur son téléphone privé. Je lui confirme que je m'occupe personnellement de son affaire, tant elle m'a ému. Il remercie, la voix frissonnante.

Mon cabinet, à moitié composé, se met en marche. Oubliés de l'égalité des chances, me voici ! Je croule sous les appels personnels de tous ceux qui me voient comme leur planche de salut. Mon directeur de cabinet me conseille vite de me débarrasser de mon portable privé sur lequel continuent de me joindre des centaines d'amis, amis d'amis, cousins, cousins de cousins, voisins et voisines. Je dis non, catégoriquement : je ne veux pas me déconnecter de ma vraie vie. Je veux rester branché, durant tout mon temps de ministre, avec le vrai Azouz. Je garde deux téléphones : le politique et celui de ma France réelle. Cela me fait un double temps de travail, mais je vais tenir le coup.

Petit à petit, les choses s'organisent. J'entre dans le costume. Les cravates relâchent leur étreinte. On me refile un bon conseil : « Il ne faut plus parler aux journalistes en tant que sociologue ou fils des banlieues et d'immigrés, mais en homme d'action, membre d'un gouvernement. » Un autre, encore : avec mes costumes bleus tout neufs, je ferais mieux de m'acheter des chaussures neuves, parce que les miennes datent de mon autre vie. Je m'exécute. Je me paie une paire en harmonie avec les costumes, à plusieurs centaines d'euros. J'ignorais que ça coûtait aussi cher, des godasses de ministre, j'aurais pu m'en payer quatre paires de mon ancienne vie, avec ce que m'ont coûté ces dernières. J'apprends aussi, en mimant mes collègues, à marcher bien droit. Redresser la tête pour avoir l'air de savoir où l'on met les pieds. Devant le miroir, je fais des exercices de marche ministérielle pour que les gens aient l'impression que je vais vers l'avenir. Il faut qu'ils me fassent confiance. Pas mal, mon Zouzou. J'apprends à croiser des personnes d'un genre nouveau que j'appelle les « rongeurs », qui ne sont intéressées que par ma fonction. J'apprends la guerre idéologique, aussi. Des militants de gauche m'interceptent dans la rue, dans les réunions publiques, et m'insultent : « Qu'est-ce que tu fous dans un gouvernement de droite avec Sarkozy ? » Ils sont malades de mon engagement. Moi l'écrivain, l'artiste, l'homme libre, je leur dis que la gauche n'a rien fait depuis vingt-cinq ans pour la diversité, pour les banlieues, je ne pardonnerai jamais cette trahison, mais les militants socialistes s'en foutent des minorités en politique. Ils me hurlent dans les oreilles que mon gouvernement alimente la précarité. Je leur parle de diversité, ils me répondent précarité ! Ils n'ont que ce mot-là à la bouche ! Or la vraie précarité, ce sont les Indiens d'Inde, les Chinois des campagnes, les Brésiliens des favelas qui la subissent comme un tsunami chaque matin à leur réveil, pas nous, les Français. Nous, nous vivons dans le meilleur pays du monde : il faut inoculer cette vérité dans la tête des gens à longueur de journée. On ne meurt pas de faim en France. On peut se faire soigner quand on n'a pas de sous, en France. On ne crève pas sur le trottoir des villes, en France. Il y a toujours des mains tendues, en France. Partout, par tous, pour tous. Quand je dis des choses comme ça en public, on me félicite pour mon courage politique. Ça, du courage ? Du bon sens, oui. Mais plus j'ai du courage, plus les armées ennemies se renforcent. Je m'entraîne seul à résister aux attaques personnelles. On me souille chaque jour. Dans les couloirs, j'entends que je suis un Arabe de service, vendu au diable capitaliste, le supplétif de la droite. Je m'énerve parfois : « Citez-moi un beur député de gauche ! Un Noir ! », je balance aux récalcitrants du Parti socialiste. « Un Noir, allez, cherchez ! Même un petit ! » Le constat est implacable. « En vingt-cinq ans, vous n'en avez pas trouvé un seul ? C'est cela, votre intégration ? Alors laissez-moi travailler avec Villepin. Mon engagement, c'est votre trahison. » Je gagne tranquillement le combat grâce à l'histoire réelle, qui est là comme la ligne d'horizon vue du bord de mer, à Deauville, visible par tous. Personne ne peut la nier. Elle est sous nos yeux. Pas un Arabe, pas un Noir dans les rangs des députés socialistes ou communistes en 2006. Quant aux femmes, je n'en parle pas, elles sont souvent la dernière roue de la charrette. Qui croit encore qu'il y a les « genbiens » d'un côté et les méchants de l'autre ?

Maintenant je marche en surveillant mes avants et mes arrières. Des journalistes me traquent. Au moindre dérapage, ils feront un méchoui de mon innocence. Je suis leur agneau dans le gouvernement. Ma viande est fraîche. Après lynchage, son goût doit être sublime pour beaucoup. J'aurais des pages entières de commentaires dans leurs journaux. Alors je branche la sonnerie de mon téléphone portable toutes les heures pour me rappeler ce mot d'ordre : « Sois parano ! » C'est ma défense immunitaire.

Plusieurs semaines après ma nomination, je suis toujours en quête de conseillers. Un jour, je reçois une femme candidate à un poste d'attachée parlementaire. La cinquantaine. Elle m'a été recommandée par un ancien secrétaire d'État. Quand elle entre dans mon bureau, elle a l'air en retrait, sur le qui-vive, tout son corps va de l'arrière. Il y a quelque chose dans son regard qui freine ses pas, une grosse crainte, je le sens. On m'a dit qu'elle était expérimentée, discrète. Je n'ai pas le choix. Après avoir parlé avec elle quelques minutes, je lui annonce : « Vous commencez demain. » Bizarrement, elle ne saute pas de joie. Au contraire, elle prend ma décision avec détachement, l'oreille basse. Je la raccompagne à la porte. « À demain ? »

Le lendemain elle n'est pas là. Les jours suivants non plus. En fait, elle ne donnera plus jamais signe de vie. Je l'appelle sur son portable, il n'y a même pas de message de répondeur, juste un bip qui signale que « vous pouvez parler maintenant si vous le voulez bien ». Un jour de septembre, à mon grand étonnement, je la retrouve aux Journées parlementaires de l'UMP, à Évian, et j'apprends qu'elle travaille pour mon collègue des Anciens Combattants. Je ne dis rien. Elle a toujours l'air aussi perdue, avec son regard en fuite perpétuelle. Je me dis que chaque individu a droit à sa part d'étrangeté. Quelques jours plus tard, une information grave est publiée dans la presse : la fille en question est la petite-nièce de Maurice Papon ! Mon collègue Hamlaoui est dans l'embarras, puis dans la tourmente, et au bout de quelques jours de polémique il est contraint de s'en débarrasser. « Une discrimination honteuse, hurle-t-on dans certains médias, ce n'est pas parce qu'elle est de la famille de Papon qu'elle doit le payer toute sa vie ! » Mon collègue est maintenant dans l'œil du cyclone. Retranché dans mon bureau, une question me taraude l'esprit : pourquoi est-elle venue d'abord chez moi pour postuler et pourquoi a-t-elle mystérieusement décliné mon offre ? Je la rappelle sur son portable. Rien. Cette fois, je laisse un message la priant de me dire la vérité, j'ai besoin de savoir qui me l'a recommandée. Aucune réponse ne me parviendra. Je ne saurai jamais pourquoi elle a échoué chez Mékachéra. Le doute est dans mon esprit : nous sommes les deux seuls Arabes du gouvernement. La prochaine fois, je vérifierai moi-même le pedigree de chaque candidat au poste de conseiller.

Coïncidence, au moment où je baigne dans la paranoïa, je reçois un texto d'un jeune que j'ai rencontré dans mon autre vie à La Courneuve : « Vous êtes trop vrai pour faire de la politique. Sincèrement. » Du haut de son immeuble de la banlieue parisienne, il suit ma route à la jumelle, comme des milliers de personnes qui doivent s'identifier à moi. Il veut dire que je devrais laisser ce sale boulot aux lions qui sont dans la cage depuis des générations. Il a tort. Je dois rester. Ouvrir les portes. J'ai toujours du mal à me comporter en ministre, je le paie cher. J'aimerais qu'on m'aide ; malheureusement, c'est en solitaire qu'on doit faire cet apprentissage. Mes chaussures noires le savent bien, maintenant, à l'occasion des sorties officielles parmi les foules qui se forment autour du Premier ministre et où on me bouscule comme un chien, on me prend pour un agent de sécurité ou un simple badaud en costume bleu nuit. Un Arabe aussi près de Villepin, ça ressemble plus à un garde du corps qu'à un ministre ! Les gens qui ne m'ont jamais vu ne peuvent pas imaginer. Je ris et je pleure. Dans le sillage de Villepin, au Havre, je me fais heurter par une horde de journalistes, députés, élus locaux, des gens qui veulent être pris en photo au côté du Premier ministre. Alors, blessé dans mon amour-propre, je laisse tomber, dans ma tête je leur dis : « Allez-y, marchez sur mes chaussures neuves, vous ne pouvez pas savoir le prix qu'elles m'ont coûté ! » Oui, qu'ils m'écrasent, je le mérite. Qu'ils m'humilient jusqu'à la lie. J'ai ce que je voulais. J'ai cru un instant que j'étais ministre. Alors je décroche, je me fais un virage en épingle à cheveux, j'ai l'habitude de la manœuvre maintenant. Ni vu ni connu, je me mets sur le bas-côté, je laisse s'engouffrer les gnous dans le sillage du chef et je vais m'asseoir sur le rebord d'un trottoir dans cette grande rue du Havre. Mon officier de sécurité est embêté. Je ne veux plus bouger. Un vieil homme du coin, tout droit sorti d'une nouvelle de Maupassant, passe devant moi et me demande : « Qu'est-ce qui se passe ici ? Y a quelqu'un d'important ? » Je dis oui, le Premier ministre. Il fait : « Ah. Eh bé, dis donc ! » Il me fait un scanner, pendant quelques secondes, l'air de dire : il est quand même bien sapé, cet homme, pour se poser ainsi sur le trottoir, mais il poursuit sa route sans plus de commentaires. Personne n'a remarqué mon absence. Ni ma présence. Si cela ne tenait qu'à moi, je rentrerais à Paris à pied, sous la pluie, puis à Lyon à travers champs. Aujourd'hui, j'ai ma dose. Je me redresse : « Allez-y, foulez-moi aux pieds, je suis prêt, mesdames et messieurs. » Le vieil homme se retourne et me fixe dans les yeux : « T'aurais pas une clope, s'il te plaît ? » Je ne fume pas. Je fulmine.

Une petite brise marine passe par là, me caresse le visage, et je me calme. Mon officier de sécurité me tend la main pour me raccrocher au wagon. Je m'y agrippe et réintègre la marche. Un ministre ne peut pas rester cassé à bouder comme une sauterelle sur le trottoir d'une ville qui n'est même pas la sienne. Les conseillers du Premier ministre me suggèrent de m'adapter, la prochaine fois. Je bois un verre et avale d'un coup la couleuvre qui passait son chemin à travers mon destin.

Mais la fois suivante, rien à faire, je suis de nouveau pris au piège. Le carambolage va plus loin. J'entends mes chaussures neuves gémir. Pauvres godasses qui pensaient se la couler douce elles aussi, elles sont les premières à se faire écraser ! Avec les représentants de l'armée, Michèle Alliot-Marie et Jean-Louis Borloo, nous attendons le Premier ministre avec qui nous devons inaugurer un centre « Insertion Défense Deuxième Chance » pour jeunes. Dès qu'il sort de sa voiture et au moment où il arrive vers nous, je reçois une énorme poussée d'Archimède et je me retrouve illico dégagé en touche, pire qu'un ballon de rugby crevé sur un trottoir du Havre. Béat, je regarde les maires, élus, militaires et journalistes s'engouffrer dans le sillage de Villepin. Je me suis fait écarter sous les yeux de mon officier de sécurité qui est encore plus désemparé que moi. Tranquillement, après avoir essuyé mes chaussures, je décide de rentrer dans la salle. Lorsque je pointe ma bobinette, je constate qu'au premier rang toutes les places sont occupées et la salle comble. De part et d'autre du Premier ministre, Alliot-Marie et Borloo sont bien calés sur leur fauteuil au milieu d'une forêt de visages de gens importants, scotchés aux flashes des appareils photo et des caméras. Et moi, comme un pauvre ministre sans portefeuille, je suis debout dans la foule, avec mes yeux rouges et mes babouches qui n'ont plus aucune valeur à l'argus du marché aux puces, pauvre ministre de l'égalité des chances sans siège, dépourvu de crampons à ses semelles, sans ongles acérés. Aussitôt, les conseillers du Premier ministre se rendent compte de la bavure et s'affairent pour me frayer un espace derrière les officiels. Je boude : non, je ne peux pas m'installer n'importe où ! C'est trop tard, j'ai ma fierté, messieurs, c'est aux côtés de mes collègues, ou rien du tout ! Ils insistent, tout en murmures : « Monsieur le Ministre, pas de scandale… » Mais je suis vexé à mort, j'ai de l'orgueil à revendre, moi fils de montagnard du Djurdjura. Je reste debout sur mes hauteurs, pour bien montrer mon mépris à tous ces importants qui ont bafoué mes chaussures à trois cents euros. Ils me supplient : « Monsieur le Ministre, s'il vous plaît… » Je reste ferme : non ! Je vois bien que les pauvres conseillers sont embêtés par ma réaction de banlieusard susceptible. M'en fous.

Le cortège reprend sa marche chaotique dans le centre d'insertion, dirigé de pied ferme par la ministre de la Défense. Je reste à l'écart. Les conseillers essaient de me tirer vers la tête du cortège, devant les caméras : non, pas de passe-droit, dis-je ironiquement. Plus tard, informé, c'est le Premier ministre lui-même qui me demande de marcher à ses côtés pour être sur scène, j'accepte, histoire de ne pas faire le lourd. « Faut que tu t'imposes », me dit-on à l'oreille. J'essaie de sourire aux caméras braquées sur nous. « Oui, faut que je m'impose », je me dis. Je dois me faire connaître, si je veux me faire reconnaître par la foule. En attendant, mes chaussures paient le prix fort de mon anonymat. Quand elles vont parler, elles en auront des choses à raconter à leurs enfants de cuir !

*

J'ai l'air nigaud lorsqu'on me prend pour un autre, ou bien quand on ne me prend pas pour celui que je suis devenu. Les bavures n'en finissent pas. Fin septembre, je vais à la séance des questions d'actualité au Sénat ; un huissier à l'entrée m'intercepte, le bras tendu presque contre ma poitrine : « Oui, c'est pour quoi ? » Je laisse planer le doute. L'huissier tourne la tête vers l'officier de sécurité qui me suit, constate qu'il est armé et, aussitôt, une lueur d'inquiétude allume son regard : « Mais vous êtes armé ? – Oui, fait mon officier, je suis avec le ministre. » Il me désigne du menton. Nous rions ensemble. Je vois bien que l'huissier a envie de me demander de prouver que je suis bien ministre, un mot de passe ou quelque chose de ce genre, il ne m'a jamais vu dans cet hémicycle, mais il se retient. La scène ne dure pas, un second vient vite nous rejoindre et s'excuse immédiatement auprès de moi, dit qu'ils n'ont pas encore l'habitude des visages. « Il est bien ministre », confirme-t-il au premier. Je dis en souriant que ce n'est pas grave. Même pas mal. Je suis le ministre invisible. Pas rancunier. Surtout pas avec les gens modestes. Je n'oublie pas d'où je viens. J'ai mon bidonville de naissance dans le rétroviseur. Je suis un fils de prolo, et fier de l'être. Il ne faut pas compter sur moi pour dédaigner les employés. J'en suis un.

C'est la fin du mois d'août. Déjà la rentrée. Pas l'impression d'avoir pris de congés. Un ministre n'est nulle part au repos, toujours en représentation. Paris est encore à la mer. Les rues sont balayées dès l'aube par un léger vent chaud. Le boulevard Saint-Germain fait la grasse matinée. Les Champs-Élysées sont sous leur couette. L'Arc de triomphe a la vue dégagée par un ciel sans bavure nuageuse.

Ce matin n'est pas comme les autres : je prends avec Sarko un petit déjeuner place Beauvau. Il y a eu la nuit dernière un tragique incendie boulevard Vincent-Auriol, à Paris : des Africains sont morts, des enfants. Le ministre d'État est rentré à trois heures du matin, il s'est rendu sur les lieux du drame. Je vois dans ses yeux de la lassitude. Nous prenons un café sur la terrasse du ministère, avec vue sur un magnifique jardin où s'installe la lumière de l'aube aux doigts de rose. Nous parlons franchement de la discrimination positive dont il a fait un cheval de bataille politique et de la nomination à grand bruit médiatique du préfet Aissa Dermouche, dont il est l'instigateur. Je lui dis que c'était une excellente connerie. Il n'apprécie pas mon franc-parler. Il me répond que c'est du « musulman *culturel* qu'il voulait parler, pas *cultuel* », quand il a fait ce choix. Il n'est pas concentré, je vois qu'il n'est pas dans son assiette. « Mais toi aussi, tu as défendu la discrimination positive ! », il m'assène comme une récitation apprise par cœur avant le cours. On lui a fait des fiches sur moi. Je lui réponds que c'était il y a dix ans ; maintenant j'ai changé d'avis, mais il ne m'écoute pas vraiment. Il n'est pas là, et au bout d'une vingtaine de minutes, il s'en va. Je l'ai énervé. J'ai ajouté qu'il fallait laisser la religion musulmane à sa place dans la société française, comme les autres religions, que les musulmans devaient s'organiser entre eux. Je l'ai agacé. Il a fini son café d'un trait, tourné les talons et est allé se coucher, peut-être. Moi je suis resté pantois, je pensais que nous allions nous faire un petit déjeuner frugal, mais non, je suis un ministre qu'on peut quitter comme ça, sur un coup de vent. Tant pis pour moi, je n'aurais pas dû accepter son invitation. Voilà où me conduit ma vanité. C'était la première fois de ma vie que je voyais en tête à tête un des personnages les plus médiatisés de France. J'en avais envie. Voir le phénomène de près. Je ne regrette pas. Il a quelque chose qui dépasse l'humain, une puissance et une vulnérabilité qui cohabitent dans le même regard translucide. Je sors de la place Beauvau avec un grand coup de griffes au cœur. Je dois être maso.

*

Ministre de quoi ? De l'intégration ? Non, de l'égalité des chances ! J'en ai marre de répéter toujours la même chanson. On ne me connaît toujours pas, on ne respecte pas mes chaussures. Un de mes collègues ne cesse d'annuler les rendez-vous que nous prenons, ça commence à m'agacer sérieusement. Aucun ministre n'a le temps de m'aider à m'installer dans la cage. Le 29 juin, lors de la sortie du film *Camping à la ferme* dont je suis le scénariste, j'ai rendez-vous au ministère de la Culture avec Donnedieu de Vabres, nous devons nous rendre ensemble au cinéma des Champs-Élysées où nous attendent trois cents personnes. Il me fait patienter une demi-heure dans un couloir de son ministère, il a des histoires de budget à régler. Un conseiller tente de me faire la conversation comme il peut, confus du comportement de son patron. N'importe quel autre ministre aurait été invité à entrer dans le bureau de son collègue, pas moi. Je suis nouveau, sympa, conciliant ; mes collègues ont du pain sur la planche, des administrations à gérer, ils sont importants. Moi, je ne sais même pas me comporter en ministre. Je suis encore écrivain, un rêveur. Au bout de longues minutes, le ministre occupé sort de son antre, s'excuse rapidement, et nous filons dans sa voiture en remontant les Champs en slalom. Moi qui déteste être en retard, je découvre qu'un ministre ne peut pas arriver à l'heure pile ou avant l'heure. Il doit se pointer *après* la foule. Je prends la parole pour la première fois en public avec Donnedieu de Vabres. Le film est bon, le public apprécie. Je donne quelques interviews aux journalistes chargés du cinéma dans leur journal. Je m'en tire bien, en fin de compte. Au Conseil des ministres suivant, mon collègue de la Culture prend la parole et conseille chaudement aux ministres et au Président d'aller voir mon film. Je rougis gentiment. « Mesdames et messieurs, vous savez ce qu'il vous reste à faire ce week-end », plaisante le Président. À l'issue du Conseil, je remercie Renaud pour son mot amical.

Cela n'empêche pas la cerise sur le gâteau : un mardi, à l'Assemblée nationale, nous avons rendez-vous après 16 heures, histoire de voir ce qu'on pourrait faire ensemble pour marquer l'égalité des chances dans la Culture, il me dit qu'il préférerait qu'on se voie le lendemain avant le Conseil des ministres, à 9 h 40, dans la cour de l'Élysée, nous aurons ainsi une vingtaine de minutes pour bavarder. OK, je suis un ministre conciliant. Le lendemain, ma voiture bleue me dépose à 9 h 35 dans la cour du palais. Je suis le premier arrivé. Rien ne bouge dans ce fameux lieu rempli d'histoire où mon chauffeur s'est garé. Les couleurs du matin éclairent les pierres des façades d'une blanche clarté qui semble arriver tout droit de Charente-Maritime. J'attends. Les minutes s'alourdissent. Pas de Donnedieu de Vabres. Mon officier de sécurité est surpris. Il voit bien ce qui se passe, lui, la façon dont je suis traité. J'ai l'air d'un bleu dans une cour de récréation, un jour de rentrée des classes, qui voudrait bien se faire des copains à tout prix : « Bonjour, tu voudrais pas faire ami-ami avec moi ? Je ne connais personne… » 9 h 45 : rien. 9 h 50 : rien de rien. Des voitures de ministres commencent leur noria dans la cour de l'Élysée. Mon collègue Renaud ne viendra pas. En colère, je décide de rentrer au palais pour le Conseil. À 10 heures, je retrouve mon lâcheur autour de la table, tout sourire ; il me dit en tournant à peine la tête vers moi : « J'étais crevé, ce matin, excuse-moi… » Je lui balance à la figure : « C'est la dernière fois ! » et je vais rejoindre ma place. Je tente de faire le malin, montrer que j'ai du chien moi aussi, mais c'est juste pour sauver la face. Malheur à moi : même ça, ça ne marche pas, je le vois bien. Il fait mine de la prendre de côté, comme on dit dans les cités. Je dois rester digne, laisser glisser. Quelques secondes plus tard, l'huissier entre dans la salle et annonce : « Monsieur le président de la République ! » Je me lève comme les autres ministres, je regarde Chirac et Villepin faire leur entrée. Ça y est, je commence à m'habituer à ce protocole. Nous nous asseyons. Chirac penche la tête sur sa feuille et prend la parole : « Bien, nous avons en partie A, une ordonnance… monsieur le ministre de la Fonction publique ? » J'ai la tête ailleurs. Je touche mon ventre. La pierre est toujours là.

*

Les jours suivants, pour nouer des contacts avec mes collègues, j'essaie de prendre des rendez-vous avec chacun d'eux, mais personne n'a vraiment le temps. Ça coûte cher, une heure de ministre occupé. Cet après-midi, j'avais rendez-vous avec l'un d'eux, hélas ce matin il m'a dit qu'il préférait une autre fois, si cela ne me dérangeait pas. Moi, dérangé ? Mais pas du tout, je ne me permettrais pas un luxe pareil, je sais ce qu'est un agenda. Pauvre ministre de la société civile atterri là sans visa ni famille à la table des grands. Deux mois dedans et le mythe s'est effondré : il n'en reste plus rien de glorieux dans ma tête. « Vous ne saviez pas que c'était comme ça ? » s'étonne un journaliste. Je dis non.

Déception également pour la garden-party de l'Élysée du 14 Juillet. Les six personnes à qui j'ai fait l'honneur d'une invitation à la célèbre fête nationale sont ravies. J'envoie la liste à l'Élysée. On me la retourne quelques jours plus tard. À ma grande stupéfaction, une main a rayé le nom d'une personne, comme ça, mais, ô malchance, il se trouve que c'est le frère jumeau de son frère, et que l'un ne va pas sans l'autre ! J'appelle moi-même au palais pour rattraper le coup et éviter le ridicule auprès de mes amis. Du bout des lèvres, on accepte ma requête : les jumeaux sont recollés l'un à l'autre. Ce n'est pas parce que je suis ministre que j'ai des entrées à l'Élysée, loin de là. Le ministre c'est le ministre et le Président c'est le Président. Compris ? Oui, patron, bien compris !

En politique, c'est comme avec la semoule de couscous, il faut rouler les mots plusieurs fois sur sa langue avant de les servir à l'air libre, je l'ai appris trop tard malgré les conseils précoces de Matignon. Un jour, je suis invité à une émission matinale d'Europe 1 avec Jean-Pierre Elkabbach. C'est ma première prise de parole ministérielle à la radio. Je ne suis pas à l'aise. Malgré mon expérience de chroniqueur sur RTL, ce matin je suis terrorisé à l'idée de faire des grumeaux. Je n'ai aucun code, aucune indication en matière de communication officielle. Je travaille sans filet et j'ai mal dormi. Alors que des Africains viennent de périr avec leurs enfants dans les immeubles insalubres de Paris, au cours de l'interview nous évoquons le logement, l'immigration, et je défends la loi Solidarité Renouvellement urbain qui prévoit pour les communes de plus de 3 500 habitants 20 % de logements sociaux sous peine d'amende de 150 euros par logement manquant. C'était une loi socialiste de l'an 2000, contre laquelle bien sûr la droite avait réagi. Naïvement, je propose de passer la pénalité à 1 000 euros. Pourquoi 1 000 ? C'était juste pour donner un chiffre rond. Je me sens mal, je n'arrive pas à trouver mes marques au cours des minutes qui défilent. Avec mes conseillers, nous n'avons pas préparé l'interview et je me suis présenté au micro de cette importante radio comme un sociologue-écrivain. J'avais oublié que je n'étais plus un électron libre. « Et la polygamie ? » me questionne Elkabbach en fin d'émission. Je m'embrouille ; parmi les Africains décédés il y avait des membres de familles polygames, alors je raconte avec légèreté que l'un des Maliens relogés s'était plaint des temps de trajet trop longs entre les domiciles respectifs de ses deux épouses. Comme un benêt, je n'avais pas capté le sens politique de la question d'Elkabbach. Malheur, dans les heures qui suivent, mes propos me reviennent comme un boomerang sur Internet, par courrier : le ministre cautionne la polygamie ! C'est ce qui reste de cette interview, avec ma défense de la loi SRU. J'en prends plein les oreilles de la part des députés UMP, Éric Raoult en tête. La directrice de la communication de Matignon appelle mon cabinet pour dire de ne jamais nommer de ministre dans mes interviews et de faire du *media training*, sinon ça va être brûlant pour moi dans les prochaines semaines. Je suis dans le coma. Mes conseillers me rassurent : « C'était bien », mais ils se mentent à eux-mêmes. Je ne veux plus commettre de bourdes comme ça. De retour dans mon cabinet, j'ai hurlé en exigeant dorénavant d'être formé à cet exercice. « Vous ne pouvez pas m'envoyer sans préparation dans une émission politique aussi violente ! » Je suis maintenant terrorisé quand je m'exprime dans les médias. Il faut que j'apprenne la langue de bois.

C'était la première invitation d'Elkabbach. La dernière, aussi. Plusieurs mois plus tard, j'ai appris comme tout le monde qu'il était l'ami de Sarko. Les portes d'Europe 1 se sont fermées pour moi comme sur un tombeau. Un an après, je l'ai croisé à Roland-Garros, il m'a salué, tout sourire : « Il faut que vous sortiez de votre trou, il faut vous montrer ! » Toujours ce sourire. Je ne m'y fais pas.

*

J'ignorais que les scripts des interviews de radio étaient conservés dans les archives ou sur Internet et pouvaient être consultés pour enfoncer un ministre débutant. Deux jours après ma pitoyable sortie sur Europe 1, toujours traumatisé par cette histoire de polygamie, je suis dans un train qui m'emmène à Marseille pour une rencontre avec des chefs d'entreprise. Mon portable sonne. Je cours dans le couloir pour décrocher. C'est un ami journaliste qui m'appelle. Il me dit qu'il a lu le script de mon interview chez Elkabbach. Inquiet, je le coupe : « Et alors ? – Tu as été calamiteux ! » Il m'assène ce mot une dizaine de fois au cours de cette conversation hachée par les tunnels de la voie ferrée et, à chaque fois, le clou rouillé me perfore plus profondément. Le vicieux prend plaisir à chauffer ce mot comme un tison : « Calamiteux ! » Oui, j'ai été calamiteux. Il laisse grossir les dix lettres dans sa bouche puis les catapulte de nouveau dans mes oreilles. Il articule pour que les syllabes pénètrent bien une à une dans mon crâne. Ca-la-mi-teux. Il se complaît à m'avouer que je suis nul dans ce métier, que ma place n'est pas là. Je suis complètement déboussolé. La pierre se marre et fait des cabrioles dans mon estomac. Les paysages du sud de la France défilent à grande vitesse sous mes yeux. « Marseille, Marseille, terminus du train ! » a sans doute annoncé le contrôleur, mais je n'ai rien entendu. En miettes, je suis. Le sentiment d'avoir été ridicule, d'avoir humilié les gens qui comptaient sur moi, dont j'étais le champion, me bouffe la tête.

Arrivé dans la salle où m'attendent des centaines de chefs d'entreprise, en compagnie du maire de Marseille, je trouve par miracle la force de m'exprimer. C'est ce jour-là que j'ai perdu la moitié de mes capacités de mémoire : des pans entiers de falaise sont tombés à la mer. Je me suis définitivement fâché avec cet ami journaliste que j'ai insulté de toute ma férocité d'ancien banlieusard. Il convoitait l'amitié de Sarko, comme tant d'autres qui sont aimantés par le pouvoir et qui veulent boire à sa source. Je me fais souvent piéger par leur jeu. Je dois rester pa-ra-no ! En trois syllabes. Je règle mon portable sur chaque demi-heure, maintenant pour me le rappeler. Calamiteux, calamiteux ! Miteux. Ce mot, greffé dans ma tête comme un bonsaï, toute ma vie je l'entendrai résonner pour me rappeler cette matinée infernale avec Elkabbach. Dans cette émission impossible, j'ai bien compris qu'un homme politique ne peut pas faire de l'humour gratuitement, à moins d'avertir son auditoire : « Attention, attention, ceci est de l'humour ! » Dans la cage, chaque mot est un pétard. Chaque geste aussi. Je l'ai appris. À mes dépens, évidemment.

Cet après-midi, à Lyon, je suis en train de faire une sieste. Ma fille vient me réveiller en me secouant par l'épaule : « Papa, tu as reçu vingt-quatre coups de téléphone ! J'ai répondu. On m'a dit que c'était Matignon, il faut que tu les rappelles. » Je sursaute comme sur un trampoline. Quoi ? Matignon ! Aussitôt, je me dis je suis viré, qu'est-ce que j'ai fait ? Je prends mon téléphone, tremblant de tous mes doigts. Chirac a eu un accident cérébral, il est hospitalisé au Val-de-Grâce. Interdiction de s'exprimer devant les journalistes qui appelleront les ministres pour demander des détails. Tiens, me dis-je, c'est bizarre cette recommandation, comme si on pouvait commenter sans savoir ce qui se passe. Je rentre d'urgence à Paris. Finalement, les nouvelles ne sont pas alarmantes. C'est un accident bénin. Mais le Président restera hospitalisé quelques jours. Le Conseil des ministres est donc présidé par Villepin, comme prévu par la Constitution, à l'hôtel Marigny, à deux pas de l'Élysée.

Une fois le Conseil terminé, par le plus grand des hasards, je me retrouve à sortir le premier. Mes yeux tombent de leurs orbites : dans la cour, des centaines de journalistes, caméras et appareils photo en main, nous attendent. Dans ma tête, je me dis : « Eh bé puté ! C koi ça ?! » Une voix me tend un micro : « Azouz Begag, alors comment c'était ? » Je suis flatté qu'on me pose des questions, à moi, petit ministre bleu. D'un geste sibyllin, je passe le doigt sur mes lèvres : je ne vais justement rien dire, parce que lorsqu'on est ministre on doit apprendre à se taire, c'est mon *media trainer* qui me l'a appris. J'ai envie de crier à ces journalistes, fier de moi : Vous croyez que je n'ai pas compris votre jeu ? Mais je ne suis pas dupe, les amis, je ne suis pas le goujon qu'on pêche avec de l'asticot !

Que n'ai-je pas fait : une heure plus tard, une dépêche AFP tombe sur les téléscripteurs indiquant que, selon le ministre Azouz Begag, trahi par un geste du doigt sur les lèvres, il semblerait que de strictes consignes de silence aient été données aux membres du gouvernement quant à la santé du président de la République. Donc, la situation est plus grave qu'il y paraît.

De nouveau, j'en prends plein mon orgueil. Les appels fusent de Matignon : « T'es malade de faire ça ? » Aucun geste, aucun signe devant les journalistes. Pauvre de moi, j'apprends une autre clé de la communication : même le silence est une information. Un signe du doigt sur des lèvres sèches devient un état critique du président de la République française. Le petit goujon est sur le gril du barbecue. Je pouvais m'en donner à cœur joie quand j'étais écrivain, mais maintenant fini les blagues, je suis l'État ! J'ai envie de me lacérer les écailles tellement je suis carpe. Je fais une prière au Ciel : « Hé, les ancêtres, vous pouvez peut-être vous réunir pour faire le point sur mon itinéraire, sinon on va me couler dans une dalle de béton ! » La pierre qui me durcit les boyaux est du silex. Elle coupe.

*

J'ai mal à mes nuits. Des fantômes dansent la *capoera* dans mon lit à 3 h 12 précises. C'est l'heure de leur fiesta Begag. Ils m'empêchent d'arriver jusqu'à l'aube. Je suis mort d'épuisement. Les jours passent en marathoniens. Les semaines aussi. Pas le temps de me retourner pour reprendre mon souffle.

J'ai rendez-vous avec Douste-Blazy au Quai d'Orsay. Une simple prise de contact, quelques pistes de projets communs, rien de plus. Il me fait poireauter devant sa porte, lui aussi, trois quarts d'heure avant de me recevoir. Le plus étrange, c'est la présence dans son bureau d'un homme d'influence de même origine que moi, qui, juste au moment où j'arrive, referme la porte sous mon nez en s'excusant de me faire patienter. Je souris par mépris. Lui aussi mourait d'envie d'être ministre à ma place. Il doit me trouver calamiteux, comme l'autre. Par hasard, c'est lui que je retrouve aujourd'hui dans le bureau du ministre des Affaires étrangères. Il a oublié que j'étais ministre du gouvernement. Comme toujours, je joue la dérision : « Oui, oui, allez-y, je patiente. J'ai tout mon temps ! » J'envoie même deux ou trois éclats de rire pour conclure ma phrase. En attendant, je rencontre des conseillers du ministre dans le couloir, je plaisante avec eux jusqu'à ce que l'intrigant ouvre de nouveau le bureau et m'invite à entrer derrière lui. On dirait qu'il est le secrétaire particulier. Il disparaît derrière les rideaux. Je pénètre seul dans le bureau du Seigneur. Au cours de la rencontre, il m'enseigne sa propre conception de l'égalité des chances : en fait, celle inculquée par mon rival déçu. Je suis sorti tout déglingué de son bureau. C'est un monde de fous.

*

Accident vasculaire ou pas, Chirac est fascinant. Un matin, le Conseil des ministres est avancé à 9 h 30 du fait de la mort du prince Fahd d'Arabie Saoudite. Il entre dans la salle, pétillant d'énergie comme personne d'autre autour de la table, alors qu'il va partir assister aux obsèques du prince, faire un long voyage. Et toujours ces clins d'œil qu'il envoie à moi et à François Baroin, assis à ma gauche. Chirac aime les gens, les Français le savent. D'ailleurs, un mot revient souvent dans sa bouche : estime. Il lui va bien. Quand il évoque les agriculteurs, la terre, les exclus, la pauvreté en Afrique, il ne triche pas. C'est un homme de gauche, si tant est que le cœur est à gauche. Il a pris des coups durant des décennies, connu les pires avanies, et il est toujours là, frais comme un gardon, ce matin de Conseil. Moi, avec mes six heures de sommeil, je suis sans batterie.

Lors des Journées parlementaires de l'UMP à Évian, en septembre, au dîner sous le chapiteau, le député de Lyon Jean-Michel Dubernard, entouré de quelques-uns de ses amis, se tient debout à l'entrée de la tente. Je le connais. Je m'approche pour lui serrer la main. Il refuse : « Je ne serre pas la main à un ministre qui méprise les parlementaires ! » me crache-t-il à la figure, glacial. Mes conseillers, tout le monde est gêné autour de nous. Moi, je reste là, essayant de balbutier quelques mots pour m'en sortir, mais je m'enfonce. Alors je m'en vais, seul, me cacher dans un coin, sous cette guitoune UMP. Je suis ministre de la République, en France, aux Journées parlementaires de la majorité de l'Assemblée. Personne ne bronche. Pas un député ayant assisté à la scène ne s'offusque. Pas un pour trouver indigne de traiter ainsi un membre du gouvernement.

Ce jour de septembre à Évian, le discours de Sarko à la tribune m'a angoissé. Presque sans notes, à la volée, ses ronds de bras, ses effets de manche, ses postillons… et ces parlementaires qui en redemandent, qui s'enflamment au bout d'une idée, et, sous le feu des applaudissements, Sarko qui joue pendant les acclamations, qui lance en tapant du doigt sur le pupitre, « et j'ajoute… et j'ajoute ! », l'air de dire à la salle que ses spasmes ne l'arrêtent pas, qu'ils ne freinent pas ses convictions, l'air de dire qu'il est le héros, il le sait, il en est pleinement conscient, mais que, comble de la sagesse, il garde la tête froide. Il ne perd pas le nord.

Derrière lui, Villepin est assis. Applaudit aussi. Sourit seulement de la bouche, comme moi. J'ai vu des présidents africains faire comme Sarko dans leurs discours, rythmant chaque intonation avec l'index pour bien marteler leurs idées dans la tête des auditeurs. Soulever l'enthousiasme avec l'index. Lorsque ce stratagème fonctionne, il produit une ovation. Ceux qui écoutent sont exaltés par la houle du discours, ils ont le vertige, se lèvent, se soulèvent, leur bouche s'ouvre comme une huître pour libérer comme un cri de jouissance.

*

Dans l'après-midi, je dois rentrer à Paris dans l'avion du Premier ministre, car j'ai de graves soucis de fonctionnement dans mon cabinet et dois lui en parler durant le vol. J'ai arrangé cela avec Matignon. Là encore, être près du Premier ministre, dans sa bulle intime, c'est pour les ministres un extrême privilège et une bonne occasion de se faire mousser. Alors d'aucuns ne se sont pas gênés, dès l'embarquement, pour coller à Villepin et s'asseoir autour de lui. Ce sont ceux qui le trahiront les premiers au moment où Sarko atteindra sa cote de popularité maximale un an plus tard. Mais, en attendant, bloqué le ministre de l'égalité des chances, évacués, lui et ses soucis de jeune bleu, contraint à rester à se morfondre dans son coin, sur son siège, à regarder d'en haut les paysages de France, tandis que l'hélico nous emmène vers l'aéroport de Genève. Le Premier ministre est dans son monde, dans son vol intérieur. Et moi je suis le « société civile » planté dans le décor comme un poteau indicateur. J'avais pourtant tant de choses à dire. Elles sont nouées dans ma gorge. La colère me brouille la vue. Je suis assis à côté d'un officier de sécurité à l'avant de l'appareil, ma place naturelle, en fait ; il mange des cacahuètes salées, me demande si j'en veux. Je dis non. Puis oui. Au point où j'en suis, qu'on me jette des cacahuètes, oui.

*

Pour moi, Borloo est le plus invraisemblable des ministres. C'est un être méandreux. Je n'obtiendrai rien de lui et du ministère de la Cohésion sociale, pas plus que de Catherine Vautrin qui travaille sous sa houlette et qui a la tutelle politique du Fasild[1]. Ces deux-là me voient certainement comme un sous-marin de Villepin dirigé contre leur entreprise. Ils voudraient bien me sectionner de l'arbre du gouvernement. Mais comment vais-je m'en sortir ? Il faudrait que je saute de l'hélicoptère. Oui, c'est ça, sauter en plein vol. Mais j'entends déjà ce qu'on dira : « Voyez, on a beau leur faire de la place dans un gouvernement, à ces enfants d'immigrés qui ne cessent de se plaindre, ils ne sont pas à la hauteur. Ils ne résistent pas à la moindre secousse politique. » Non, je n'aurais jamais dû laisser ces trois collègues occuper ma place alors que je devais parler au Premier ministre. Il faut être agile. Éviter de prendre du poids, d'ailleurs j'en ai marre de manger en parlant, de parler en mangeant, de manger en écoutant, de manger, tout

1. Le Fonds d'action et de soutien pour l'intégration et la lutte contre les discriminations avait pour mission de favoriser sur l'ensemble du territoire l'intégration des populations immigrées ou supposées telles et de lutter contre les discriminations dont elles peuvent être victimes. Depuis mars 2006, ce fonds a été renommé Acsé (Agence nationale pour la cohésion sociale et l'égalité des chances).

simplement. Basta les cacahuètes salées. Et puis parler aussi, tiens. Allez, j'éteins la lumière. Je me couche. Même pas la force d'ouvrir un journal pour faire semblant de me cultiver. Mon cerveau se vide par seaux entiers. C'est la fonte des neiges là-dedans, le réchauffement climatique. « Va voir un ostéopathe. Je te donne une adresse » : un ancêtre m'a fait passer ce SMS. Reçu cinq sur cinq.

Sur ma messagerie, je reçois des coups de téléphone de tous les hurluberlus de France, comme ce jeune qui était dans un asile en Ardèche et que j'avais croisé dans son collège, il y a quinze ans. Il veut que je l'aide à *s'en* sortir, ou à *en* sortir, je n'ai pas bien compris. J'ignore comment il a obtenu mon numéro de téléphone. Faut dire que je n'en ai pas changé depuis plusieurs vies. Un autre vient dans mon bureau après avoir harcelé ma secrétaire, il veut que j'appelle illico le président de France Télévisions et obtenir des marchés pour sa boîte de production. « Pourquoi t'aiderais-je toi plus qu'un autre ? », je lui demande. Il me rétorque que tout marche avec le piston, c'est la jungle dans ce pays et dans ce milieu professionnel. Je pousse le bouchon : « Certes, mais pourquoi toi ? » Il réfléchit, puis au bout d'un instant, il trouve : « Parce qu'on se connaît. » C'est tout. Pour lui, ça suffit, « entre bons amis d'enfance ». Il affabule, bien sûr, je ne crois pas l'avoir rencontré plus d'une fois dans ma vie. Il me reconnaît, simplement, comme l'un des siens, un membre de sa communauté. Quelle communauté ? Des Arabes de France, du monde ? Des histoires comme celle-là, mon téléphone en est saturé chaque jour. Les oreilles de mes secrétaires aussi. À qui pourrais-je confier mes tourments ? J'avance à la boussole du cœur, en résistant à la rupture ;

je ne dois pas couper le contact avec les gens et leurs problèmes.

*

Quatre mois que je suis boutonné dans mon nouveau costume bleu, avec aux pieds mes chaussures exorbitantes. En vérité, j'ai déjà acheté quatre costumes. Et beaucoup de cravates. Je ne savais pas que les cravates coûtaient si cher ! Il y a tant de choses que j'ignorais de ce monde. L'écrivain que j'étais vivait toujours en tenue décontractée. J'ai le cou lacéré par les nœuds, je suffoque. Quatre mois pleins de ministre, et certains collègues m'appellent toujours Aziz. Ils n'ont pas enregistré mon nom ni son orthographe compliquée. Je suis l'inconnu aux deux Z. J'ai quelques amitiés dans le monde littéraire et diverses associations de banlieue, mais là, rien de rien. Je suis Aziz, le héros du Loft gouvernemental. « Bonjour Aziz, comment ça va ? – Non, Azouz ! – Ah pardon ! C'est kabyle ? – Non, lyonnais, des pentes de la Croix-Rousse. » De plus en plus je crois que je me suis gouré de destin. J'ai pris celui d'un autre. J'ai peur de ne plus jamais être Azouz, d'être expulsé de la famille des écrivains, insulté dans la rue par des voix haineuses. J'ai peur qu'on fasse du mal à mes filles en entendant leur nom de famille. J'ai des crampes dans les épaules, je souffre, je serre les dents. Rester digne est ma hantise. Je cherche toujours une main pour me diriger dans cette cage d'immense solitude. Quand un de mes collègues passe devant moi en courant, je le hèle : « S'il vous plaît ! Hep ! S'il te plaît ! Je suis, Aziz le... » Je n'ai pas le temps de me présenter, il file trop vite. Je m'assieds, les mains sur le visage, sur le rebord d'un trottoir. J'ai déshonoré les miens.

Aziz ne va pas bien, le bruit se propage. J'invite deux anciens ministres retirés à déjeuner pour bénéficier de leurs conseils. Ils me recommandent de trouver ma voie, avec ma personnalité, il n'y a pas de DVD en vente dans les supermarchés pour apprendre le métier de ministre. Je suis déçu, je voulais une recette. Je regarde l'un d'eux qui repart en état d'ivresse avancé de mon ministère. Je dis à mon chauffeur de le raccompagner chez lui. Il m'a vidé une bouteille de pauillac, il ne m'a rempli de rien. Même les anciens n'ont plus rien à enseigner.

Après quelques semaines, des collègues fidèles de Chirac et Villepin me reçoivent enfin pour un café. Mais ils sont dans leur territoire, leur spécialité : pas moyen de faire véritablement connaissance pour l'instant. Je découvre un monde où l'on parle peu et où l'on se tait beaucoup. Je suis leur inconnu de la société civile, le civil inconnu de leur société. Je suis ministre délégué « auprès du Premier ministre » et personne ne sait la signification de cette proximité formelle. Elle a une sonorité inquiétante. Personne ne sait par quelle porte je suis entré dans la cage. Pour essayer de montrer que je suis un gentil, un authentique, un homme de confiance, je fais le clown, mais plus je joue, plus je suis suspect. Un jour, je lis dans *Le Figaro magazine* que je suis déjà candidat aux législatives de Lyon et que j'ai déjà choisi ma circonscription : celle du député Jean-Michel Dubernard, l'homme qui refuse de serrer la main des ministres « qui méprisent les parlementaires ». De l'intox chimique. J'entends que le député en question fulmine contre moi. Je suis désormais son ablette à noyer dans le Rhône ou la Saône. Il répand dans le milieu tout le bien qu'il pense de moi. C'est un milieu fertile en reptiles.

Un jour, en pénétrant, abattu, dans le cabinet de l'ostéopathe à Paris, mon pas est freiné par la beauté de cette femme. Son sourire, aussi : il me fait penser à un cerisier en fleur. Soudain, je me sens en confiance, je vais beaucoup mieux. Il y a longtemps que je n'ai pas vu de sourire franc comme ça. Je lui annonce que je suis en morceaux et qu'elle va avoir beaucoup de pain sur la planche avec mon corps fracassé par un trop-plein de responsabilités. Elle me demande de me déshabiller. Elle me dit : « Restez debout devant moi. » À deux mètres de là, elle m'observe : « Vous avez le bassin déplacé. Allongez-vous sur la table. » Je m'exécute sans broncher. Le bassin déplacé ? Je n'avais rien remarqué. Avec des gestes précis, elle me remet les ossements en place. J'entends un craquement qui en dit long sur les contorsions de mon système. « Il était bien décalé, m'avoue-t-elle. De cinq centimètres ! » Je me dis : voilà à quoi mène la politique, un décalage du bassin, en plus du pontage, de l'ulcère et de la solitude ! La tectonique des plaques dans mon propre corps : manquait plus que ça ! « Et même votre vertèbre émotionnelle est sortie de sa cavité », ajoute la jolie jeune femme. Ahuri, je ne savais pas que nous avions des vertèbres émotionnelles. Ça n'est pas moi qui suis sorti du cabinet, c'est un autre, un jeune ragaillardi, recalé, qui pouvait marcher droit. Mon parallélisme était rétabli. À moi, Paris et la politique !

*

Ça y va, les insultes racistes : un comble pour le ministre chargé de la lutte contre les discriminations ! Arabe de service, *beuralibi*, les combinaisons de mots doux continuent de fleurir l'image du pauvre Aziz. Une émission de Karl Zéro sur Canal +, le dimanche, en rajoute une couche sur le thème du ministre sans moyens et sans pouvoirs. C'est la monnaie de ma pièce : j'ai refusé toutes les invitations de l'animateur vedette, parce qu'à Matignon on m'a conseillé d'éviter ce genre d'émission, d'autant plus qu'elle est enregistrée et montée à l'insu des invités. Il faut à tout prix que je voie le Premier ministre et que je lui parle droit dans les yeux. Depuis le début, je me suis laissé enfoncer dans l'anonymat. Cela suffit. Je fais le forcing à Matignon. J'obtiens un rendez-vous pour le jeudi 12 octobre, juste avant de partir en Floride à l'université FSU pour une rencontre avec les étudiants, puis à Toronto pour une conférence internationale sur la diversité.

C'est drôle, au moment où je retrouve Villepin dans son bureau, je me mets à trembler comme un étudiant à l'oral de rattrapage, submergé par l'émotion. Je suis ennuyé par mes balbutiements. Je tombe mal : son équipe vient de découvrir dans un quotidien gratuit un mauvais article à son propos. Suite à l'émission de France 2 chez Arlette Chabot, un des invités assure qu'à la fin le Premier ministre a été méprisant, qu'il est parti sans même dire au revoir… Cette allusion mensongère a irrité Villepin. C'est un homme attentif aux autres, jamais discourtois. Il a la rage. Et moi qui viens lui parler de mes déboires dans mon cabinet, je suis mal barré. Il n'est pas disponible pour mes petits soucis de délégué. En venant prendre place sur le fauteuil à côté de moi, il me tance froidement : « Alors, qu'est-ce qui ne va pas ? » Je réponds que chez moi, dans les banlieues, on commence à se demander ce que je fais dans ce gouvernement, on ne me voit pas, on ne m'entend pas... je crains d'être devenu... « un beur de service ? » – c'est lui qui m'arrache le mot de la bouche. Il en conclut sur un ton colérique : « Quoi, tu as un problème d'ego ? » Je ne sais quoi dire. Je suis mal. J'ai envie d'être à Tallahassee, à Toronto, dans un Boeing à mille kilomètres à l'heure. Ses lèvres sont affûtées. Il m'explique la dureté de la vie de Premier ministre. Je suis dans mes petits souliers de cuir noir. Le téléphone sonne sur son bureau. Il se lève comme un ressort. C'est Chirac. Pendant une dizaine de minutes, il discute avec lui. Je ne sais même pas quoi penser, quoi réclamer pour exister dans la cage, avoir des armes pour me défendre contre les lions et les loups. Il revient s'asseoir près de moi. Je tente de trouver des mots pour exprimer mes besoins. « Je veux des moyens d'agir. » Il m'écoute. Enfin, peut-être, je ne sais plus. Je me dis qu'il essaie d'enregistrer mes propos dans ses cases. Une heure est passée. C'est fini. Il se redresse, plaisante un peu sur mon voyage au Canada, retourne derrière son bureau, touche les piles de dossiers empilées devant lui et laisse s'échapper un nouvel éclat de colère : toute sa journée est encombrée de rendez-vous ! Il n'aura pas une minute à lui pour réfléchir, penser. J'ai déjà ressenti plusieurs fois ce grillage depuis le 2 juin, qui vous maintient en captivité dans la cage, aux mains des parapheurs.

Quand la porte du bureau du Premier ministre s'ouvre, je revois la lumière de Paris et je respire à nouveau.

Nous sommes loin de Brive-la-Gaillarde et de la poésie. Sur nos fronts, les rides ont fait des affluents. Les années ont laissé des traînées blanches sur nos cheveux. Ce métier rugueux ronge la peau intérieure. J'ai l'air idiot en retrouvant ma voiture officielle qui m'attend dans la cour de Matignon. Je monte dedans en hochant la tête de dépit. Je pars vers l'aéroport de Roissy, direction les USA puis le Canada, après on verra. Je n'ai rien obtenu pour me défendre face à Karl Zéro et aux autres journalistes qui me veulent du mal. Je vais en terre lointaine, mais je sais que je reviendrai dans quatre jours, j'ouvrirai la porte de mon bureau, les parapheurs seront encore là, les lettres de la *sous-France,* mon absence de moyens. Je ne comprends pas pourquoi les ancêtres ne m'ont pas fait signe depuis si longtemps. Il faut que je retourne voir l'ostéopathe, c'est peut-être elle, la clé.

Dans l'avion d'Air France, durant les neuf heures de trajet jusqu'à Atlanta, je dors comme un homme mort. Je vois vaguement un jeune homme à mon côté, un Américain qui a déjà éclusé plusieurs verres de Marie Brizard, whisky, pastis. Il sort son ordinateur portable avant de sombrer lui aussi dans un coma profond, la tête affalée sur son clavier.

Au bout des rêves les plus fous, la voix du commandant de bord me sort du brouillard. Elle annonce notre arrivée imminente à Atlanta. Atlanta, la ville de Martin Luther King, mon héros. Je plaque mon regard contre le hublot. Je suis surpris du nombre de constructions autour de la grande ville, qui indique une vitalité économique exceptionnelle. Le jeune Américain alcoolisé tente de me faire la conversation en anglais. Je feins de ne savoir dire que « *I have a dream* », il ne comprend pas. À chaque fois je repousse l'attaque en fixant le paysage américain. Le bougre insiste, trop heureux d'arriver chez lui, mais je veux être seul, surtout ne pas parler. Du silence. Il finit par comprendre.

L'avion se pose chez les Bush. Les portes s'ouvrent sur le pays de John Steinbeck et de ses *Raisins de la colère*. L'hôtesse m'annonce qu'une escorte de police est venue me chercher au pied de l'avion, elle n'a pas l'air de se demander pourquoi. Mais mon voisin américain écarquille les yeux. À quoi doit-il penser ? Il me dit au revoir en français. Un jeune policier américain tout droit sorti d'une série télévisée m'accueille, me salue gentiment. Je le suis, d'un pas rapide. J'ai l'impression que, tout autour de nous, les gens nous regardent comme si ce policier venait d'arrêter un suspect. De type arabe, malgré son élégant costume italien qui voudrait brouiller les pistes. Quelle situation déplaisante ! J'ai envie de rassurer les gens qui s'arrêtent à mon passage : « *I'm a french minister ! Dont' worry !* » Ministre français, avec la gueule que j'ai ? Ils n'ont pas l'habitude, mais ça viendra. À force, ils s'habitueront. Mon escorte me conduit jusqu'aux files d'attente devant les policiers de l'immigration. Elle me laisse devant celle réservée aux diplomates. Un policier wasp me souhaite la bienvenue : « *Hi, how are you doing, sir* ? – *Fine,* cinq *you* », je réponds en lui tendant mon passeport diplomatique. Mais le document flambant neuf est inquiétant : bien sûr, il y a la photo de ma gueule, mon prénom Azouz (comment le wasp lit-il ça ?), mais aussi un visa diplomatique annulé *(cancelled)* parce qu'à l'ambassade à Paris, on m'avait déclaré femme plutôt qu'homme. Donc, lorsque le policier de l'immigration d'origine irlandaise scrute mon passeport diplomatique, il panique tranquillement. Il le passe d'abord dans la machine à débusquer les faux documents, puis me pose des questions rituelles : « Avez-vous des produits alimentaires interdits aux USA, des boissons alcoolisées, plus de 10 000 euros en liquide… ? » Je réponds non, *very* poliment. Je sais qu'il ne faut jamais se heurter aux policiers américains lorsqu'ils posent ces questions. Ici la parole est très importante. Ce que vous dites peut être retenu contre vous et vous conduire en prison sur-le-champ. Mécaniquement, le type tape sur son ordinateur. Il constate que je suis déjà venu aux USA, m'interroge sur ces précédentes entrées sur le territoire, puis sur le motif de mon présent voyage. Je dis en anglais : « *To give a lecture* », faire une conférence à Florida State University. Alors là le type se braque : c'est ce qu'il ne fallait pas dire. Il m'informe qu'avec un visa A, diplomatique, je n'ai pas le droit de donner de conférence à l'université. Ah bon ? Alors, que fait-on ? Je retourne à Paris ? Il regarde mon policier d'escorte, lequel ne comprend rien au dossier, inscrit une bafouille sur ses papiers et la lui tend afin qu'il me conduise dans la salle des « dossiers verts ». Nous y allons. Deux policiers noirs sont là, derrière des ordinateurs. Une femme s'empare à gestes lents de ma fiche, frappe des codes sur son clavier. Me demande quand je suis venu là pour la dernière fois. Je dis 1998. Elle appelle son chef. Un grand Noir. Il entre. Vise d'un œil nonchalant mon dossier. Puis ma bouille. Finalement, on est validés. Je suis libre. Je ne sais même pas s'ils ont vu que j'étais ministre de la République française. De toute façon, ils s'en moquent. Ça se voit. Ici, ministre ou pas, ils me traitent comme n'importe quel suspect. Je suis ministre français mais j'ai une tête étrange. À qui la faute ? À moi, *I agree*. Et un peu à mes ancêtres. Je laisse mon escorte en le remerciant. Je cours vérifier l'heure de mon vol suivant pour Tallahassee : 19 h 20. Je rejoins l'aérogare de départ en me perdant dans les *concourses* du gigantesque aéroport de Coca-Cola. Dans les couloirs sans fin, je passe devant des photos géantes de Martin Luther King, mon héros dans la défense des Noirs des années 1960. Mes yeux se noient dans l'émotion. *I have a dream…* Je me dis que l'histoire n'avance pas, elle balbutie. Atlanta, ville du célèbre pasteur, ville de ségrégationnistes à présent ? Il n'en fallait pas plus pour accentuer ma désillusion. J'écrirai un livre qui s'appellera *À quoi ça sert, tout ça ? L'histoire ? La mémoire ?* Je réfléchis tout en marchant dans les *concourses* de l'aéroport de Martin Luther King… « Tout ça quoi ? La vie ? » J'entends une voix qui me répète : « Ah, tu as un problème d'ego ? » *I had a dream*, oui, et je suis tombé dans le trou. Mais, jusque-là, tout va bien. Je m'en sors mieux que le pauvre Martin Luther King, assassiné par une balle blanche sur le balcon d'un motel crasseux à Memphis, Tennessee. Des phrases sortent toutes seules de ma bouche : *l'icoule c'est bien pour gagner la vie*… il faut coller au Premier ministre… tu as un problème d'ego ?… Azouz, je t'apporte des soucis… *Good morning, America !*

Je suis en plein décalage horaire.

*

En rentrant à Paris pour le Conseil des ministres, mes oreilles s'entrechoquent : Douste-Blazy a décidé de porter une plainte diplomatique aux USA pour mauvais traitements envers un ministre du gouvernement ! Tous les regards se tournent vers moi, y compris celui du Président. Que s'est-il donc passé à l'aéroport d'Atlanta ? J'explique en murmurant à mes voisins. Mais je suis surpris : Douste aurait pu m'informer de sa décision d'en faire état en plein Conseil. Il me fait passer un petit mot, justifiant qu'il ne pouvait faire autrement sur le plan diplomatique. J'ai un mauvais sentiment au fond du cœur. Je n'oublie pas comment il m'a fait poireauter devant la porte de son bureau lors de notre rendez-vous manqué. Quelques jours plus tard, nous recevons des excuses officielles du State Department de Washington. Tout ça pour ça, me dis-je au fond de moi-même. J'apprends le métier de ministre à l'étranger. Je suis le représentant de l'État français, même derrière les frontières du monde, je ne peux plus me dérober à cette réalité.

*

Mon parallélisme en a pris un coup, je le sens à nouveau. Je suis retourné voir mon ostéopathe que j'ai trouvée à la fois si belle, si souriante, si proche de moi. Elle m'a ouvert la porte et j'ai vu ses yeux qui pétillaient d'une mystérieuse malice. « Alors, ces tensions, ça va mieux ? » J'ai rougi. « Déshabillez-vous et allongez-vous sur le ventre. » Elle a vérifié mon parallélisme. Il y avait encore un décalage, moins important que la première fois. Quand elle s'est allongée sur moi pour remettre les os dans leur cavité, j'ai eu un coup de foudre à ma vertèbre émotionnelle. Son parfum est venu envahir mon cœur. J'ai serré les dents et les poings pour essayer de contenir une tension mal venue. Raté. Je me suis platement excusé du désagrément que je causais à la bonne circulation des ondes sur mon corps et le sien. Elle a souri en murmurant qu'elle connaissait ce phénomène chez les sujets mâles, il n'avait rien d'inquiétant. Son sourire était plus mystérieux que jamais.

*

Les journalistes s'emparent de mon affaire d'Atlanta. Très vite, mon cabinet est submergé de leurs demandes d'interviews, ils veulent en savoir plus sur les « conditions de mon arrestation », car c'est devenu une arrestation ! Mon téléphone personnel est assailli, il surchauffe comme au début de ma nomination. Je réponds à quelques journalistes que je connais de longue date. Le lendemain, j'apprends que les « Guignols de l'Info » sur Canal + ont fait un sketch sur Begag chez Arnold Schwarzenegger. Toute la France sait ce qui s'est passé alors que je n'ai rien dit à personne, à l'exception du consul de France à Atlanta qui me cherchait à l'aéroport et qui m'a retrouvé une heure après mon débarquement dans un *lounge* où j'attendais ma correspondance pour Tallahassee. C'est à lui que j'ai d'abord rapporté l'anecdote, c'est lui qui a décidé qu'on ne pouvait laisser passer l'incident.

Mon téléphone sonne. Je décroche. C'est une journaliste de *Libération*. J'accepte de lui dire quelques mots alors que Matignon m'a informé que des excuses officielles étaient arrivées de Washington, il est inutile de jeter de l'essence sur les braises. Elle publie son papier le lendemain. Que je ne lis pas. Vingt-quatre heures plus tard, c'est *Le Monde* qui me joint. Un journaliste que je connais depuis quinze ans. Comme j'ai un grand respect pour ce journal, j'accepte. L'affaire bat son plein. Je suis dépassé. Je n'aime pas cet emballement. Des discriminations au faciès comme celle d'Atlanta, les gens de mon espèce les vivent en France depuis trente ans, ce n'est pas la peine de se dédouaner sur le dos des Américains ! J'ai l'impression d'être manipulé pour un combat politique international qui n'est pas de mon niveau. J'entends dire que j'ai été fouillé au corps pendant deux heures à l'aéroport ! L'étau se referme. Je me demande pourquoi personne ne me vient en aide. Je prends l'eau de partout.

Sur mon carnet, pour la première fois, je note la date à laquelle je commence à écrire : samedi 29 octobre 2005. Je ne l'ai pas fait auparavant, le temps ne comptait plus. Peut-être sera-t-il difficile de me repérer dans tout ce que j'ai noté précédemment, mais à partir de maintenant il me faut de l'organisation, sinon je vais me perdre avec le peu de mémoire vivante qui me reste. Mes réflexes d'écrivain resurgissent. J'ai dégainé à nouveau ma plume. Je vais à présent inscrire noir sur blanc les mots de ma survie, me rappeler que je sais écrire aussi, pas seulement assister à des Conseils de ministres et me rendre à l'Assemblée pour des questions d'actualité. Je résiste à l'engloutissement, armé d'un calendrier. Un calendrier, c'est un début et une fin. La fin, c'est quand je serai libéré de ce bourbier et que je passerai le relais à un autre kamikaze. Un calendrier, juste pour me souvenir du temps.

Cinq mois passés dans ma vie de ministre. Cinq mois et je suis parfaitement invisible, broyé par le duel Sarkozy-Villepin. Tant de gens dans les quartiers pauvres attendent d'être reconnus par l'égalisateur de chances ! Mon étouffement est le leur.

*

Un jour, j'ai marqué par hasard un bon point. À 7 h 20, j'étais l'invité de Gérard Leclerc sur France 2. La veille, Sarko venait d'annoncer à grand bruit qu'il était favorable au droit de vote des immigrés extra-européens aux élections locales. Me voici, en ce matin d'automne, dans les locaux de la télévision, dans le brouillard, car évidemment je n'ai pas dormi de la nuit, comme toutes les nuits. À l'entrée du parking, les agents de sécurité, tous des Arabes, m'accueillent avec des sourires complices et fraternels. Ils me reconnaissent. C'est ça la France de la diversité, des Arabes et des Noirs dans les métiers de la sécurité, à l'aube, qui sont à la tâche pour que les gens puissent se lever à des heures décentes et aller travailler en retrouvant leur outil de travail intact. Lorsque ma voiture officielle pénètre dans l'enceinte de la télévision, un jeune homme m'interpelle par la vitre du gardien. Il a l'air fou. Je demande à un employé : « Qu'est-ce qu'il veut ? » Il me dit qu'il est venu de loin pour me voir. Je laisse tomber, je n'ai pas le temps pour l'instant. Gérard Leclerc m'accueille et me met tout de suite à l'aise. C'est le demi-frère de Julien Clerc, pour qui j'ai une grande admiration depuis longtemps. Il a une tête de *genbien*. L'émission se passe correctement. J'ai bafouillé un peu mais j'ai répondu juste et court aux six ou sept questions posées. C'est déjà l'heure de repartir. À la sortie, je demande où est le jeune homme qui voulait me voir à l'entrée. On me l'amène, après avoir vérifié qu'il n'est pas armé. Il me rejoint dans ma loge. C'est un jeune Arabe d'une ville du Sud, policier municipal, à qui ses collègues blancs lepénistes ont pourri la vie. Les poches sous ses yeux ressemblent au masque de la mort. Il me dit qu'il a tout perdu. Il n'a plus de boulot, il ne peut plus payer de loyer. Il vient à moi comme vers une ultime bouée de sauvetage. « Après, c'est le suicide », il m'avertit. Je lui promets de lire son dossier. Il sanglote. Il est venu de Montpellier. Je ne sais pas où il a dormi. Dans la rue ? « Comment tu savais que j'étais ce matin à la télé ? », je lui demande. Il me dit que ma venue a été annoncée dans le journal du soir, la veille, alors il a pris le train. Pauvre de moi, je suis ministre de la chance ! Le monde des damnés converge vers moi comme dans *Les Raisins de la colère*. Je suis la boîte postale des misères de France. Entre les moyens dont je dispose et les attentes du peuple, le fossé m'inquiète chaque jour davantage. Ça ne pourra pas aller très loin. Ça va craquer dans mes entrailles. Je retourne au bureau. Sur mon portable il y a des messages de félicitations. J'ai été bon chez Gérard Leclerc. Je suis heureux, je peux boire un café tranquillement. L'après-midi, quand j'arrive à l'Assemblée nationale, plusieurs députés UMP viennent me féliciter chaleureusement. Ils ont été surpris par la proposition de Sarko et c'est moi qui leur donne de bons arguments : faisons d'abord voter ceux qui sont là, des Français, et qui n'ont rien à faire de la politique, avant de nous interroger sur les immigrés qui, eux, n'ont rien demandé. C'est un faux débat politique : les élections approchent, le pauvre immigré va bientôt devenir un enjeu électoral majeur. Avec l'immigration, l'insécurité, la menace terroriste, l'islam. Je voudrais faire cesser ce cercle infernal !

Le directeur de cabinet du Premier ministre m'appelle pour me dire qu'il a lu une dépêche AFP sur mon émission. Il l'a laissée sur le bureau de Dominique de Villepin. Aujourd'hui, je suis un *opti-ministre*.

*

Un soir, en rentrant chez moi, Brigitte m'apprend qu'elle a croisé dans un dîner parisien une ostéopathe qui était très étonnée du jeu que je jouais avec elle : pourquoi faisais-je semblant de ne pas la reconnaître ? Je ne comprends pas tout de suite. Quelle ostéopathe ? Quel jeu ?

Soudain, à ma grande honte, elle me rafraîchit la mémoire. Je me rappelle en effet que je l'ai rencontrée quelques mois auparavant chez des amis proches avec qui nous avions célébré le jour de l'An. Elle était assise à ma droite durant les quatre heures de repas ! Et, le lendemain, nous avions passé la journée ensemble à marcher en forêt, à blaguer. Je me sens ridicule : je ne l'ai pas reconnue, là, dans son cabinet, sous sa blouse blanche et derrière son sourire lumineux. Je ne sais plus où me cacher. Brigitte me conseille de lui téléphoner pour m'excuser. Je ne peux pas. Je ne saurais pas quoi dire.

C'est le jour de la cérémonie de démolition de la barre 210 du plateau de La Duchère, à Lyon. Moi, enfant du quartier, je me réjouis de ce retour sur ce lieu où j'ai grandi. Je suis revenu avec Patrick, mon directeur adjoint de cabinet, qui habitait au huitième étage de l'immeuble avec sa famille. À peine débarqué à Lyon, le préfet m'annonce l'arrivée non prévue en avion de Jean-Louis Borloo. Il doit repartir tout de suite après la démolition. À vue de nez, je comprends vite la situation : il veut être la vedette puisque son ministère a participé au financement de la rénovation du quartier. Un voyage éclair de Paris à Lyon, juste pour prendre une photo, balancer deux mots à la télévision locale, des milliers d'euros de frais. Tout ça pour ça !

Dès ma descente de voiture, arrivé sur le site aux côtés du préfet, le maire de Lyon m'accueille avec son sourire cynique en me balançant : « Alors, m'sieur le ministre, faut revenir plus souvent, on s'est embourgeoisé ! J'espère que t'es venu avec des financements… » Du coup, je l'attaque de front. Les caméras et les photographes sont autour de nous. Je vois le maire jouer un rôle de seconde classe. Il me nargue : « Tu vois, c'est pas pareil quand on est au pouvoir, hein ! » Je lui envoie que ça fait vingt ans que les gens des banlieues comme moi veulent partager le pouvoir.

« Tu n'as pas de leçon à me donner de ce côté-là, monsieur le maire. » Je le vois s'énerver tout rouge. Il n'apprécie pas. Pas très loin de lui, le sénateur UDF attend son heure.

Devant mon immeuble en démolition, le maire se rapproche de nous, face aux caméras, et nous coupe la parole, débitant des mots en apnée pour occuper l'espace, c'est tout, ne pas me laisser le temps de parler. Je réponds à deux ou trois questions de journalistes. L'un d'entre eux me demande lui aussi si je n'ai pas l'impression de m'être embourgeoisé. Je réponds qu'on a le droit, lorsqu'on sort de cette cité, d'aimer le golf ; on n'est pas obligé de se cantonner au foot toute sa vie.

Soudain, j'aperçois des visages familiers dans la foule. Ce sont mes amis de trente ans : Patrick, Michel, les frères Hamidi... Ils ont tellement changé ! Je cours les embrasser. Je les reconnais surtout à leurs yeux, car autour d'eux, leur visage a fui dans tous les sens en ordre dispersé. Le temps a fait son œuvre de démolition, dans ce quartier plus qu'ailleurs, bien sûr, car la pauvreté accélère les désagrégations, surtout quand elle est arrosée à l'anisette. C'est drôle, me dis-je, avec le temps tout s'en va, sauf le regard des gens, cette lueur autour des pupilles. Mon directeur et moi retrouvons nos amis avec des éclats de voix d'adolescents. Le maire observe ces retrouvailles heureuses en spectateur. Il comprend que La Duchère, c'est mon pays.

Au moment de faire un discours devant les journalistes, alors qu'il doit parler le premier, le sénateur UDF le second, et moi le dernier, selon l'ordre protocolaire, le maire s'empare du micro et me le tend sèchement : « Alors, on va demander au ministre Azouz Begag de nous donner son point de vue technique sur le projet ! » Gloups ! Ce n'était pas du tout prévu comme ça, mais je ne me dégonfle pas. Je saisis fermement l'objet dans ma main et parle des ascenseurs, de l'ascenseur social, de l'enfant de La Duchère devenu ministre de Villepin, de l'humain dans l'urbanisme... et, au bout d'une dizaine de minutes, je repasse le micro au maire qui fixe la foule : « Le ministre parle, ce ne sont que des mots, nous on agit, on est plus prosaïques... », puis il commente son plan d'urbanisme pour La Duchère. Je suis bouche bée. C'est ça, être socialiste ? Bafouer les règles républicaines aussi grossièrement ?

Mais le pire est à venir. À 11 h 45 arrive Borloo. La démolition est prévue à 12 h 10. Il faut aller à la rencontre du ministre qui a payé avec l'Anru[1] une bonne partie des coûts de l'opération Duchère. De nouveau, caméras, télévisions, flashes... Borloo m'embrasse, serre la main du maire qui plaisante : « Et moi, tu m'embrasses pas ? » Et bisous par-ci, par-là. Démagogie à mort. Et « ça fait des grands chlourps et ça fait des grands chlourps », chanterait Brel s'il ne pleurait de cette comédie. Mais ne gâchons pas notre plaisir, la démolition approche. À partir de là, messieurs Collomb et Borloo occupent le premier rang de la foule. Borloo a la vedette. Collomb jubile. Il est rassuré. L'enfant, ministre de La Duchère, est écarté. La foule se presse devant le micro où le maire doit faire son compte à rebours. Deux femmes d'un organisme HLM local viennent m'obstruer la vue, de telle manière que les photographes en contrebas ne me voient plus. J'ai envie de les pousser, de leur dire que je suis là, ministre, nom de Dieu, et qu'elles me marchent sur les pieds, mais je veux rester digne. Collomb le socialiste invite Borloo le radical de droite : « Allez, approche-toi, on va faire le compte à rebours à trois avec Mercier l'UDF ! » 5, 4, 3, 2, 1, 0 : photos, flashes ! Moi je suis resté derrière.

1. Agence nationale pour la rénovation urbaine.

On m'a caché. Ils m'ont volé ma Duchère. Ils l'ont démolie à leur profit. C'est la leur, maintenant. Ce sont des cambrioleurs de greniers, des braconniers de mémoire. Ils avancent sans cœur, prêts à tout pour exister envers et contre tous. Le lendemain, sur la photo du *Progrès de Lyon*, Borloo, Collomb et Mercier souriront. Exit l'enfant du pays et son costume bleu nuit. Ils ne me feront aucun cadeau, je le savais.

Avant de quitter le site, Jean-Luc, un ancien ami du bâtiment, vient m'embrasser. Il craint de m'approcher. La cinquantaine au galop, divorcé, quatre filles, pas de boulot, pas de dents, pas d'espoir, plus de sourire. Il espère que je vais l'aider à survivre encore quelques années en toute dignité sociale. Oui, je vais le faire. On pourrait même réaliser un documentaire pour comprendre pourquoi mes potes sont devenus ce qu'ils sont, et pourquoi je suis ministre à Paris. À La Duchère, la misère sociale a les traits tirés, les rides profondes et les gencives rétractées. Elle ne laisse aucune chance aux années passées quand les individus ne sont pas sortis à l'air libre. Le béton a une capacité insoupçonnée à te coller à lui toute ta vie, si tu te laisses endormir par ses sirènes armées. Durant notre adolescence, nous avons passé trop de temps dans les caves de ces immeubles gratte-ciel. Les ascenseurs étaient toujours en panne, les Roux-Combaluzier-Schindler comme le social.

J'abandonne Jean-Luc et je vais avec quelques amis d'ici sur le site où l'immeuble s'est écroulé sur lui-même. J'ai eu la même impression à Beyrouth, la première fois que je m'y suis trouvé. Ça sent la poussière, l'odeur du temps. Devant la montagne de ruines, on me raconte qu'un ami d'enfance que je n'ai pas vu depuis quinze ans n'a pas osé venir me voir, tellement il est buriné par les années. « Tu n'aurais pas pu le reconnaître. » Je suis triste. Je ne supporte pas cette conscience lucide que j'ai du temps qui pulvérise tout dans son sablier. C'est étrange, lorsque la barre 210 s'est affaissée sur elle-même, le plus beau était l'élévation soudaine des monts du Lyonnais à l'horizon. C'était comme un dévoilement. Un immeuble HLM tombe, un horizon s'ouvre : le symbole était évident. Un immeuble qui meurt, c'est une enfance qui finit. La mienne s'est achevée ce jour-là. Mon père était mort au dix-septième étage trois années auparavant, ma mère avait définitivement quitté le quartier l'année dernière, il ne restait donc plus d'attaches sentimentales avec les murs. Dans les décombres, les tapisseries sont restées accrochées aux parois jusqu'à la fin, comme un commandant de bord sur son bâtiment qui sombre. L'une d'elles représentait un bord de mer aux Antilles. Avec des cocotiers, du soleil et de jolies filles.

*

Octobre tire sa révérence. Quatre jours de repos à Lyon. Lutte matinale contre la pierre dans mon estomac. Je résiste héroïquement à son roulement : je viens de passer deux nuits entières sans escale forcée à 3 h 12 pour la première fois depuis cinq mois. Cinq mois ! Déjà. Plus de cent cinquante jours. J'ai l'impression d'avoir juste gesticulé dans les médias, et encore. J'ai fait des sorties pour signer des chartes de la diversité avec des entreprises. On a atteint le chiffre de deux cent cinquante. Et alors ? disent les journalistes, c'est M. Claude Bébéar, le patron du groupe Axa, qui est à l'origine de cette idée en 2004, pas moi. J'essaie de me défendre avec mes petits arguments : « Oui, mais c'est moi qui donne son véritable envol à cette charte. » Rien n'y fait. J'entends toujours les rumeurs porteuses de fiel : beur de service, Arabe alibi... Mon oreille s'est habituée. Ce qui m'attriste, c'est que les gens savent que je ne vais pas changer la France, mais comme ils m'imaginent ministre de la chance, ils attendent tout de moi, comme du Loto. Un Arabe m'a surnommé « ministre de la Française des jeux ». Sur mon bureau, chaque matin, je m'assieds au pied de ces piles de lettres déchirantes de gens qui ont besoin de travail, d'argent, de logement, de papiers, de justice, de respect, et qui me le font savoir à coups de lettres recommandées avec accusé de réception. Et justement, après, je suis « accusé de réception » sans action derrière ! Accusé de non-réception, levez-vous ! À quoi servez-vous ? Sur mes e-mails, je lis maintenant « boîte de déception », au lieu de « boîte de réception » lorsque j'ouvre ma messagerie.

*

L'écriture ne me suffit plus, je suis trop atteint. Maintenant, chaque jour je veux démissionner. Je veux arriver jusqu'à demain, chaque aujourd'hui. Chaque jour, chaque nuit. Je me dis qu'il faut que je m'en sorte, mais je crois que je ne peux même pas. Villepin me fait confiance, même si des membres de son cabinet s'inquiètent de mes libertés. J'ai toujours la parole libre. J'ose dire que ce sont les Arabes et les Noirs qui subissent de plein fouet les discriminations et le racisme, à cause de leur gueule, donc il faut combattre avec plus de vigueur ce fléau. Je relance l'idée de créer des brigades antidiscrimination. Parler de Noirs et d'Arabes au pays des droits de l'homme dérange, je le sens bien. Je ne suis pas politiquement correct. Si au moins mes conseillers avaient de l'expérience politique ! Mais personne ne veut venir dans mon cabinet : trop près des élections, pas assez de perspectives de recasement.

Une galère de plus : je n'ai plus de directeur de cabinet depuis un mois et demi. Mes conseillers tombent malades. Ils ne savent plus où ils vont, moi non plus. Un matin, excédé, je hurle pour dire que je n'ai pas besoin de leur défaillance, que moi, comme malade, je me suffis largement ! Je suis tellement crevé que l'autre jour au Conseil des ministres, alors que le Président venait juste de donner la parole à un ministre, mon téléphone a sonné dans mon cartable. Tout le monde a souri. C'est tellement protocolaire, stressant, ces conseils ! Ils durent de 10 h 15 à 11 h 30 environ, mais à chaque fois j'ai l'impression que c'est trois heures. Moi je n'ai pas encore pris la parole. Je ne sais pas ce que j'attends. Je ne sais ce qu'ils attendent, les membres de mon cabinet. Personne ne sait ce qu'on attend. Alors tout le monde attend.

Le mardi 27 octobre restera dans l'histoire de la France des banlieues. À Clichy-sous-Bois, trois jeunes sont poursuivis par la police et se réfugient dans un transformateur EDF. Deux d'entre eux meurent électrocutés, le troisième est grièvement blessé. Sarkozy monte au créneau. Il se rend sur place avec les caméras et se fait caillasser sous les projecteurs. Deux jours auparavant, il a lâché à Argenteuil des mots durs contre la « racaille » à une dame qui se plaignait à son balcon des jeunes qui sèment la pagaille dans le quartier. C'est le tollé partout en France, l'embrasement général deux jours avant la fête musulmane de l'Aïd el-Kébir. Des voitures brûlent à Clichy-sous-Bois, puis dans le reste de la banlieue parisienne. À la télévision, les images chocs crépitent, enflamment les esprits. Le feu, la police, la haine partout dans le pays. Comme une traînée de poudre, les violences gagnent l'ensemble des cités. Des journalistes m'interrogent pour connaître ma réaction aux propos de Sarkozy. Je livre ce que j'ai sur le cœur à *Libération* ; je suis opposé à cette « sémantique guerrière ». Je n'ai pas peur. Je sens bien que je dois jouer ma partition. Je ne réfléchis pas, j'avance. Mon destin est là, aux portes de mes tripes. Je dois y aller. De toute façon, je suis déjà allé trop loin. Quand je pense que je n'ai rien calculé au moment d'accepter de commenter les déclarations de Sarkozy : j'ai dit qu'on ne pouvait pas, dans les banlieues, prononcer des mots pareils. Le lendemain, je suis vivement sollicité par Yves Calvi, un journaliste que je connais depuis une vingtaine d'années à Lyon où il travaillait pour la chaîne de télévision TLM. Il ne manque pas, au cours de l'émission de France 2, à une heure de grande écoute, de me harceler. Il me refroidit, même : « On dit que vous voulez démissionner, c'est vrai ? » Je ne me démonte pas. Je réponds qu'en effet toutes les nuits je veux démissionner et le lendemain je me réveille et je repars guilleret à mon travail, n'en déplaise à ceux qui voudraient me voir jeter l'éponge. Ce soir-là, j'ai eu une mauvaise impression de ce journaliste. J'ai pensé, sans doute à tort, qu'il avait été un peu influencé par l'entourage de mon ennemi de l'Intérieur. Merci les ancêtres, je suis fier d'avoir tenu bon. J'ai gardé des messages SMS envoyés par des gens pour me dire qu'ils étaient fiers de ma dignité durant cette épreuve. « Dignité » : un mot anticalamiteux.

Des centaines de voitures en flammes continuent d'embraser les nuits de la France de l'égalité. La descente aux enfers est engagée. Mes contorsions ventrales reprennent de plus belle. Les réunions de crise s'enchaînent à Matignon, associant ministres et directeurs de cabinet. Comme je ne suis pas politique, lors des discussions, mes arguments ne portent pas. Je vois dans les yeux de Villepin qu'il n'est plus vraiment avec moi. Il est un autre, lui aussi, tout comme moi. Il faut que je surveille le dosage de mes prises de position. J'ai provoqué un tollé politique au sein de l'UMP. La gauche en profite. À la séance des questions d'actualité à l'Assemblée, elle déclare la guerre à Sarko, ses provocations, sa politique du tout-sécuritaire, tandis que la droite applaudit son héros qui envoie les escadrons de CRS dans les banlieues pour rétablir l'ordre. Je suis pris entre deux feux. Droite-gauche et Sarko-Villepin.

Les nuits, je prends un demi-Temesta pour essayer de dormir et franchir la barre des 3 heures du matin, mais la pierre est plus forte que la chimie, elle me réveille pour m'obliger à penser. Le Temesta n'agit d'ailleurs plus. J'en suis bourré.

À une réunion du groupe UMP à l'Assemblée, le Premier ministre est pris à partie par des députés sarkozystes en raison de mes déclarations. Ils demandent ma démission pour absence de loyauté gouvernementale. C'est un comble. Sarko, depuis le début, réclame le droit à la liberté de parole, et dès qu'un autre en use il est furieux. Les témoignages de sympathie louant mon courage affluent à mon cabinet. Ma boîte de SMS et mon portable affichent complets tandis que sur le terrain la vague de colère se propage. Des milliers de voitures flambent chaque nuit, en banlieue parisienne et dans les villes de province. Ma guerre contre le ministre de l'Intérieur est ouverte de mon plein gré. Caméras et micros se tournent vers moi. J'ai droit à une page entière dans le journal *Le Parisien*, avec une belle photo de ma pomme en prime. Le journaliste-rédacteur en chef et son photographe sont venus en urgence à la gare de Lyon pour réaliser un entretien. Comme pour Europe 1 et Elkabbach, c'est la dernière fois qu'on fera mention de ma personne dans ce journal que lisent les jeunes de la banlieue parisienne. Au cours des mois, j'essaierai plusieurs fois de joindre personnellement le rédacteur en chef. Pas de réponse. Mais quel crime ai-je commis ? Il a dû recevoir un coup de fil de poids pour ne plus citer mon nom dans son journal durant un an. J'ai seulement osé dire qu'il n'était pas bien d'insulter les jeunes des banlieues et vouloir nettoyer les cités au Kärcher. Je réalise que des acteurs en coulisses s'activent à dénier mon existence au sein du gouvernement. On m'a rapporté que Sarko fait des interventions directes auprès des rédactions. Je suis grillé au *Monde*, au

Figaro, au *Parisien*, dans la plupart des hebdos, et à gauche bien sûr. Je ne savais pas que la démocratie française avait subi des avaries aussi graves. La liberté d'expression a un prix exorbitant. J'accepte de payer cash.

*

2 novembre 2005 : étrange impression de décalage ce mercredi au Conseil des ministres, en pleine guerre des banlieues. Les collègues qui prennent la parole sont calmes, les voix sont douces et posées. Ici on est dans le velours. Cette nuit, les critiques contre moi sont montées à l'étage supérieur, en provenance des ministres sarkozystes et de quelques fameux députés. Ils m'agressent avec dédain dans les médias : « Il est scénariste, il fait du civisme, c'est un écrivain… Il n'y connaît rien en politique… C'est le beur de Villepin. » Heureusement, je ne lis rien. Sauf aujourd'hui, *Le Canard enchaîné* qui me traite de sous-ministre beur de service de Villepin et qui m'honore d'un grand papier avec photo, sur le thème : il avait dit qu'il ne se mêlerait jamais de la rivalité Sarko-Villepin et il se mêle de la rivalité Sarko-Villepin. Ça m'a fait mal, mais je reste debout. Les clichés me collent aux baskets. Au Conseil, Chirac a appelé à la « fin de l'escalade de l'irrespect ». Attaque indirecte contre le premier flic de France. Un point pour moi et les jeunes des quartiers. Mais Sarko a persisté et signé plusieurs fois à la télévision ses propos sur la « racaille ».

Le couvre-feu est décrété dans les banlieues. La guerre d'Algérie est rouverte. Les CRS bloquent les avenues Lénine des cités ouvrières. Il pleut du cocktail enflammé sur la République.

*

Villepin et Sarko reçoivent à Matignon les familles des jeunes décédés dans le transformateur EDF. Je suis invité à venir rencontrer le Premier ministre à 20 heures seulement, dans son bureau, après le départ des familles. On m'a évité. Je n'ai pas cherché à savoir pourquoi. Des journalistes de la télévision m'attendaient devant l'entrée de l'hôtel Matignon, je ne leur ai pas parlé, ni fait un signe du doigt sur les lèvres, ni ne les ai même regardés. L'histoire passe devant mes yeux en TGV, je ne peux pas mettre la main dessus. Je suis dans le bureau de Villepin, en face de la télévision. Le directeur de cabinet et le conseiller spécial sont à mes côtés. À 20 heures, lorsque le journal de PPDA commence, tous les yeux sont braqués sur les infos en provenance des cités en feu. Soudain, un reportage démarre et je vois ma tête en gros plan, en train de dire que je suis contre le mot « racaille ». Villepin, assis à mes côtés, me sourit : « Ça y est, tu es content ? Tu existes ! » Il dit cela sans hausser le ton, sans jugement, comme s'il faisait juste un constat. Je ne sais pas s'il faut rire ou pleurer. Oui, je suis fier d'être le fils de mon père, enfant des hauts plateaux de Sétif, fils d'une tribu dont l'honneur est une rivière qui irrigue depuis des siècles les valeurs communes. Heureux d'avoir osé prendre la parole contre l'homme fort du gouvernement et étalé notre profond désaccord. Je ne m'attendais pas à cette étrange remarque de Villepin. Je n'arrive pas à déchiffrer exactement le ton qu'il a utilisé. Ça veut peut-être dire : « On a tout fait pour te garder sous silence, mais tu as quand même eu le courage d'en sortir… et tu as bien fait, alors, bienvenue dans le monde des politiques… Content ? Tu existes ! » Cette phrase s'agite dans ma tête comme une boule de billard qui ne trouve pas son trou. Elle erre dans mes tuyaux. J'ai le mauvais sentiment qu'on aurait bien aimé que je me contente de jouir de ma fonction ministérielle. Ils se sont trompés. Moi je veux laisser derrière moi des portes ouvertes pour ceux qui suivent. « Tu existes ! » – comme si je n'existais pas avant ! Mais si, j'existais. Et même abondamment. Mon problème est que je n'ai pas le goût du pouvoir. Un ami m'a dit que, pour accepter de faire partie d'un gouvernement, il faut être sacrément mégalo. Je suis d'accord avec ça, je suis mégalo. Comme les autres. Mais il faut que j'évite un piège : je ne dois pas semer l'*azouzanie* dans le gouvernement. Je dois m'affirmer sans excès, avec mesure, retenue et délicatesse. Le jeu politique est un tricotage sensible. Oui, je suis fier d'exister, mais ce n'est pas une raison pour faire la danse du ventre sur la table du Conseil des ministres et devant les caméras de télévision !

Pour faire le vide, je suis rentré chez moi regarder à la télé le match Lyon-Athènes en Coupe d'Europe. Lyon : 4 ; Athènes : 1. Je me suis dit que cette victoire allait me permettre de dormir sur mes deux oreilles, mais que nenni : lever en fanfare à 2 heures. Trop rêvé, trop de pierraille dans les artères, trop de transpiration. Le matin, en Conseil des ministres, le Président doit faire une déclaration officielle sur l'avenir des banlieues. Demain, c'est l'Aïd, la fin du mois de jeûne. Des milliers de jeunes Arabes musulmans vont sortir dans les rues, peut-être casser des magasins. Personne n'a oublié que, lors des affrontements à Clichy-sous-Bois, deux grenades lacrymogènes ont atterri dans une mosquée où priaient des centaines de croyants. La situation est explosive. Sarko a ouvert une boîte de Pandore, il ne maîtrise plus rien. S'il y a des morts supplémentaires, ce sera la guerre totale. Les caméras du monde entier continuent de diffuser au reste de la planète des images de guerre civile en France.

À l'entrée du Conseil, on me regarde comme celui qui a osé. Sarko ne m'adresse pas un regard. Seul un ministre m'apporte son soutien en catimini : « T'as bien fait ! » avant de retourner à sa place sans être vu près du trublion que je suis, le briseur de cohésion gouvernementale. À part lui, silence sur toute la ligne. Pas un signe de mes collègues. Un petit sourire, par-ci, par-là. Je suis seul, sans moyens, sans cabinet, sans amis. Sans carte UMP. Ici c'est chacun pour soi et même Dieu dit : « Je ne veux pas me mêler de vos embrouilles de fous », tellement ça le dépasse. Alors démission ? La grande question, de nouveau, m'a réveillé à cette heure fatidique où tous les déprimés de France ouvrent l'œil. Qu'est-ce que je gagne dans cette affaire ? Je ne vais pas changer la France, transformer la façon de faire de la politique. Mille fois, comme une crêpe, je tourne la tête sur l'oreiller, complètement imbibé de transpiration. J'ai les deux pieds coincés dans la boue. Je ne peux pas reculer. Je devine trop ce que vont dire les Français si, au bout de cinq mois, en pleine tourmente, je me retirais. Je suis au milieu du gué, l'eau monte chaque jour. J'en ai déjà plein les chaussures. Je n'ai pas le choix. Avancer, accélérer, courir !

*

Les feuilles mortes jonchent les rues de la ville comme des cadavres de l'été. Sur les quais du Rhône, les péniches attendent leur heure. En rentrant à Paris, dans le TGV, j'ouvre *Le Monde*. Stupéfaction : je lis en page deux que j'ai déjà utilisé le mot « racaille » en 2002, dans un article que j'avais publié dans ce même journal ! Une attaque directe des sarkoboys. Je n'en reviens pas, ils sont allés fouiller tous mes écrits de ces dernières années pour trouver des pièces à conviction contre moi. C'est vrai que j'avais parlé de « racaille », mais c'était lorsque j'étais sociologue au CNRS. On ne peut pas ressortir ça maintenant, alors que je suis membre du gouvernement et cela n'excuse en rien le ministre de l'Intérieur. Comment *Le Monde* peut-il me faire ça ? Je suis la cible de la place Beauvau. Ils vont tout faire pour me discréditer médiatiquement.

Le lendemain, j'essaie d'appeler le directeur de publication du *Monde*, Jean-Marie Colombani. Ma secrétaire me dit qu'il est en réunion, il va me rappeler. J'attends toujours, un an après, que sa réunion se termine.

J'entends à la radio que Chirac a fait une déclaration annonçant l'absolue nécessité de rétablir l'ordre public et de réaliser l'égalité des chances. « Ferme et juste » : ce sont les termes que le vocabulaire politique trouve adaptés au pic de la crise. On ne me dit rien. Je suis concerné au premier plan par ces violences, mais on me tient à l'écart de leur règlement. En attendant, j'ai accepté une interview de Philippe Bernard, du *Monde*. Elle doit paraître lundi après-midi à Paris, le jour du lancement d'une nouvelle formule du journal : « Les confessions d'Azouz Begag ». J'attends les réactions d'en haut. Je n'ai pas consulté Matignon, juste ma conscience, et elle m'a dit : « Vas-y. » J'espère que le journaliste sera fidèle à ma pensée, sinon je devrai quitter ce gouvernement dans les heures qui suivent.

Martin Luther King passe devant mes yeux comme une ombre-mémoire. Je revis les douleurs qu'il a endurées dans son combat pour la dignité des Noirs américains. Lui, au moins, avait foi en Dieu. Mais moi ? J'écoute mon cœur, je continue d'envoyer des SMS à mes ancêtres. Je salue les passants.

Dimanche 13 novembre 2005, 6 heures du matin. Je reprends la plume après plusieurs jours de folie incendiaire. Pour la dix-septième nuit de violences urbaines consécutives, trois cent cinquante voitures ont encore brûlé. À Lyon, en pleine journée, des dizaines de jeunes ont saccagé des boutiques et affronté la police place Bellecour. J'ai une pression maximale sur le dos. Ma vertèbre émotionnelle est complètement sortie de sa cavité et se balade à l'air libre. Mon bassin est décalé d'au moins un mètre ! Dans mon ventre, la pierre joue la toupie maintenant pour mieux perforer. Mes intestins se font des nœuds. Je ne peux plus aller chez l'ostéo, j'ai trop honte. Pourquoi cette crise des banlieues me tombe-t-elle dessus, alors que je suis le premier ministre d'origine algérienne issu des quartiers ? SMS en urgence aux ancêtres : « SOS. L'un d'entre vous pourrait-il descendre pour me venir en aide ? » Je suis malade. Je vais à l'hôpital du Val-de-Grâce pour une visite, les mains sur l'abdomen. Un médecin militaire d'une grande amabilité me reçoit, m'examine. J'ai les yeux rivés dans les siens. Ulcère à l'estomac ? Non, il dit que je suis contracté à l'extrême. Je pense aussitôt à ma *rolling stone* qui me roule dedans. Je fonds en larmes. Je passe dans une salle où l'on m'enfouit dans la bouche une caméra qui va explorer le terrain que laboure la pierre. La plus pénétrante sensation de ma vie. Le médecin me demande d'avaler le serpent lumineux et de l'aspirer, tout en respirant normalement. Un grand coup, ça y est, elle est passée, maintenant elle peut aller filmer la carrière – je suis sûr que la pierre a fait des petits –, je la sens descendre en moi. « Respirez encore normalement », me glisse l'infirmière à l'oreille. Tout glisse. La caméra revient à la surface de moi-même, avec un bon diagnostic. Juste une inflammation. Je vis toujours. Ça saigne, mais ce n'est pas l'hémorragie.

Pourtant la rumeur court : je me meurs, j'agonise. Je croise le député UMP sarkoziste Lellouche dans une réunion. Il me dit ironiquement que, lorsqu'il m'entend dans les médias, je ne parle que de mes viscères et de mon estomac. Je sais ce qu'il veut dire : que je ne suis pas à la hauteur. Il voudrait bien me voir exercer mes talents ailleurs que dans le gouvernement, comme beaucoup d'autres. Mais peu de gens me demandent maintenant de démissionner. Les messages que je reçois m'incitent plutôt à me rendre dans les quartiers pour parler aux jeunes. Je voudrais bien, mais dans quels quartiers ? Tous ? Si c'est pour dire : « Je vous ai compris ! », ce n'est pas la peine. Les Français ne comprennent pas ce qui se passe, ni pourquoi on ne fait rien pour faire cesser cette violence irrationnelle. Ce n'est pas parce que je suis le seul ministre issu de l'immigration et de ces quartiers que je dois me rendre physiquement sur le terrain et dire : « Regardez-moi, je suis comme vous, ce que vous faites n'a pas de sens ! » Je pense même le contraire : c'est quand on fait peur aux institutions qu'elles apportent des réponses aux problèmes. Je ne sais plus qui est moi. Il n'y a personne pour me conseiller. Il me faudrait des moyens pour agir. Et encore, je n'en suis même plus sûr. La crise des banlieues est la crise de sens, de valeurs, d'identité d'une nation tout entière.

*

Incognito, je me rends un samedi en pleine nuit aux Minguettes et à Vaulx-en-Velin au milieu des flammes. Aux Minguettes, les incidents sont graves : un hélicoptère équipé d'un puissant projecteur éclaire les immeubles et traque des groupes de jeunes qui se faufilent d'un hall à l'autre, entre les voitures dans les parkings. Je ne distingue que leurs blousons dont ils ont relevé le col comme des ombres sans tête. C'est une série américaine, dans le ciel noir de Chicago, Los Angeles ou New York. Les ados des ombres jubilent, ils sont en direct à la télé. Ils doivent se dire : « Cette fois, sur La Mecque, ça y est, on existe ! On nous envoie les grands moyens. » J'avais prévenu Villepin, lors d'une réunion de crise à Matignon, pas d'hélicos, ça va surexciter les jeunes. En vain, c'est comme si je n'avais pas parlé, comme si mes mots n'étaient même pas sortis de ma bouche.

Entre les immeubles des Minguettes, dans la nuit incendiée, je retrouve un ami. Nous nous approchons d'une patrouille de CRS qui protège des pompiers venus éteindre une voiture en feu, lorsqu'un gros caillou s'écrase près de nous. Le bruit qu'il a fait au contact du sol, un bruit sourd, un bruit de mort, est encore dans mes oreilles. Le choc de la haine en provenance des tréfonds.

Le lendemain, Villepin, mis au courant de mes escapades incognito dans les quartiers des ombres, m'appelle à mon bureau pour me houspiller : « Tu réalises, mon vieux ? Tu es ministre, tu aurais pu te faire molester ! » Il me lance que je suis payé pour rester dans mon bureau, « pas pour aller faire »… Je ne me souviens plus de la suite. Mes oreilles n'ont pas pu écouter plus loin. Elles se sont mises en état de surdité préventive. Je voulais réagir : « Moi, molesté, dans les quartiers ? Mais c'est chez moi ! Je ne pouvais pas avoir peur d'aller chez moi ! » Molesté, ce mot est resté lui aussi enkysté en moi. Je ne l'avais jamais entendu, de toute ma vie. « C koi molesté ? », j'avais envie de questionner pour faire jeune des cités. Je l'avais lu ce mot, seulement, jamais prononcé, ma langue ne l'avait jamais mastiqué. Je l'ai placé à côté de « calamiteux », comme ça j'en aurai deux à macérer durant ma retraite de ministre.

*

Le feu partout. Des journalistes me téléphonent de tous les coins de France et du monde. « Allô, allô ? Paris brûle-t-il ? Peut-on parler de guerre ethnique en France ? » Je n'ose plus bouger ni répondre aux questions. Matignon m'a remis les bretelles en place après une sortie fracassante que j'ai faite dans le journal *Sud-Ouest* où je déclarais que Sarko n'était qu'un ministre parmi les autres. Ça n'a pas plu au ministre de l'Intérieur. Il a dû menacer Matignon de représailles.

Je suis les journaux télévisés du soir avec stupéfaction. Ce ne sont que des Arabes et des Noirs qui filent entre les flammes, lancent les cocktails Molotov qui embrasent les nuits de l'inégalité des chances. « C'est une guerre ethnique, une guerre islamique », analysent certains médias internationaux. « Des Tchétchènes musulmans mettent la France à feu et à sang. » Sarko est sur tous les fronts. Sans répit on me demande où je suis, moi, pourquoi on ne me voit pas. On ne m'invite pas à la télévision, voilà la raison ! Je me contorsionne de douleur car je voudrais dire aux jeunes que je ne peux pas défendre les Arabes et les Noirs de France sans dire que je suis aussi le ministre de l'égalité des chances pour les femmes, les handicapés, les ruraux, *tous* les Français. Je ne veux pas être le ministre de l'intégration. Je suis le ministre pour tous ! « Vous comprenez ça ? La République fonctionne comme ça ! »

Dans mes cauchemars, je converse avec moi-même puisque je ne peux fermer l'œil. Je me fais une conclusion simple : si je reste dans ce gouvernement, je suis mort ; et si je pars, je meurs. Il faut juste que je choisisse la voie la moins douloureuse et la plus rapide pour le cimetière. « Azouz, je t'apporte des soucis... » Il introduisait bien son choix de ma personne, Villepin, le 2 juin dernier. Les yeux fermés, sur mon oreiller, je suis encerclé par des projecteurs d'hélicoptères qui tournoient autour de ma vie. Il est 3 h 18.

*

La presse se déchaîne contre moi. Un matin, je tombe avec joie sur un article dans *Libération* de l'ancien ministre socialiste de l'intégration Kofi Yamgnane : « Tenez bon, monsieur le ministre ! » Il me fait chaud au cœur. La chaleur fraternelle me remonte le moral et adoucit les tumeurs de ma vertèbre émotionnelle. Quand je pense que, le matin de mon départ pour Atlanta, j'avais dit à Villepin que je souffrais de ma perte de visibilité auprès des gens des banlieues. J'entends encore son éclat de colère percuter mes tympans : « Et moi, tu crois que j'en bave pas ? C'est ça, la politique, mon vieux... » Prendre des coups. Et voici, maintenant : le feu.

En pleine tempête, on m'a organisé un rendez-vous en tête à tête place Beauvau avec Sarko. Il me reçoit dans son bureau, avec des sourires enrobés de mots doux et m'invite à m'asseoir près de la cheminée, au coin du feu. Il se met face à moi. Des bûches flambent dans le foyer, tranquilles, faisant minutieusement leur travail de combustion, exhalant une bonne odeur de pin. Il me fixe droit dans les yeux : « Pourquoi tu m'attaques, Azouz ? Moi, je ne t'ai pas attaqué, jamais. Je n'ai même pas réagi à tes propos, tu as vu ? » Il mène la danse des mots. Il joue le persécuté. Je suis insensible au charme. J'use de ma liberté de parole, comme lui. Il ment. Prétend qu'il n'a pas répondu à mes attaques, mais en fait les ripostes dans la presse se multiplient, orchestrées par ses proches. Ils font de moi l'Arabe ministre qui défend ses frères arabes des banlieues au lieu de défendre les citoyens contre la « racaille » qui infecte la vie des bons Français. Qui est cet Aziz qui s'attaque à l'homme le plus fort de France ? De quel pouvoir est-il doté pour oser cette insolence contre le roi des *Hongraulois* ? Je ris sous ma djellaba. Personne ne peut imaginer que le fils de Bouzid le fellah a décidé tout seul, comme un grand garçon, de prendre son destin en main et de s'exprimer en homme libre. L'entretien tourne au surréalisme. Comme dans la cheminée de Beauvau, ça brûle de partout en France, les CRS et les pompiers sont sur tous les fronts, les télés étrangères filment dans les quartiers, et moi je parle d'égal à égal avec Sarko devant les bûches d'une cheminée que lèchent de douces flammes. Son téléphone portable sonne en permanence. Il penche les yeux sur lui. « Excuse-moi, celui-là je dois le prendre. » Il se lève : « J'en ai pour dix minutes », s'évanouit dans une antichambre. J'ai envie de téléphoner moi aussi, mais je me retiens… Devant la chorégraphie des flammes sur les bûches, on ne sait jamais, il y a peut-être des micros dans ce bureau. Il revient trente minutes plus tard, s'excuse : « Je suis confus… » Au passage, je lui glisse que mon grand-père est mort en 1918 dans le 23e régiment de tirailleurs algériens, dans la Somme. Qui est le plus français de nous deux ? « C'est toi », il reconnaît. Il dit qu'il est hongrois. Puis il me montre son désir de résoudre au plus vite notre mésentente : « Alors, qu'est-ce qu'on fait ? » Je vois qu'il me respecte. Nous sommes tous les deux des hommes courageux. Il reconnaît que j'ai fait des déclarations de mon propre chef. Il me dit même que cela le change « par rapport à tous ceux qui se chient dans leur froc ». Il revient à sa question : « Alors ? – Alors quoi ? » je répète naïvement. Sans vergogne, il me propose le prochain mercredi, jour du Conseil, de venir le rejoindre place Beauvau et d'aller ensemble, à pied, à l'Élysée, sous l'œil des caméras. Je suis stupéfait. L'homme me prend pour un bouffon ! Je scrute ses yeux pour voir s'il plaisante, mais non. Je dis : « OK, mais sans aucune caméra ni aucun photographe. Je n'aime pas faire de la publicité à mes démarches politiques. » Il fouille mon regard pour déceler si c'est du lard ou du cochon. Ses yeux bleuvert brillent. J'aperçois les lueurs du feu de la cheminée qui s'y reflètent. Il résiste. Agile, il propose alors que nous allions ensemble dans un quartier de banlieue un de ces soirs. Je dis : « Oui, mais sans caméra. » Je souligne que ce sont les médias qui enveniment les situations, qu'il ne faut donc pas se rendre avec eux dans les quartiers. Il dit que cela ne sert à rien de sortir sans le faire savoir. Nous sautons à un autre sujet, histoire de donner à chacun la possibilité de faire le point. Puis il revient à la charge et me dit de l'inviter dans mon ministère pour un déjeuner, là je dis : « Oui, ça me va, mais sans journalistes, bien sûr. » Puis nous plaisantons sur les talents culinaires de mon cuisinier et nous nous quittons. Il me raccompagne à la porte.

Je me tape la main sur les genoux à la sortie de son bureau : il est quand même gonflé de me proposer un deal si pourri ! Ils me prennent pour le bicot de service qui a accepté la fonction prestigieuse de ministre juste pour le joli costume, la 607 bleue, un chauffeur et un garde du corps. La colonisation a laissé de sérieuses séquelles dans les esprits. Lors d'une réunion, hier, un collègue a parlé au Premier ministre de « caïds des banlieues ». J'ai recommandé de faire attention aux mots, une nouvelle fois, « caïd » est un mot arabe signifiant chef de village. Ce n'était pas le moment d'associer les mafias de la drogue au mot caïd. Le collègue l'a mal pris, je l'ai vu. Je dis toujours les choses spontanément et ça me coûte. Mais tant pis. De plus en plus, je suis l'épouvantail à droite. Personne n'ose se montrer en photo avec moi. Le Premier ministre m'a recommandé de partir une semaine en vacances pour me faire oublier, craignant que je fasse des boulettes irréversibles. Je ne tiens pas à m'éloigner. Je ne veux pas laisser aux autres le soin de parler des banlieues à ma place. Ils ne vont pas se gêner, alors que je suis le seul membre du gouvernement à avoir habité dans les quartiers et écrit une dizaine de livres sur le sujet. On veut me pousser dehors discrètement ? Autour de moi, mes amis me suggèrent de rester et de serrer les dents et de faire preuve de courage. Courage pour quoi ? Pour me faire écraser ? L'histoire de France peut très bien éviter de passer sur ma vertèbre émotionnelle et mon bassin. Je consulte régulièrement mon ami le père Delorme. Si je pars, je cause du tort à Villepin qui m'a fait confiance mais je préserve ma santé. Et ce n'est pas le moment de donner aux jeunes des quartiers des signes de désespoir. Si je reste, les tensions vont s'aggraver pour moi et je ne suis pas sûr de tenir le coup.

Je prends deux Temesta pour passer le cap de 3 heures du matin. Je prie Jésus et Allah en même temps pour que ça marche.

Ni Allah ni Jésus, pas plus que les deux Temesta, n'ont été efficaces. Mes yeux tombent sur mes joues. Lundi 28 novembre, je reprends frileusement du stylo. Écriture, tu m'as manqué. Trop longtemps que tu n'as pas fait vibrer mes doigts. Je reprends ma main en main. Quinze jours exactement, je me suis abandonné dans le torrent politique, bercé par le sentiment laiteux du renoncement. Les choses sont allées trop vite, ma lassitude crescendo. Une nuit, les violences urbaines ont cessé, la vingt-cinquième, va savoir pourquoi. Les jeunes ne sont pas sortis encagoulés. Ils ont laissé leurs ombres à l'ombre, las de brûler les voitures de leurs voisins. Les hélicos ont remisé leurs projecteurs. Sarko a tenu sa langue. C'était la fin du match. Le ras-le-bol des gens. On se demande si on va résoudre les problèmes des banlieues, le mal de vivre de leurs enfants. On s'attend à d'autres épilepsies collectives du côté des HLM. Avec moi, beaucoup de journalistes ont trouvé un nouvel angle d'approche en me ressassant une rengaine : Sarkozy par-ci, Sarkozy par-là, beur alibi, beur aliba, et quels sont vos moyens et bla-bla. J'en ai plein le couscoussier.

C'est drôle, depuis quelques jours, je rêve que je suis jardinier dans un village du Luberon, un contemplatif, George Sand dans son château de Nohant, observant les jours qui coulent tranquillement devant mes yeux, un recueil de poésies à la main. Mais, hélas pour moi, réveil en fanfare à 3 h 19, j'avais oublié mes démons. J'ai pensé au silence de la mort. Je me suis dit qu'un de ces jours, un fou va me tirer dessus ou me poignarder parce qu'il m'aura vu à la télévision chez Ardisson. Comme ce type de la semaine dernière, à Lyon, qui s'est approché de moi pour me parler en glissant la main sous son manteau. J'ai senti que c'était une arme. Il était drogué. Un air de folie flottait sur son visage. Je me suis réfugié dans une boutique d'où j'ai appelé la police. Quand ils sont arrivés, l'homme avait disparu. Bêtement, je me suis senti à la merci de n'importe quel inconnu dans la rue, devant le vendeur de la boutique qui se moquait gentiment de moi. Pour la première fois j'ai eu peur de cette notoriété que tant de gens recherchent pour ne pas mourir anonymes. Maintenant je suis exposé. D'autant plus que, lorsque je viens à Lyon en fin de semaine, je le fais sans officier de sécurité, ni voiture officielle, ni chauffeur. Je veux être à moi. Seul à seul.

*

Au ministère, je reçois des lettres haineuses de racistes. Je ne les lis pas, car les mots purulents imprègnent plus aisément mon cœur que les autres. Ils ont un pouvoir de perforation maléfique. Mes collaborateurs m'en informent, c'est tout. Ils me donnent en revanche à lire ce qui est prometteur. Je suis étonné de l'ampleur de la crise de désorientation que vit la France. Crise de sens, au sens propre et au figuré. Les gens ne savent plus où ils en sont, ni où ils vont, ni ce qu'ils font, ni pourquoi ils le font, ni ce qu'ils ne font pas, et pourquoi ils ne le font pas. Tout le monde cherche une main, un cap, un timonier. Jeunes et vieux, urbains et ruraux, hommes et femmes, politiques et civils. L'angoisse s'est infiltrée dans tous les pores de la société. En arrière toute, repli sur soi ! Entre semblables.

*

Grâce à la crise des banlieues, l'égalité des chances a fait un atterrissage forcé au centre du débat public. Un projet de loi se prépare. C'est l'équipe Borloo qui s'en occupe. Je suis sûr que je vais être dépossédé de ma mission. Ça fonctionne comme ça, dans la cage, ils te dépouillent sans vergogne, te laissent en string au milieu de la place et s'en vont parler de cohésion sociale au peuple. Dedans, la violence est pire que celle des gamins des banlieues. Les lascars ressentent cette violence des politiques, ils se l'approprient à leur manière, avec leurs moyens. Les plus méchants ne sont pas ceux que l'on croit.

Depuis que j'ai dit non à Sarkozy, peu de politiques m'ont soutenu. Villepin m'a défendu devant les députés UMP, le président de la République m'a fait un clin d'œil, mais la solitude m'écrase les épaules. Ma vertèbre émotionnelle fout le camp chaque jour davantage. Je vois de moins en moins de monde. J'appelle moins mes amis. J'évite les dîners en ville et même ceux à la campagne. Je veux de moins en moins voyager, bouger. Les week-ends, quand je suis à Lyon, je me rétracte.

J'ai repris un peu de tonus quand Chirac a fait son discours sur le « poison des discriminations ». Ça me faisait du bien d'entendre un président de la République française parler des jeunes des quartiers, filles et fils de la République, de France de la diversité… Chez moi, devant la télé, je me délectais de ces mots. J'en étais tourneboulé. Le lendemain, bien des journaux, dont *Le Monde*, titrèrent sur le poison des discriminations, un vocabulaire qui, d'aucuns le remarquèrent, relevait de la sociologie des banlieues. Bien.

Décembre est passé sans s'arrêter à l'escale de mes yeux. Pourtant, c'est mon mois préféré, celui de mes enfances heureuses. Je n'ai rien écrit. Je ne me souviens plus de rien. Vaguement que j'ai mangé des huîtres aux halles de Lyon peu avant Noël et le jour de l'An. Je voulais me rendre en Algérie, dans le Sahara, pour les vacances sablonneuses, une semaine entière, mais mes conseillers m'ont déconseillé. Le président algérien était malade. Un ministre français seul dans les sables sahariens en plein décembre, ça ne sonnait pas bien. Je me suis enfermé dans mon appartement lyonnais et plus tard j'ai couru autant que j'ai pu. Tous les jours. Le soir du 25 décembre, je me suis retrouvé seul face à face avec ma télé. Mes filles, comme d'habitude, fêtaient le réveillon avec leur mère et leurs grands-parents gaulois. Je n'ai rien vu passer. Si bien que je reprends la plume, ce mercredi 11 janvier 2006, et je vois que le temps s'est encore compressé sans m'attendre.

J'ai dû me battre pour ne pas me faire voler ma promotion de l'égalité des chances par Borloo. Le projet de loi a été préparé sans moi, dans la précipitation, volontairement, afin que mon collègue ministre de la Ville en soit le porteur unique. Je sentais venir le rapt. C'est son directeur de cabinet qui organise ces plans au bénéfice exclusif de son ministre. Quelques jours avant, dans un discours de Villepin sur la réponse à la crise des banlieues qu'on m'avait fait relire, j'ai voulu rayer les mots « cohésion sociale » dans cette nouvelle agence qu'on voulait créer, l'Agence nationale pour la cohésion sociale et l'égalité des chances. Résultat : on a ignoré mes remarques. Le cabinet Borloo ne voulait pas d'une Agence de l'égalité des chances qui aurait été sous la tutelle de mon ministère éponyme.

Même combat pour la nomination en janvier de six préfets à l'égalité des chances. Mon collègue a poussé pour qu'on les nomme « préfets à la cohésion sociale et à l'égalité des chances ». J'ai vécu cette dépossession avec découragement, constatant une nouvelle fois la tyrannie de la communication en politique. Les préfets sont heureusement restés « égalité », mais ils dépendent de Sarkozy. Aucun de mes trois candidats n'a été retenu. J'ai protesté auprès de Matignon, de l'Intérieur, demandé des explications, on m'a souri en guise de réponse. Les choix étaient réglés bien au-dessus de moi. J'ai fermé ma gueule, que pouvais-je faire d'autre ?

*

Dans son bureau, Sarko m'invite à parler politique, cette fois. Avec le même rituel, autour des bûches qui crépitent dans la cheminée, vas-y que je t'installe une bonne ambiance familiale et que tu te confesses et que je t'embrouille ! Il me demande de réfléchir à une circonscription à Lyon pour les élections législatives. Je dis que j'ai encore le temps. Au passage, je lui reparle de mes candidats préfets rejetés. En me fixant dans les yeux, il me dit qu'il n'en a jamais entendu parler, et de toute façon il n'a eu aucune marge de manœuvre sur leur choix. Je suis scié. Qui a choisi, alors ? Un mensonge d'une grande franchise. Étonnant de vérité !

*

Je me bats de toutes mes forces. L'année 2006, décrétée année Begag de l'égalité des chances, démarre mal. Je ne peux pas laisser Borloo défendre la loi « égalité des chances » sans moi, mon nom est collé à ces mots. Je vais être encore plus ridicule dans les médias. Je vois venir le gros titre : pas de budget, pas d'administration, et maintenant invisible sur la loi de l'égalité des chances ! J'ai serré les fesses et tapé du poing sur la table. C'était une table en contreplaqué, alors j'en ai récolté les miettes. Borloo a organisé au ministère de la Cohésion sociale « un briefing aux médias », comme on m'a dit : pas de photos, pas de caméras, juste des journalistes qui peuvent prendre des notes écrites. C'est un tour de passe-passe politique, une nouvelle fois. Mon attachée de presse s'est renseignée pour savoir qui était convoqué à ce briefing. Le lundi soir, je fais téléphoner chez Borloo pour annoncer que je n'irais pas à leur briefing attrape-nigaud. Coup de tonnerre. Mes conseillers ont du mal à le croire. De mon petit levier de commande, je vais les inquiéter. Je préviens : « Dites-leur ce que je vous ai dit et vous allez voir, ils vont m'appeler d'eux-mêmes. » Ça n'a pas manqué. À 20 heures, Borloo me laisse un message d'amitié retrouvée sur la mémoire de mon téléphone portable, parlant de malentendus, de tristesse de n'avoir pas été compris, me jurant toute l'affection qu'il me porte, ce projet de loi est le mien, il n'a aucune intention de se l'attribuer ! Je fais le mort. Un dernier message, sur le même ton. Puis celui du directeur de cabinet de Villepin. Tous inquiets : le ministre de l'égalité des chances ne peut pas être absent d'une conférence de presse sur l'égalité des chances. Mon absence serait marquante. Je tiens bon. Je ne suis plus là. En fin de journée, on m'annonce que, chez le secrétaire général du gouvernement, on a décidé de me faire présenter avec Borloo le projet de loi en Conseil des ministres, histoire de recoller mon nom à cette action. Petite victoire. Je travaille sur un texte de quatre minutes à lire au Conseil. À peine ai-je terminé que je reçois un coup de fil de mon collègue, agacé, qui a décidé de me laisser tout présenter au Conseil sans lui. Ce à quoi bien sûr je ne me suis pas préparé. Un coup de bluff. Le type veut dire : « Puisque tu revendiques ta part du gâteau, mon coco, tu vas te débrouiller tout seul, comme un grand, avec toute la crème chantilly. Je te laisse tout ! » Sauf qu'il sait que je n'ai matériellement pas le temps de faire cette préparation. Je cache mon effroi. Je dis : « Très bien. » Je raccroche.

*

Le lendemain, au Conseil des ministres, très tendu, je salue Borloo autour de la table et m'assois à ma place pour lire et travailler mon texte. Je suis concentré sur les mots. L'huissier annonce l'entrée du président de la République et du Premier ministre. Le Conseil commence. Je réussis à lire mon papier dans de bonnes conditions, comme c'est toujours le cas au Conseil où tout est feutré, préparé, filtré, calculé, minuté, à l'exception des jeux de regards qui se croisent. À la fin, après avoir récupéré nos manteaux, je propose à Borloo de sortir avec moi sur le perron de l'Élysée pour parler aux journalistes qui vont nous interroger sur le projet de loi sur l'égalité des chances. Devant les caméras et les micros, nous nous partageons la parole.

Les jours suivants, je remarque tristement que c'est lui qui a médiatiquement récolté le bénéfice de l'égalité des chances. Le projet de loi est associé à son nom.

Mon costume bleu et mes chaussures flottent au-dessus de ma peau. Je suis vide.

Un jour banal, je suis en train de marcher sur les berges du Rhône, lorsque j'aperçois par terre un gratuit, *Métro*, dont le titre de couverture porte mon nom : « Égalité des chances 2006 : le projet de loi ». Je l'ouvre. Je le feuillette. Je pleure. On ne cite qu'un seul ministre dans le papier : Borloo. Alors que le communiqué de presse de l'Élysée, suite au Conseil des ministres, précisait bien que le projet de loi avait été présenté conjointement par lui et moi. Je jette le gratuit dans une poubelle. Je marche dans le quartier de la Fosse aux ours. Je n'ai plus que la peau et les os, comme le chien des *Fables* de La Fontaine. Je suis gentiment dégoûté de cette vie dans la cage. Je suis bourré d'harissa. C'est ce que je voulais.

Je cherche des aides, du soutien, des gens sur terre qui pourraient me montrer le chemin. Le ministre de l'Enseignement supérieur et de la Recherche, François Goulard, vient à ma rescousse à plusieurs reprises. Un matin, je prends rendez-vous avec un grand personnage de l'Élysée, Jérôme Monod, dans un petit pavillon attenant au bâtiment principal. Le ciel est bas et gris, chargé d'humidité. Les arbres du jardin attendent le retour des premiers rayons du soleil. Je me régale à converser avec cet homme élégant qui entame sa troisième génération de vie, dont l'éclat des yeux clairs contraste avec le jardin recouvert des couleurs de l'hiver. À la fin de l'entretien, il me raccompagne sur le perron de l'Élysée comme un vieux républicain prodiguant ses derniers conseils à un jeune entrant dans la cage. Nous traversons le jardin côte à côte, lui le Français d'ici, le proche de Chirac, qui a fait son service militaire en Algérie, et moi l'enfant d'un analphabète, arabophone, pauvre ouvrier, mort à Lyon, enterré dans sa terre natale. Prononcer le nom de mon père en ce matin d'hiver à l'Élysée me tire quelques larmes discrètes. À des milliards d'années-lumière de la rue du faubourg Saint-Honoré, je l'imagine assis sur le bord d'une étoile avec ses copains du village, il chique du tabac, commente mes rendez-vous à ses copains. Il rigole. Il est fier. Quand Jérôme Monod me dit : « Au revoir, monsieur le Ministre », ma langue se prend les pieds dans le palais, je lui dis : « Au revoir mon père. » Heureusement, mon hôte n'a pas entendu.

Jamel Debbouze arrive en retard chez notre agent commun, Artmédia. Pour s'excuser, il dit en riant qu'un camion de poubelles a coincé sa Ferrari dans une ruelle de Paris. Nous parlons longtemps politique et cinéma. Il veut à tout prix fonder un musée de la colonisation ! C'est sympathique. Je tente de lui expliquer combien la politique est bien plus complexe qu'il ne l'imagine, mais le petit bonhomme passionné veut entrer dans la cage à sa manière, avec ses propres armes. Je lui soumets un sujet de film que j'ai imaginé pour lui depuis cinq ans : le mythe du retour d'Ulysse à Ithaque, le premier immigré du monde. Jamel tout craché ! Hélas, le projet lui paraît trop difficile à adapter pour les temps modernes. Lui veut parler politique et rien d'autre. Au bout d'une heure, nous nous quittons. J'ai savouré à chaque minute l'extraordinaire intelligence du jeune homme. Tout petit, mais une puissance surhumaine. C'est sa main manquante qui a développé cette force. Être ministre, cela ouvre la porte à de belles rencontres.

Le cinéma, jour après jour, m'appelle comme les sirènes de *L'Odyssée*. La pellicule peut transformer la société plus que la politique à proprement parler. Le cinéma et la politique sont cousins. L'*Homo politicus* sait prendre des envolées oratoires devant le public, jouer avec les rythmes, avec ses bras, son doigt, ses silences surtout. Je revois le speech de Sarko devant les parlementaires UMP à Évian en septembre. Stupéfait, je remarquais sa jambe droite qui martelait comme un diapason le flot impétueux de ses phrases et le mouvement de ses lèvres. Un Spartacus de la politique. Celui dont on guette avec jubilation le combat final, la dernière sortie dans l'arène, pour le plus beau combat. À l'issue de chacun de ses discours, bien sûr, il a électrisé les foules. Je déteste cela.

*

Journée splendide encore. Un soleil blanc allume la ville et les tuiles rouges des maisons de la Croix-Rousse. La colline de Lyon s'est transformée en jardin pourpre. Je cours sur les quais. Chaque foulée est un régal, une caresse sur mon ventre. Je croise une amie qui m'informe que des bruits circulent sur moi à Lyon, on dit que je ne suis pas solide, que je vomis à chaque coup dur. Ces ragots prouvent que je suis en train de devenir un rival politique et qu'il faut s'attendre à des attaques violentes dans les prochains mois. Mais les rumeurs me font l'effet d'un uppercut par-derrière. Je n'ai pas l'habitude. Pour le coup, j'ai vraiment envie de vomir. Je me remets à courir et laisse mon amie plantée là. Elle ne comprend pas. Je ne veux plus voir les gens pendant les week-ends. J'ai apprivoisé la solitude. Ou plutôt elle me tient en laisse. Dans les eaux du Rhône, il y a un cygne mort sur un petit banc de sable, échoué comme une épave de bateau blanc. Je ne savais pas que ces beaux oiseaux mouraient eux aussi.

*

Lundi 16 janvier : les événements politiques s'enchaînent sur le chapelet du temps. Aujourd'hui, à la conférence de presse de Matignon sur « la bataille pour l'emploi des jeunes », je suis invité à m'asseoir juste derrière le Premier ministre avec cinq autres collègues, puis le lendemain, au Comité interministériel pour la prévention de la délinquance. Je perds la tête dans le tourbillon. Je ne sais plus pourquoi je suis là. Je n'ai jamais été calculateur, et la politique, c'est surtout une machine à calculer qui ne laisse pas d'espace aux sentiments. J'ai accepté d'être une quille dans un bowling. Je me moque de moi dans le miroir et me dialogue : « Tu es un pion, non ? Regarde-toi ! Répète : tu es un pion dans leur jeu. – Je suis un pion dans leur jeu. – Répète encore ! – Je suis un pion dans leur jeu ! » J'en tire de l'essence pour mon ego. Je me vois en train de bifurquer dangereusement de mon axe. Des gens me reconnaissent de plus en plus souvent dans la rue et viennent me saluer amicalement, me remercier de mon action, c'est bon. C'est une belle reconnaissance. J'aimerais qu'à travers moi ce soit la reconnaissance de la France de la diversité, la France où les gens d'origine arabe, africaine, ultramarine soient pleinement acceptés. Une France brésilienne. J'ai bientôt cinquante ans. On ne m'appelle plus le ministre de l'intégration, mais de l'égalité des chances. Ça y est : c'est entré dans la tête des gens. Une grande victoire, anodine. Ce thème de l'égalité des chances est tellement juteux que beaucoup vont le vendanger jusqu'à la dernière goutte en 2006 et 2007.

Villepin a mille fois raison quand il dit à la presse, à l'occasion de ses vœux de Nouvel An, qu'il faut un peu plus d'amour et de tendresse en politique. Ça fait sourire les loups autour de lui. En tant que ministre délégué rattaché au Premier ministre, j'ai été convié à me tenir sur l'estrade derrière lui, avec le fidèle Henri Cuq. J'en suis fier. Je souffre, mais je suis heureux d'être là au moment où la guerre des chefs va se déclarer. D'ici septembre, les canons vont tonner. J'en connais un qui va se retrouver sur le champ de bataille sans rien comprendre à ce qui lui arrive. Cette situation de folie m'excite. Sept mois de parano, voilà à quoi cela conduit.

*

J'ai quarante-neuf ans moins un jour. J'ai gagné. Je partage avec Borloo la présentation du projet de loi sur l'égalité des chances à l'Assemblée nationale. Je monte pour la première fois de ma vie à la tribune. Je ne suis pas impressionné du tout, je gravis les marches sans trembler. Quelle impression de me retrouver là, devant la représentation nationale ! Je lis mon petit texte, sous quelques vociférations de députés de gauche, mais ils me marquent quand même leur respect. Quelques-uns hurlent : « Vous êtes à contre-emploi dans ce gouvernement de droite ! » Je m'amuse. C'est un jeu. Républicain. Démocratique. Exubérant et sympa, Maxime Gremetz est l'un des plus démonstratifs. Emmanuelli aussi, d'ailleurs. J'aime bien observer Jean-Marc Ayrault, le président du groupe PS.

Le premier soir de la discussion générale du projet de loi, je suis sur les rotules. À 21 heures, ministres et députés, nous nous retrouvons au ministère de la Cohésion sociale et de l'emploi pour un dîner amical. J'apprends comment fonctionnent les institutions de mon propre pays. Puis à la fin Borloo me conseille de rentrer chez moi, il n'y a plus rien d'intéressant ce soir-là en débat, me dit-il en bon parrain. Heureux, je dis d'accord. Presque merci. Après le repas, je vais tout naturellement monter dans ma voiture, quand on me murmure qu'il veut m'écarter du jeu. Il ne faut surtout pas suivre ses conseils ! Diable, je n'y aurais jamais pensé tout seul ! Estomaqué, je retourne en courant à l'Assemblée. La séance a débuté. Mon collègue fait mine de ne pas être surpris en me voyant débouler, essoufflé, au banc des ministres. Je me remets en place. À ma place. Je souris avec mon plus bel air de faux naïf. Faut dire qu'à 22 h 30, juste à la fin du repas, je suis allé à la télévision où j'étais l'invité du journal de France 3 pour parler du contrat première embauche. Je crois que Borloo me perçoit comme son rival de gauche au gouvernement. Il n'a pas encore bien vu qui j'étais. La preuve, lors de la présentation du projet de loi sur l'égalité des chances à la commission des affaires sociales de l'Assemblée nationale, il a présenté les ministres du gouvernement qui étaient assis autour de lui : Philippe Bas, Catherine Vautrin et, quand il est arrivé à moi, il avait oublié mon nom, il a hésité, bégayé, puis lâché... Yazid... Begag ! Raté, c'est son ami qui s'appelle Yazid, celui qui voulait être ministre à ma place et qui m'avait fait patienter devant le bureau du ministre des Affaires étrangères il y a quelques mois. J'ai éclaté de rire. « Non, moi, c'est l'autre, Azouz », j'ai murmuré. Je ne suis pas sûr de l'avoir vu sourire. Ni de l'avoir entendu s'excuser pour mon prénom écorché.

*

Je continue à me faire rentrer dedans méchamment par mes ennemis de tous bords. Sur mon répondeur de portable, je trouve un message du Premier ministre qui me dit de ne pas m'intéresser aux salauds, mais de m'appuyer sur mes amis et avancer avec eux. Des prédateurs alimentent des bruits sur mon état de santé. Je serais mourant, j'ai passé le stade de l'agonie. Au début, je trouvais cela amusant, mais à présent, comme les rumeurs me parviennent de plus en plus nombreuses, cela m'irrite. Il y a une production industrielle d'intox dans les coulisses. Paraît que c'est ça aussi, la politique, ruiner l'adversaire avec de fausses informations. Un soir, le père Delorme m'appelle de Lyon, inquiet : « Paraît que tu es au Val-de-Grâce ? Tu as été hospitalisé pour cause de déprime ? » C'est un journaliste du *Monde*, pigiste, qui lui a transmis la rumeur. Coïncidence : hier soir, à la télévision, je suis tombé sur une émission où Isabelle Adjani annonçait qu'elle n'avait pas le sida. C'était dans les années 1980. La dictature de la rumeur : cette chose infecte, je la vis de l'intérieur, en direct pour la première fois. Une vraie pieuvre psychologique. On ne sait pas d'où ça vient et ça s'amplifie comme une ola dans un stade de football. Stupéfait mais pas abattu. Déprime ou pas, je prends de plus en plus d'assurance dans ce nouveau métier. Ça y est, l'oxygène descend en moi et irrigue mon épicentre, ça ne bloque plus au niveau de l'estomac, comme auparavant. Le fluide passe et désagrège la pierre. D'ailleurs, depuis plusieurs semaines, je dors bien. J'ai balancé le Temesta à la poubelle. Fini les réveils à 3 h 12, l'angoisse de faire une boulette, de détruire ma vie, ma notoriété d'écrivain, ma dignité d'homme libre. J'en ai bavé : dans mes cauchemars, j'entendais la voix cinglante du directeur de cabinet de Villepin qui me houspillait parce que j'avais mal agi, ou bien attaqué trop frontalement Sarko, celle du Premier ministre que je faisais sortir de ses gonds. J'entendais les silences des autres. J'étais terrorisé. De père en fils, chez nous, nous avons toujours eu peur de ne pas être « comme il faut » aux yeux des Français. Peur de blesser les autres. De choquer, de trahir, de décevoir, d'être en retard. Peur de vivre, de mourir, peur de tout. Mon pauvre père m'a légué cette angoisse génétique. J'essaie de m'en débarrasser, mais c'est si dur : elle est moi !

Dormir est essentiel dans ce métier de tension. Les premiers jours de ma nomination, un ancien professeur d'université me l'avait dit, solennellement – il avait lui-même vécu cette expérience – : « Il faut dormir ! » m'avait-il répété à plusieurs reprises. Ces mots m'ont marqué. Je comprends après coup leur sens. Sans sommeil, je ne suis pas lucide, comme un boxeur sonné par un sale coup. Je ne sais comment j'ai pu tenir six mois dans cet état comateux. J'en suis fier, pour moi, mes parents, mes filles, tous les gens qui croient en moi. Car personne ne sait ce que j'ai enduré, la pression, l'insécurité, la solitude. J'ai déjà rencontré tant de gens, déjeuné, dîné avec tant de personnes de renom que je ne reverrai jamais, perdu du temps pour rien, vu tant de gens flattés d'être reçus par un ministre, juste pour le plaisir de s'en vanter. Mais je me sens si seul. Mes conseillers ne mesurent pas mon état d'épuisement, ne font pas le tri entre ce qui est utile pour moi et les rencontres intéressées, le superflu, la frime qui me bouffent tant d'énergie. Plusieurs fois je me retrouve effondré, au bout du rouleau. J'ai perdu tant de temps. C'était le prix de la formation. Peut-être ai-je contracté un cancer de l'estomac à cause de la pierre ? La violence que j'ai déjà subie va peut-être provoquer des réactions pathologiques dans mon organisme. On verra bien. Pour l'instant, il ne faut pas se plaindre. Dire que c'est passionnant, fascinant. Il faut faire le ministre. Je suis un homme-ministre, mais je veux aussi rester moi-même et rentrer dans mes chaussures d'avant, dans quelques mois, quand je n'arborerai plus le costume bleu nuit et sa cravate assortie. Je vais me regarder dans un miroir et rester debout, les yeux dans les yeux avec mon reflet. Bien dans l'axe. Je ne serai pas un pion dans leur jeu.

*

À la tribune de l'Assemblée nationale, en présentant le projet de loi sur l'égalité des chances, je parle devant les députés de ma ferveur pour Martin Luther King, de ses luttes contre les discriminations, de mon combat pour la diversité. J'ai vu Emmanuelli pester : « Luther King était un homme de gauche et vous n'avez pas le droit de parler de lui, en tant que membre d'un gouvernement de droite ! » J'ai ri et lui ai rappelé que les valeurs républicaines, ça n'était pas la chasse gardée de la gauche, elles étaient à la France ! Applaudissements des députés de l'UMP sur le flanc droit de l'hémicycle. Cela m'exalte. Y croyaient-ils vraiment, eux ? La lutte contre les discriminations et pour la diversité française est en marche. Elle perce le clivage droite/gauche. Un peu plus tard, quand j'évoque la mort récente de Coretta King, l'épouse de Martin Luther, un député communiste me coupe : « Et alors ? » J'hésite, puis je réponds que j'ai consacré toute ma vie à la lutte contre le racisme et que je suis fier de mettre mon expérience et mon énergie au service du gouvernement de Villepin, comme Martin Luther King l'a fait pour son pays, c'est tout. Le député communiste est agacé. Il tance : « V'là qu'il se prend pour Luther King, maintenant ! » Puis : « Vous voulez que Sarko vous donne une circonscription électorale ! » C'est triste, à droite comme à gauche, les choses politiques sont ainsi fixées. Tout ce que fait l'une est condamné par l'autre. C'est cela qui m'a placé plusieurs fois sur des lignes embarrassantes. Avec la loi SRU et ses 20 % de logement social, je me suis attiré les foudres d'une partie de la droite, derrière Éric Raoult. Avec la loi du 23 février 2005 sur le rôle positif de la colonisation française en Algérie, j'avais demandé lors d'une émission matinale sur RTL l'abrogation de l'article 4. À la suite de quoi un député des Alpes-Maritimes a déclaré dans les médias que « s'il n'y avait pas eu de colonisation française, ni Azouz Begag ni Léon Bertrand – qui avait montré aussi ses réticences sur cet article 4 – ne seraient ministres de la République française ». Ce à quoi a répondu intelligemment un militant antiraciste : « S'il n'y avait pas eu l'esclavage et la traite des Noirs, ni Colin Powell ni Condoleezza Rice ne seraient dans le gouvernement américain. » Au final, l'application de la loi SRU a été officiellement réclamée par Chirac lors d'un discours à la télévision, comme l'abrogation de l'article sur le rôle positif de la colonisation. Sur ces deux points, j'avais raison par anticipation. Mais jamais je n'oublierai l'angoisse de l'exprimer publiquement avant les autres. Je dois m'astreindre à prendre mes responsabilités d'homme politique, d'intellectuel, pour me respecter. Je dois dire ce que j'ai à dire.

J'ai beaucoup appris en huit mois. L'autre jour, un collègue m'a dit qu'il lui en a fallu autant pour entrer dans le bain. Je me suis blindé. Je sais jouer la comédie. Je sais, si je le veux, ajouter une pointe de sensibilité pour jouer la carte de la sincérité. De plus en plus je mets des accents toniques dans mes discours. Lors des sorties du Premier ministre, il faut qu'on nous voie ensemble sur les photos, dans les reportages télés, au journal. Je dois apprendre à me faire ma place, à marcher sur les pieds des autres, aussi, forcément, quand tout le monde veut coller au Premier ministre. Que suis-je devenu : est-ce bien moi qui cherche cela, à présent ? Hé, Azouz, où es-tu ? Tu sais quel jour on est ?

Dimanche 5 février 2006. Il est 9 h 30 du matin. Ce n'est pas un jour comme les autres. J'ai quarante-neuf ans. C'est mon anniversaire. Je suis allergique à ce ronronnement du temps. La première idée qui me vient est de courir à la salle de bains et de me peser. Résultat : 78,5 kg. Déprimé. J'ai pris trois kilos depuis ma nomination. Ils sont sur mes hanches, visibles chaque matin. Je sais d'où ils viennent. J'ai pris l'habitude, chez moi autant qu'à l'extérieur, de manger du chocolat pour me soulager. Lorsque mon sang est imbibé de cette crème onctueuse, je peux dormir tout mon saoul, je ne me laisse pas submerger par les fantômes, l'angoisse d'être trahi par les amis, les ennemis politiques. Du moins c'est ce que je croyais, jusqu'à ce dîner avec Isabelle Huppert, où j'ai fêté mon retour dans le cinéma chez des amis producteurs. Dans mon lit, je me suis réveillé en sursaut à 3 h 17, en nage ! À un moment, sur mon ventre courait une araignée velue comme dans les films d'épouvante. Ou peut-être un scorpion. Sans réfléchir une seconde, j'ai hurlé et jeté ma main dessus pour la dégager, mort d'effroi. Je l'ai repoussée plusieurs fois, en criant de nouveau pour la faire fuir. J'ai réussi à l'écraser. J'ai repris ma respiration. J'ai allumé la lumière, anxieux de découvrir les énormes pattes de cette bestiole. J'ai cherché son cadavre sur mes flancs, sur les draps, sur ma main. Quelques secondes plus tard, j'ai repris mes esprits. C'était une simple goutte de transpiration qui roulait tranquillement sur mon ventre pour aller jusqu'au delta de mon nombril, que les ruisseaux de sueur vont naturellement remplir. Je n'ai pas pu me rendormir. J'ai pris *L'Assommoir* et ai refait un bout de chemin avec Gervaise dans son Paris de la misère où je me réfugie désormais à chaque coup dur.

Je ne sais même pas en quelle saison nous sommes. Je ne sens plus les choses. Est-ce le temps des feuilles mortes ou des lilas de mes premières amours ? Je ne différencie plus le jour et la nuit. Rayé de mon dictionnaire, le mot week-end, il n'y a plus de fin de semaine mais seulement du temps qui passe et la volonté de rester jusqu'à la fin de ma mission. Charger la barque avec des déplacements, des événements, pour se montrer et penser qu'on est utile à la société. Un type m'a dit : « Tu dois te réveiller chaque matin et te dire : "Comment vais-je faire parler de moi aujourd'hui ? Comment pourrais-je exister plus encore qu'hier ?" » Exister ? Tiens, cela m'a rappelé quelque chose. C'est fou, cette façon de voir l'action politique. On ferait mieux d'écouter plus les gens. Non, je ne veux pas être un autre.

Combien d'années de vie ai-je déjà perdues depuis que je subis le stress du costume bleu nuit ? Je n'ai plus le goût de faire la conversation au portable avec mes amis, après trois heures par jour dépensées pour le travail sur ces satanés téléphones. Marre de parler. Hier, j'ai refusé d'aller dîner chez des proches, de peur qu'on me demande comment ça se passe et Sarko comment il est ? Je voudrais tant que les gens me parlent d'eux, qu'ils continuent d'être normaux avec moi, c'est beaucoup plus intéressant que la vie dans la cage qui a de quoi refroidir le plus engagé des militants de la société civile. Je ne peux plus expliquer à mes amis pourquoi je décline leurs invitations à dîner. Je sais que c'est fascinant pour eux d'être à côté d'un ministre en fonction, même s'il n'est plus vraiment en « fonctionnement » à partir de 20 heures, tellement il est fatigué. J'étais moi-même comme ça, avant. Je me souviens, il y a dix ans, d'un dîner avec Charles Millon, ministre de la Défense, chez des amis à Lyon. Une belle sensation pour le novice que j'étais d'approcher de si près le pouvoir. J'avais l'impression de profiter des radiations. Je disais à des amis en frimant : « Oh, Charles ? Ah oui, j'ai dîné avec lui il y a quelques jours… » Maintenant, c'est moi, Charles, et beaucoup veulent dîner avec moi.

Je croyais être entré totalement dans le métier, mais non, j'ai encore du mal à fermer tous les boutons du costume. On me le reproche. L'autre soir, lors d'un match de foot de Lyon, dans la loge des VIP, un ami m'a envoyé un texto pour dire qu'il était outré par l'attitude des notables lyonnais à mon égard. Je lui ai demandé des précisions, je ne comprenais pas ce qu'il voulait dire. Sans réponse, je lui ai renvoyé cette question : « Est-ce que ces notables me méprisent ? » Je n'ai pas obtenu de réponse non plus. J'imagine bien que certains de ces gens doivent suffoquer en me voyant dans mon uniforme ministériel, c'est ce que l'ami voulait dire sans me l'avouer. Le fils du bougnoule, du pauvre, est devenu ministre de la République française, alors que nombre d'entre eux rêvaient de l'être depuis des décennies. Ils me haïssent. Et, avec moi, sans doute Villepin qui a osé ce sacrilège. Je résiste en pensant chaque jour à mon défunt père. Lui fais-je toujours honneur ? Que vais-je faire de ma vie ? Finir, devenir, avenir, tous ces mots qui se terminent par « ir » me fatiguent les oreilles. Sauf le verbe dormir.

*

Je guette à travers la fenêtre un signe du ciel. La météo ne fait rien pour m'éclairer. Lundi 6 février : le ciel est bas et gris et lâche une pluie fine. C'est un banal matin d'hiver dans cette banlieue parisienne que je n'ai jamais comprise, tant elle est éloignée de ma province natale. En pleine rage anti-CPE, j'accompagne Villepin à Sartrouville. Nous faisons quelques pas ensemble, au milieu des élus locaux et des représentants de l'État. Je serre le Premier ministre à la culotte, cette fois. L'ambiance est maussade. Le PM n'est pas en forme, il fait grise mine, comme le ciel. Après la visite d'une mission locale, je monte dans sa voiture pour aller à l'étape suivante, une ferme écologique. La crise du CPE monte en puissance. Il n'est pas satisfait de la façon dont la visite a été organisée. Son visage s'est émacié, ces dernières semaines. Il me dit qu'on est dans un pays vieux, étreint par la peur de l'avenir. Nous sommes la veille de la manifestation de la gauche contre le CPE, des millions de gens sont attendus dans les rues. Les facs sont bloquées. Les journaux sont braqués là-dessus. La mobilisation prend dans l'opinion. Affalé sur son siège, Villepin ouvre le *Journal du dimanche* et m'adresse un geste de dépit en voyant l'interview de Sarko sur son projet de loi sur l'immigration qui remplit une page entière. J'en suis navré, moi aussi. Une nouvelle fois, l'élection présidentielle sera marquée par l'épouvantail de l'immigration, la peur de l'étranger, de l'autre, comme depuis une génération. Les esprits français sont lepénisés jusqu'à la moelle, la classe politique le sait très bien. Alors ses discours visent aussi la moelle, ce qui est déjà infecté, c'est plus facile à atteindre.

Nous avons passé un bon moment dans la ferme expérimentale, avec les enfants qui étaient venus apprendre à faire du pain à l'ancienne. À la fin de la matinée pluvieuse, le PM fait un point presse face à une vingtaine de journalistes venus en car spécial. Quand il me passe la parole, je parle biologiquement des chèvres qui se trouvent dans cette ferme écologique, des odeurs de crotte de bique si chères à mon enfance et du lait de chèvre que ma mère nous donnait au bidonville. Toutes ces bonnes odeurs de la campagne me fournissent l'occasion d'évoquer la nécessité de rapprocher le monde rural du monde des cités, des valeurs de l'effort, du travail, de la ténacité. J'aime les paysans français, j'aime les fellahs algériens, j'aime tous les paysans du monde. Je sais, au moment où je parle, que la presse ne retiendra que mes mots de sensibilité et rien d'autre de cette visite de Villepin à Sartrouville, banlieue parisienne, un lundi matin triste et pluvieux. Cela se confirme dans une dépêche AFP qui sort l'après-midi même. Sinon, à part une photo le lendemain dans le journal *Le Monde* me montrant de profil avec Villepin et un barbu de passage, aucun compte rendu dans les médias de cette visite de terrain. Les manifestations anti-CPE grondent.

*

Invité à Canal + dans la matinale de 7 h 20, je défends le CPE en usant de l'image du contrat de mariage. Je dis que, lorsqu'on se marie, a priori on part de l'hypothèse que l'on va rester ensemble, lorsque tout va bien. C'est la même chose avec les patrons. On peut aussi penser que s'ils embauchent des jeunes dont ils ont besoin, qu'ils les forment pendant deux ans, c'est pour les garder quand la confiance s'est installée. Cette formule de CPE est susceptible de favoriser l'emploi des jeunes, notamment ceux qui sont sans qualification. On peut au moins l'expérimenter pendant un an et voir ce que les patrons en font. S'ils en abusent au détriment des travailleurs, eh bien, nous y mettrons fin, un point c'est tout. Mais ce CPE s'est mué en guerre idéologique.

Un peu plus tard, de retour au ministère, ma conseillère presse entre dans mon bureau avec des chiffres en main pour me dire que ma prestation à Canal + a été excellente. L'audience a été en hausse lors de mon passage. Cette information est diffusée auprès de tous les autres ministres. Tant mieux pour moi. Le mercredi suivant, à l'Assemblée, aux questions d'actualité, à ma grande surprise, Borloo s'approprie mon analogie avec le mariage. Les patrons, lance-t-il, qui pendant deux ans vont former des jeunes, ne vont pas les licencier parce qu'ils auront confiance en eux ! C'est comme dans un contrat de mariage. C'est mon argument, il m'en dépouille sans scrupules. Les députés UMP l'acclament. Je n'en reviens pas. Il dispose de nombreux collaborateurs, des conseillers lui font des fiches sur les bons arguments inventés par d'autres et il s'en empare naturellement, sans même savoir d'où ça vient. J'ai le sentiment d'être essoré jusque dans mes pensées, bientôt dans mes rêves.

J'ai eu un soir le privilège de dîner avec Michel Drucker, l'animateur de télévision au visage doux et à la voix chaude. Ses yeux d'homme sage ont vu défiler tous les hommes politiques depuis deux générations. Il m'a raconté leur solitude, leurs maladies de cœur, d'estomac et de foie. À un moment, il s'est tourné vers moi et m'a interrogé sans détour : « Est-ce que vous allez sortir dégoûté, vous aussi, de la politique comme tous les autres ? » Il sait de quoi il parle. Oui et non, ai-je répondu. J'ai le recul de l'ethnologue et du pauvre. Je suis à la fois écœuré et heureux. Je suis un *spectacteur* privilégié, notamment lors des joutes verbales à l'Assemblée nationale. Beaucoup jouent devant des écrans de télévision qui les filment en direct dans l'arène. Ils gesticulent, élèvent la voix : « Qui est-ce qui a fait baisser le chômage ? C'est nous ! » répond l'Assemblée de droite. « Qui est-ce qui a fait croire que les 35 heures c'était bien pour la France ? C'est vous ! » scandent en s'esclaffant les députés UMP. On siffle, on pousse des whou whou, on s'amuse.

Moi, je ne m'amuse pas. Durant les débats sur le CPE, je sens bien l'urgence pour le modèle social français de se réformer très vite, s'il veut survivre à la mondialisation. Il y a trois milliards de Chinois et d'Indiens qui sont en attente de participation à la société de consommation, sans retenue, prêts à tous les risques, à toutes les audaces. Bien sûr qu'il faut de la flexibilité, de la mobilité, de la fluidité, appelons ça comme on voudra, mais il faut que ça bouge. La gauche n'a pas envie que sa clientèle électorale lui échappe en changeant de regard sur le monde. Les socialistes parlent de la « jeunesse » comme si les jeunes leur étaient acquis. Ils ont fait ça pour les banlieues, naguère. Je profite de chaque occasion pour le leur rappeler. Ils me le rendent bien. Hier, peu avant minuit, lors des débats sur la loi sur l'égalité des chances à l'Assemblée, un député socialiste m'a interpellé : « Monsieur Azouz Begag, vous cautionnez un article qui discrimine les travailleurs, alors que vous-même, qui êtes d'origine immigrée… » J'étais choqué. Il m'a parlé comme à un ministre d'origine algérienne. J'ai pris la parole pour lui dire mon courroux : « Comment pouvez-vous m'interroger en fonction de mes origines, monsieur le député ? Je suis français ! » J'ai demandé des excuses et suis retourné m'asseoir sous les applaudissements de l'UMP. Le député n'a pas réagi. Aujourd'hui à l'Assemblée, du côté gauche, il n'y a que des députés blancs, blancs, blancs. Comme la chanson : « Bleu, bleu, bleu, le ciel de Provence », on pourrait fredonner : « Blanc-blanc-blanc, le ciel de leur France... » C'est cette forteresse qu'il faut changer.

La gauche et les « jeunes » pourraient laisser au CPE une chance de faire ses preuves, mais le risque de voir ce contrat porter ses fruits fait trop peur. Ce pays a froid, il est vieux. L'Américain Rumsfeld n'avait pas tort, lors de la guerre contre l'Irak, de parler de la « vieille Europe ». La vieille France est aussi une réalité. Je ne sais plus qui a dit que « les Français ont une qualité importante, c'est qu'ils n'ont pas de mémoire », mais cela paraît si vrai quand on pense qu'il y a quatre ans les socialistes de Jospin étaient envoyés dans les orties par les électeurs et que Le Pen se pointait au second tour de l'élection présidentielle. Voilà qu'en 2006 les mêmes remettent le couvert. Juste pour tenter de reprendre le pouvoir. Et le reperdre. Et ainsi de suite. Les jeunes des banlieues, qui ont vingt ans aujourd'hui, n'ont pas de mémoire, eux non plus. Hier, j'ai demandé à l'un d'eux s'il avait entendu parler de la Marche des beurs de 1983. Il m'a dit : « La quoi ? » en tordant la tête et avec l'accent du Sud. Pour lui, les années 1980, c'était avant Jésus-Christ. À ses yeux, j'en étais un rescapé. Comment fait-on de la politique quand la société n'entretient plus la mémoire chez les jeunes ?

J'ai quarante-neuf ans et quatre jours. On est en pleine guerre du CPE mais je continue de travailler pour garder la tête sur les épaules. J'ai réuni pour une conférence de presse au ministère les six préfets à l'égalité des chances et le collectif d'associations pour la Grande Cause nationale 2006. Une dizaine de journalistes ont répondu à l'appel. Des caméras, celles de Canal +, de RFO, et aussi des flashes d'appareils photo qui crépitent partout autour de moi. J'ai une bonne énergie. Une conférence de presse qui était bien mal partie, parce qu'aucun journaliste ne pouvait venir, et qui finalement se déroule bien. Lundi matin, dans les journaux, je vais enfin apprécier le résultat de cette belle opération de promotion de mon action. Je me frotte les mains. Je peux vivre un week-end tranquille en attendant les fruits juteux de la médiatisation. J'en ai marre d'être invisible !

Je rentre à Lyon vendredi en pleine forme. Dès le samedi, je commence à m'exciter. J'appelle ma conseillère pour voir si des articles, des photos sont déjà publiés dans la presse. « C'est trop tôt », me dit-elle. Il faut patienter. J'insiste, des images dans les télés, non ? Même pas une ? Rien, il faut patienter. Bon, patientons. Je suis un peu déçu mais confiant, la conférence de presse était bien menée. Le week-end glisse sereinement. J'ai beaucoup lu. J'ai couché par écrit mes pensées. Je me suis offert des siestes rêveuses. J'ai couru le long des berges du Rhône. Le lundi matin, je suis monsieur Muscle. Avant de me rendre à un colloque sur l'exclusion, j'achète à la hâte tous les quotidiens, je les feuillette nerveusement. Mais que se passe-t-il ? Je ne me vois pas. Je refais le tour, plus doucement, j'ai dû laisser échapper les articles, dans ma précipitation. Rien, nada de nada. Je retourne une troisième fois au début. Bon, me dis-je, peut-être du retard, il faut attendre le lundi après-midi. Lundi soir, rien non plus. J'en ai le souffle coupé. Il y a eu un couic ou un couac, ce n'est pas possible ! Il doit bien y avoir une photo quelque part, dans un magazine quelconque, une demi-photo avec les six préfets à l'égalité des chances, un petit encart dans un magazine ? Et les télés ? Rien non plus ? Ah bon, alors il faut attendre mardi. Je me dis que le lundi tous les journalistes dorment, ils se remettent de leur dimanche. Mardi matin pointe son aube aux doigts moroses. Je suis à Nantes. Je scrute la presse avec anxiété. Le douloureux constat ralentit ma fougue : il n'y a aucun retour dans les médias. Il n'y en aura pas. J'ai dû faire quelque chose de mal. Réaliste, je me rends à l'évidence : je suis boycotté. Dégagé en touche, le petit Poucet qui voulait faire le malin face aux dinosaures de la politique ! J'avais oublié qu'ils sont sur le pont depuis plus d'une génération, qu'ils connaissent chaque coin et recoin du milieu. Ils m'ont bien remis à ma place, dans un placard à balais, à l'ombre des cocotiers de la rue Saint-Dominique, juste derrière l'Assemblée nationale. Même pas une photo avec les préfets à l'égalité des chances. Une fatwa contre moi ! J'appelle une chargée de communication à Matignon pour avoir ses conseils. Elle me dit que durant les vacances d'hiver, les journalistes sont dans les stations de ski. De plus, nous avons fait notre conférence de presse un vendredi, ce n'est pas un bon jour, le jeudi est préférable. Pas de chance pour moi. J'appelle d'autres amis. Tous confirment que le vendredi est un mauvais jour pour briller, que présenter des préfets à l'égalité des chances n'est pas très sexy pour les journalistes, et puis que les rédactions n'ont envoyé que des pigistes. Je ne dois donc pas m'étonner de n'avoir aucun retour, pas même une ligne dans *Métro* ou *20 Minutes*. Pas même un quart de photo. Mes jambes flageolent. J'essaie de soulever mes semelles, elles ne bougent pas. Je suis englué. Me revient à l'esprit cette phrase d'un conseiller de Matignon, le premier jour de ma nomination : « À partir d'aujourd'hui, il te faudra être parano. » Ça y est, mission accomplie, je le suis à 100 %. Tout part en vrille dans ma tête. Mes conseillers sont pantois. Hagards. Nous nous regardons tous, puis, tête baissée, nous rentrons dans nos bureaux respectifs, comme des boxeurs au tapis.

Mon calvaire n'est pas fini. Le mercredi suivant, je reçois une lettre sèche de Sarko. Il est furieux que j'aie convoqué les préfets à l'égalité des chances sans le prévenir. Or mon cabinet l'a fait, l'Intérieur a même envoyé un représentant pour assister aux débats. Sa lettre est un signe hiérarchique. Je suis en pétard. Je regarde mes paumes ouvertes, je n'ai aucun pouvoir. Je suis manipulé par des doigts invisibles. Le pire, c'est que je n'ai aucun moyen de dénoncer la fatwa médiatique dont je suis victime. Tout se joue à un niveau trop élevé pour moi. Aujourd'hui je tombe de haut, et il est trop tard pour démissionner.

J'écris ces lignes dans un avion d'Air France qui m'emmène à Berlin où je dois rencontrer mon homologue de l'intégration. On m'a placé en seconde classe pour raisons économiques. Il paraît que lorsque les ministres voyagent à l'intérieur de l'espace européen, c'est ainsi désormais. Je me tasse sur mon fauteuil et ne pipe mot. Soudain, je vois entrer et s'asseoir au premier rang le réalisateur Claude Chabrol, sa femme, puis quelques minutes plus tard, Isabelle Huppert et son mari. Ils vont présenter le film *L'Ivresse du pouvoir*, que j'ai vu récemment en avant-première à Paris : l'histoire des dérives d'Elf, de Loïc Le Floch-Prigent et toute la bande tombée dans l'abîme aux ivresses. Comme j'ai dîné avec Isabelle Huppert et Rony il y a quelques jours chez mes amis producteurs, je me lève de mon siège pour aller les saluer, mais je me rassieds aussitôt. Depuis ma place de seconde classe, je me cache derrière le rideau. Je n'ose aller les aborder. Je les envie. Avec le cinéma, on est libre, on peut transformer une société, toucher en plein cœur des millions de gens. Quel signe, quand même ! Les acteurs de *L'Ivresse du pouvoir* en plein vol, avec moi ! Je vais voir Angela Merkel au Bundestag et Isabelle Huppert va rencontrer son public au Festival de Berlin. À l'arrivée à l'aéroport de Tegel, l'ambassadeur de France me demande de patienter un moment, si je le permets : il doit attendre des amis qu'il accueille aussi chez lui ce soir. Quelques minutes plus tard, il embrasse Isabelle et Rony. Je les embrasse aussi. « Ah, Azouz, qu'est-ce que tu fais là ? Nous étions dans le même avion ? » me demande Isabelle. Je fais l'innocent. Je dis que je me suis endormi et que j'ai tiré les rideaux pour être dans le noir.

*

Les vacances parisiennes s'achèvent. Celles de Lyon commencent. Ma fille cadette Emma est partie au ski une semaine avec sa mère. Melissa, dix-neuf ans, est restée dans l'appartement, rue de Lyon. Elle vit sa vie.

Elle est majeure. Elle n'a plus besoin de moi. Plusieurs fois, quand j'étais adolescent, je me rappelle avoir entendu des adultes avertir : « Tu verras comme ça passe vite ! Il faut en profiter. » Et voilà, c'est vite passé. Chaque jour, je palpe mon visage dans le miroir et y vois le sillage des années. Sous le menton, le gras s'accumule. Quand je baisse la tête, les plis du temps sont imparables. Mes cheveux virent de plus en plus au sel, au détriment du poivre. Mes gencives se rétractent. Je prends du ventre malgré mes joggings quasi quotidiens. La politique fait vieillir jeune. Comme le décalage horaire lorsqu'on fait des voyages transatlantiques, ça désaxe le corps. J'ai l'impression d'être toujours en représentation, redevable. Pour me protéger, je me fais des séances quotidiennes de rêve. En ce moment, je voyage en Inde ou à Bali.

À chaque fois que je reviens à Lyon, je vais voir ma vieille mère. Elle endure comme elle peut ses *présumés* quatre-vingt-six ou quatre-vingt-sept ans, du salon à la cuisine, de la cuisine à sa chambre en traînant avec elle sa bouteille d'oxygène. Elle vit avec la télé algérienne qu'un satellite lui sert en direct sur son écran. Elle est là, elle attend. Sur ses bras et ses mains la peau s'est rassemblée en papier froissé. Je comprends maintenant ce que veut dire avoir la peau « parcheminée ». J'en avais entendu parler pour la première fois au moment de la mort de François Mitterrand. Je me demande si j'aurai un jour moi aussi cette peau en papier. J'essaie d'imaginer ce que mes propres enfants penseront alors de moi en touchant les pages du temps le long de mes bras et sur mes mains. Je regarde avec admiration ma mère se défendre contre le temps qui veut l'emmener loin de ses enfants. C'est une dernière leçon pour moi. Jamais aucune plainte, jamais peur de la précarité. La dignité, toujours, comme *ox-hygiène* de vie.

*

J'ai un moment de vérité avec mon miroir.

Je ne me raconte pas d'histoires. Je fais le ministre pour être aimé et faire reculer la mort. Je fais de la politique pour jouir de l'illusion du pouvoir et dompter le temps. Arrivé au sommet du col, il faut accepter de perdre la mémoire, car il est impossible de faire le chemin en charriant tout le bazar accumulé. Il faut se délester, se débarrasser des misérables petits tas de secrets qui encombrent le cœur. Savoir oublier, oui, c'est cela, il faut savoir et oublier. De ce point de vue, je me défends très bien.

Je suis allé voir une nouvelle ostéopathe à Paris. Quand je suis entrée chez elle, elle avait déjà compris mes douleurs et senti la pierre dans mon ventre. Son sourire était d'une fraîcheur éblouissante, comme celui de la première. Elle m'a soigné. Bien. M'a dit qu'elle n'avait jamais vu quelqu'un d'aussi sensible que moi. J'étais heureux qu'elle découvre ça, je le pensais aussi, que j'étais trop sensible pour faire de la politique. J'ai pris rendez-vous pour une autre fois. Je n'y suis jamais retourné, je ne sais pourquoi.

Je veux perdre la mémoire, le fil du temps, garder le goût des kébabs-harissa dont je me régalais dans ma vie antérieure, dire salut aux passants : « Comment ça va, bien ? » Aux infos télévisées de 20 heures, j'ai vu un ancien mercenaire d'Afrique, Bob Denard, soixante-seize ans, qui a passé sa vie à fomenter des coups d'État en Afrique et aux Comores. En instance de jugement à Paris, il était dispensé de se rendre au procès pour cause de maladie d'Alzheimer. Voilà où conduit la perte de mémoire, me suis-je dit, on ne peut même plus aller tranquillement à son propre procès ! On reste à la surface des choses, on va droit dans le trou à son insu. On amorce des projets et on s'arrête en chemin parce qu'on ne se souvient plus de ce qu'on est en train de faire. On commence une phrase, on en perd le sens sur une aire d'autoroute. On n'est plus responsable. On est acquitté. On est à quitter, aussi. Belle leçon d'humilité. Je pense souvent à mon adresse à Lyon, rue de l'Humilité, que je ne quitterai pas de sitôt.

Lundi 27 février 2006. Je marche dans la manifestation à la mémoire du jeune Ilan Halimi tué par un « gang des barbares », après avoir été séquestré pendant trois semaines et torturé. C'est ma première manifestation en tant que ministre. Je retrouve là de nombreux copains juifs que j'ai croisés ces dernières années. Il y a aussi des Arabes, des musulmans laïcs et les militants de SOS Racisme qui organisent la manifestation. Beaucoup de gens me reconnaissent dans les rangs. Mon visage leur est maintenant familier. « Bravo d'être là ! » me félicite un anonyme dans la foule. Je marche d'un pas officiel vers le départ de la manifestation, suivi de mon officier de sécurité. Je garde la nuque droite. Soudain, du bruit, de l'agitation dans mon dos. Le cortège de voitures du ministre de l'Intérieur déboule. Des dizaines de cameramen se jettent sur lui comme sur une proie. Il est petit, on ne peut pas l'apercevoir, mais l'attroupement et la bousculade autour de lui sont impudiques, on en oublie presque la raison tragique de la manifestation. À côté, déjà, quelques manifestants quittent le cortège et crient à la récupération politique du meurtre du jeune homme. Plus aucun journaliste ne s'intéresse à ma présence. Certains, montés sur les Abribus, n'ont d'yeux que pour le candidat-président. Quelques manifestants murmurent « qu'il est pour les juifs ». Boulevard Voltaire, à la fenêtre d'un troisième étage, un jeune homme, hystérique, crie : « Sarkozy, dégage ! Sarkozy, dégage ! » D'abord sous les regards amusés des manifestants, puis sous leurs huées. Ses parents essaient de le calmer et de l'éloigner de la fenêtre, mais il résiste vigoureusement : « Sarkozy, facho ! » Son père l'arrache de la fenêtre et le rentre chez lui à l'abri de la foule qui commence à le siffler. Dans une bousculade frôlant la catastrophe, le ministre de l'Intérieur parvient enfin, entouré de ses policiers de sécurité, à se faufiler en tête du cortège. C'est là justement où je me trouve, un peu en retrait des personnalités et de quelques ministres : Copé, Douste-Blazy, Donnedieu de Vabres, Hortefeux, Estrosi. Malgré l'invitation de beaucoup de gens à rejoindre la tête du cortège, j'ai tenu bon. Je suis derrière. Juste à côté de Pierre Méhaignerie. De la bousculade émerge soudain Sarkozy. Il me marche sur les pieds. Il se retourne comme pour me hurler d'arrêter de le pousser, me fixe dans les yeux, à quelques centimètres, et poursuit sa route vers l'avant du cortège. Quand ses yeux ont croisé les miens, j'ai compris qu'il était « habité ». Il ne m'a pas reconnu. J'ai essayé de sourire, je n'y suis pas arrivé. J'ai déjà remarqué dans son regard, lors de nos rencontres en tête à tête, un trop-plein ou un trop-vide. L'espace d'un éclair, son regard a transpercé le mien, trois secondes au cours desquelles il a dû se demander s'il ne m'avait pas déjà croisé quelque part. Ou bien : « Qu'est-ce que cet Arabe fait là, dans cette manifestation à majorité juive ? Un attentat en préparation… Ma dernière seconde de vie… » Puis son visage s'est refermé brutalement. Il a tourné les talons pour rejoindre les ministres en tête du cortège. J'ai failli le harponner : « Hé Sarko, c'est moi ! Azouz Begag. Tu me reconnais pas ? Je suis ministre dans le même gouvernement que toi ! »

Aucun mot n'a jugé bon de sortir de ma bouche. J'ai vu s'engouffrer trois ou quatre policiers en civil dans son sillage. Eux m'ont reconnu, m'ont salué et souri, avec l'air de se moquer de ce ridicule manège. Ils devaient se demander dans quelle république ils étaient, à suivre les frasques d'un homme au regard extincteur, harcelé par les journalistes.

Le cortège poursuit sa route. Je marche seul, suivi par mon officier de sécurité avec qui j'échange de temps en temps mes sacrées impressions. Les gens me remercient encore d'être là. Malgré moi, je ne puis m'empêcher de terminer leur pensée : « ... vous qui êtes un ministre arabe du gouvernement. » C'est du moins ce que je comprends dans leurs remerciements. Aux yeux de ces gens, je suis un Arabe, que je le veuille ou non. Je ne sais que répondre, à part des mots en vrac : « C'est normal... ça me fait plaisir... c'est naturel... » Tous me disent apprécier mon humilité. Ils aiment me voir à leur côté, simplement, et pas entassé comme les escargots en tête du cortège, derrière la banderole « Non à la barbarie », face aux caméras de télévision.

Je serre des mains anonymes, puis celles de l'architecte Roland Castro qui parle avec Bernard Kouchner : « Un jour, on fera un gouvernement ensemble, plaisante Castro. Ça se voit que tu es mal, dans celui-là... » Je ne dis rien. « Et pourquoi ils ne t'ont pas donné l'Équipement ou les Transports plutôt que l'Égalité des chances ? » il poursuit. Je crois qu'il a dit « l'Intégration », mais autant en emporte le vent. Pour lui aussi, je suis le ministre de l'Intégration, le ministre arabe des Arabes, le ministre arabe de l'Intégration, le ministre de l'Intégration des Arabes... Je ferme ma gueule. L'histoire de France a besoin de mon dos comme tête de pont, pour avancer. Et moi j'avance pour faire l'histoire, c'est donnant-donnant.

Ça s'agite de tous côtés. Un peu plus loin, un nouvel attroupement de caméras se fait. Je vois une forêt de micros en l'air. Tels des cous de girafe, des appareils photo, des téléphones portables cherchent un héros dans la foule en liesse : un ministre de l'Intérieur. Des cris fusent, rythmés par des coups de klaxon : « Sarkozy, président ! Sarkozy, président ! » Des manifestants décrochent et quittent le cortège en soupirant : « C'est de la récup ! » Des juifs français voient Sarkozy comme leur candidat naturel parce qu'il prend des positions favorables à Israël et aux USA. À la fin de la manifestation, je bifurque avec mon officier de sécurité rue Ledru-Rollin, où attendent les voitures officielles des ministres. Celle de Sarko aussi. L'homme s'adresse encore aux dizaines de caméras qui l'encerclent, toujours dans une bousculade invraisemblable. Je croise trois hommes à qui j'ai déjà parlé dans le cortège, représentant des associations européennes et internationales de juifs. Une nouvelle fois, ils me félicitent pour ma simplicité. Je dis qu'en un jour pareil c'est le silence et le recueillement qui s'imposent, pas l'agitation médiatique. Sarko n'entend pas le murmure de sagesse du temps. Il ne connaît pas l'apaisement. C'est un brûleur. Je le regarde une dernière fois au milieu de sa cohue et je remonte dans ma voiture. Depuis ma vitre, je vois Brice Hortefeux qui attend la libération de son patron par les journalistes. Il a l'air frigorifié, l'homme du Massif central.

C'est un drôle de dimanche. Ce matin, à Paris, il fait 6 °C. C'est la fin de la journée. Je vais aller à mon bureau pour lire mes mails, avant de rentrer chez moi. Ma voiture démarre. Soudain, mon chauffeur est obligé de donner un coup de volant et de se garer à droite.

Dans un tintamarre de sirènes, un cortège de 607 bleues, Vel Satis grises et voitures de police avec motards nous double à vive allure. Le candidat-président rentre place Beauvau. Quelle discrétion ! J'ai dit à mon chauffeur de ne pas laisser passer le cortège de l'Intérieur, il n'y a aucune raison. Il m'a répondu que si, il y en a une : un ministre d'État est hiérarchiquement supérieur et, sur la route, il a priorité sur un sous-ministre délégué.

Derrière mes vitres teintées, je regarde Paris qui défile, mains dans les poches et cols relevés. Ce pays tremble de froid ou d'effroi. Il fait le hérisson. Il se referme sur des communautarismes défensifs : Noirs, Antillais, juifs, Arabes, musulmans, gitans, homosexuels… Quand on a peur individuellement, on se rapproche de ceux à qui on croit appartenir collectivement. C'est l'effet grégaire de la solitude. Ajouté à la grippe aviaire dans les Dombes, au chikungunya à la Réunion, au chômage endémique, aux manifestations prévues le 7 mars contre le contrat première embauche, le printemps en France ne sera pas florissant cette année.

Je regarde dans le rétro intérieur de ma 607 : la crise des banlieues est ensevelie.

Déjà le mois de mars, fini les giboulées traditionnelles de mon enfance. Même la météo fait la girouette. Les jours s'enchaînent. Ce soir, j'ai dû vérifier quand j'avais pris des notes pour la dernière fois : 27 février. Ce n'est pas si vieux. La lassitude m'empêche d'écrire. Hier, j'ai passé toute la journée avec le Premier ministre à Marseille : visite dans le quartier de la Porte d'Aix, école de la deuxième chance, conférence de presse... Tout au pas de Dominique, un pas de géant que je n'arrive pas à suivre dans la foule. Bousculades, piétinements, sourires, c'est toujours la même chose à chaque sortie. La bonne humeur régnait mais je voyais bien que le chef était encore préoccupé. Il a perdu dix points dans les sondages. Le chômage est en hausse de 0,79 % en février. La mobilisation du 7 mars contre le CPE est une énorme vague de fond.

Dans le Falcone qui nous ramène à Paris, je suis assis en face du Premier ministre. Il me parle des hommes politiques à l'infidélité chronique. Ses mots sont rudes, toujours accompagnés d'un rictus nerveux. Les dégâts causés par l'ego et les ambitions personnelles sont difficiles à imaginer par les passants des berges du Rhône. Aujourd'hui, Villepin a un genou à terre ; les journalistes, les affairistes du pouvoir, nombre de ministres virevoltent comme des girouettes vers l'homme qui paraît le plus porteur d'espoirs politiques pour eux. Ça marche comme ça. C'est de la mécanique humaine, pas très compliquée. Moi, je peux m'estimer heureux, je m'attends à tout, car je n'attends rien.

Dans l'avion, Villepin s'assoupit après avoir lu *Le Monde* et quelques dépêches AFP. Je regarde la France vue du ciel. Je repense à mon allocution devant des acteurs associatifs du Fasild, l'après-midi. J'ai été chahuté par des manifestants qui craignaient qu'on ne démantèle leur structure. Dans la salle, pendant que je parlais, une femme maghrébine a crié : « Vous êtes l'Arabe de service ! » D'autres sont venus avec des banderoles me caricaturant en clown. Cela m'a fait très mal. J'ai serré dans ma tête la conviction d'être sur le bon chemin de l'Histoire. Après moi, les ministres d'origine immigrée qui suivront auront la tâche plus aisée. Il faut que je paie un petit prix pour eux. Je suis un martyre. De luxe ! Qu'importe, l'aventure est unique et peu de gens peuvent avoir la chance de la connaître. Au fur et à mesure de mes tribulations ministérielles, je me découvre. Je résiste au choc. Jusque-là, tout va bien. Une chose est sûre : les policiers en civil qui étaient à Marseille dans la salle n'ont rien fait pour étouffer le chahut. Personne ne m'a prévenu, non plus, de la présence de syndicalistes. Une femme a exigé que je l'entende à propos de la fusion Gaz de France-Suez en préparation. Tout ce qui peut nuire à mon image est bon pour mes adversaires. Cela va aller de pis en pis, jusqu'à l'élection. J'ai des bleus partout. Même pas mal ! J'ai le cuir des enfants de bidonville. À la fin de la rencontre, j'ai réussi à retourner la salle comme on dit, avec les syndicalistes. Au fil de mon discours, ils ont rangé leurs banderoles et m'ont écouté respectueusement parler de l'égalité des chances pour les femmes. Ils ont senti ma sincérité. Ils m'ont applaudi. L'atmosphère était apaisée quand un homme a demandé le micro, s'est levé et m'a chicané sur le projet de loi Sarkozy à propos de l'immigration. Moi, naturellement, j'ai répondu que, s'il avait des questions à poser à propos de l'immigration, ce n'était pas à moi mais à Sarko qu'il fallait les envoyer : « Je ne m'appelle pas Azouz Sarkozy ! » Un autre homme a pris la parole pour dénoncer je ne sais quoi, et comme j'avais du mal à l'entendre, je lui ai fait une offre : « Venez donc sur scène, vous serez mieux pour parler ! » Il est venu. Il a dit ce qu'il avait à dire. Tout s'est bien terminé. Marseille a le sang chaud. Ce n'est pas parce que je suis d'origine maghrébine que les syndiqués du Fasild allaient me faire cadeau de ma fonction ministérielle. Au contraire. Ils me voient comme un ministre de droite. Mais cela ne me gêne pas. J'aime la castagne argumentée, respectueuse.

*

Dans l'après-midi, de retour au ministère, consternation : la dépêche AFP qui fait état de ma rencontre avec les agents du Fasild n'a retenu qu'une seule chose de ces deux heures à Marseille : « Je ne m'appelle pas Azouz Sarkozy ! » Ça m'a fait rire. *Libération* en a fait le titre d'un article.

*

Je suis rentré au Sénat à 22 heures pour défendre le projet de loi égalité des chances, j'en suis ressorti à 3 h 30 du matin. Abattu physiquement. Les sénateurs n'en pouvaient plus, eux non plus. Ils négociaient sec dans les rangs pour mettre fin à la séance du jour et ne pas avoir à revenir le lendemain samedi. Pour la droite, l'enjeu est de plier l'examen de cette loi avant le 7 mars, jour de la grande manifestation nationale. Au Sénat, malgré l'extrême courtoisie des élus, l'âge moyen ne permet plus d'admirer l'aube répandant ses premières lueurs sur le jardin du Luxembourg et la fontaine Médicis. Faire durer ou accélérer le vote d'une loi est très lié à la résistance physique des uns et des autres. C'est drôle, les coulisses du vote des lois dans les Assemblées !

Tard dans la nuit, j'ai défendu mes articles du projet de loi concernant la Haute Autorité de lutte contre les discriminations et la promotion de la diversité à la télévision. À la fin, lorsque le vote a eu lieu, je m'apprêtais à quitter l'hémicycle lorsque le président de la commission des affaires sociales, Nicolas About, a pris solennellement la parole pour saluer « monsieur le ministre Azouz Begag » dont c'était le premier texte de loi adopté à l'Assemblée et avec qui « on a eu beaucoup de plaisir à travailler ». Les sénateurs ont applaudi. J'en ai tremblé d'émotion. Je ne m'attendais pas du tout à cette surprise de dernière minute.

Ce matin encore, en écrivant ces mots, les frissons me submergent. Je pense sans cesse à mon père : « J'espère qu'il voit ça. J'espère qu'il voit ce qui se passe ici-bas, c'est pour lui ce cadeau. Pour qu'il n'ait aucun regret d'avoir quitté cette terre. »

Je suis alors sorti du Sénat en remerciant d'un signe de la main les sénateurs, le sourire aux lèvres. Ils semblaient heureux pour moi, à gauche comme à droite. Les sénateurs sont des femmes et des hommes qui n'ont plus rien à prouver. Ils ont le souci de faire la loi avec les outils de la Constitution et laisser derrière eux une société qui tienne la route.

Je suis heureux, demain je suis de retour à Lyon pour quarante-huit heures. Je vais retrouver la vraie vie, les vieilles baskets qui accompagnent mes joggings depuis des années. Je sais d'où je viens, du pays des baskets trouées, jamais je ne l'oublierai.

Aux infos d'hier, j'ai vu à la télévision un accident stupéfiant survenu à une famille (dont trois enfants) qui rentrait d'une semaine de ski. Quelque part dans les Alpes, à 4 heures du matin, leur voiture est passée sur la route de son destin quand un rocher de plusieurs tonnes est venu écraser l'arrière où dormaient les enfants, avant de poursuivre sa trajectoire et s'immobiliser dans le creux d'un ravin, au bord d'une rivière, comme si elle avait accompli sa mission. Deux enfants sont morts sur le coup. J'étais choqué par l'affreuse coïncidence. J'entendais un expert géologique déclarer que le détachement de ce rocher était absolument imprévisible, la montagne étant sous contrôle, mais les pluies incessantes de ces derniers jours avaient actionné le malheur. Rien ne pouvait expliquer pourquoi il s'était produit au moment précis où cette famille passait seule sur cette route, à 4 heures du matin, après une semaine de bonheur au ski. Pourquoi ces gens à ce moment-là, à cet endroit-là ? Pourquoi les deux enfants à l'arrière ? J'imagine les parents et l'enfant rescapé. Je pleure avec eux, car ils se poseront à jamais ces questions. Je lève la tête vers les étoiles pour sentir ce qui peut bien faire le destin des hommes. Je sens cette énorme boule d'énergie qui tourne sur elle-même et autour du Soleil, et nous, si microscopiques, avec nos soucis, nos petites compromissions quotidiennes, et un jour, un rocher qui nous tombe sur la tête et règle le solde de tout compte. Le rocher de chacun nous attend dans un virage.

Penser à mon père est ma relation au cosmos, à l'infini. La pensée ne ment jamais. Alors il faut chaque jour penser à son rocher en embuscade. Il ne faut pas se tromper de vie. J'ai les deux baskets dans la mienne. Ce soir, je suis serein.

Être soi. Comme Pasqua, hier au Sénat. Au moment de lever la main pour le vote d'un article de la loi sur l'égalité des chances, il n'a pas suivi son camp, mais les sénateurs de gauche. J'ai aimé ce geste rebelle. Il a grommelé à l'encontre de ses amis UMP : « Je vote comme JE veux ! » Il avait raison. Quand on n'est pas d'accord, il faut le dire. Moi, je ne suis pas d'accord avec le projet de loi Sarkozy sur l'immigration, je suis opposé à l'idée qu'à l'approche d'une nouvelle élection on place l'immigré au centre du débat politique comme la grande menace à laquelle serait confrontée la nation. Je vais aller au clash, une nouvelle fois, avec Sarko et son équipe. Je n'ai pas le choix. Je veux rester parallèle à moi-même à la sortie de ce gouvernement, retrouver mes amis, ceux grâce à qui j'ai grandi. Les semaines qui viennent s'annoncent rudes.

*

Je suis dans le TGV. Ce qui devait arriver arriva : un rocher me tombe dessus. Je reçois sur mon portable un appel de Matignon. C'est le Premier ministre qui veut me parler. Il est en train de faire un jogging. Il m'informe que Sarko fait une crise à cause des propos que j'ai tenus sur lui à Marseille. Je ne comprends pas tout de suite. Puis… « Je ne m'appelle pas Azouz

Sarkozy ! » Ah, ça y est. Mes mains tremblent. Villepin me conseille de l'appeler immédiatement sur son portable pour lui dire qu'il y a un malentendu, n'importe quoi, mais quelque chose, sinon il va donner une conférence de presse, là-bas, à Madrid, où il se trouve en ce moment. Conférence de presse sur quoi ? Sur moi ? Je crains d'avoir provoqué cette situation qui met le PM en porte-à-faux. Si mes mots sont remontés aussi haut, c'est que ça bout dans la marmite sarkozienne. Je ne comprends pas l'ampleur de sa réaction. Quelques minutes plus tard, le directeur de cabinet m'appelle sur mon portable : il faut rédiger un communiqué de presse pour dire que je ne voulais pas dire ce que je voulais dire, mais que je regrette si mes propos ont blessé quelqu'un… Au préalable, il me propose de joindre Sarko sur son portable. Je n'ai pas son numéro. « Demande-le place Beauvau. » Les minutes passent vite dans ce TGV qui roule à trois cents kilomètres à l'heure et qui traverse des zones où mon portable n'a plus accès au réseau. Ça sonne de nouveau. Je décroche. C'est l'offensé. Il me passe un savon tellement incroyable que je ne peux m'empêcher de le consigner sur-le-champ : « Tu es un connard ! Un déloyal, un salaud ! Je vais te casser la gueule ! Tu te fous de mon nom… Azouz Sarkozy ! Je vais te montrer moi, Azouz Sarkozy… Tu te fous de mon physique aussi, je vais te casser ta gueule, salaud ! Connard ! » Je suis cloué à mon téléphone. À chaque fois que j'essaie de placer un mot, il me coupe : « J'en ai rien à foutre de tes explications ! Tu vas faire une dépêche à l'AFP pour t'excuser, sinon je te casse la gueule… » Il raccroche. Je n'ai pas pu placer un mot. Je transpire à trois cents kilomètres à l'heure. Je reprends contact avec Matignon, les mains moites. J'ai provoqué une crise gouvernementale. Je rédige par téléphone avec mon directeur de cabinet une dépêche pour dire que mes propos ont été mal interprétés, que je ne suis pas en opposition avec Nicolas Sarkozy... que j'exprime mes regrets s'ils ont été mal compris, que je m'en suis même expliqué ce matin au téléphone avec l'intéressé. Voilà pour la façade. Le texte rédigé, j'en ai encore des frissons. Jamais je n'ai reçu d'insultes pareilles de la bouche d'un ministre de l'Intérieur candidat à la présidentielle. J'ai relu la dépêche AFP avec mon directeur de cabinet qui était toujours au Sénat à midi. Tout est allé si vite. Pourquoi me mets-je dans de telles embrouilles ? Je l'ignore. Le ministre de l'Intérieur m'a conseillé, dans une ultime menace, de ne jamais plus lui serrer la main à l'avenir, sinon il allait m'en cuire, « sale connard ! » que je suis. Je ne sais combien de fois il a projeté ces mots contre mes tympans. Je ne pardonnerai pas.

Ça n'a pas manqué : j'ai passé une nuit en enfer. À 3 h 28, les insultes reçues à trois cents à l'heure m'ont extirpé de mon sommeil comme si des mains m'avaient balancé de l'eau glacée avec ses glaçons à la figure. Je me suis dit : Ça y est, ça va recommencer, le calvaire de 3 h 12. Dans mon sommeil, les menaces de Sarko ont résonné comme des coups de marteau. Je vais lui prouver que je peux faire le voyou, moi aussi, lui montrer que les vrais lascars, dans les cités, je les ai connus, pas ceux qui ont fait leurs classes dans le chaudron de Neuilly-sur-Seine. Il a affirmé que je me suis moqué de son physique. D'où tenait-il cela ? J'ai réfléchi une seconde et je me suis souvenu. Lors de notre visite de l'école de la deuxième chance, le matin à Marseille, j'ai rencontré une jeune fille d'origine algérienne qui préparait le concours d'adjoint de sécurité de la police. J'ai échangé deux mots avec elle et elle regrettait qu'il lui manque trois centimètres pour prétendre passer le concours. Je lui ai dit que je ne pouvais pas la pistonner pour ça, hélas : il fallait faire des étirements pour en gagner un ou deux. Et, dans la foule, quelqu'un a osé faire une analogie : « C'est comme pour Nicolas Sarkozy ! » Ce n'étaient pas mes mots. C'étaient ceux d'un élu local. Il s'est retourné et a balancé ça à la journaliste qui prenait des notes pour un quotidien marseillais. Moi, je ne pense pas à Sarko à chaque pas que je fais sur le trottoir. Qu'il m'insulte sauvagement, en se sentant attaqué sur son physique, me blesse. Je voudrais lui dire que ce n'est pas mon genre, mais je n'aurais pas l'occasion de lui parler de nouveau d'ici à la fin de ma mission ministérielle. Il utilise cet incident à des fins politiques, pour déstabiliser Villepin. Menace de conférence de presse, dénonciation de rupture de cohésion gouvernementale. Je me pince pour savoir si c'est vrai. Alors cette nuit, à 3 h 34, j'ai pris une décision ferme : demain, je démissionne. Je tire ma révérence. Je me casse. Je me tire. Je me barre. Ce n'est pas ma place, ici. Ils ont raison ceux qui se moquent de l'Arabe de service.

3 h 45. Quelque chose me chiffonne ; un jour, un ami m'a dit : « Tu verras, quand tu n'y seras plus, ta vie te paraîtra fade, morose, insipide, lente. » Je ne sais pourquoi ces mots ont fait écho dans mon reliquat de cervelle. Je me suis fait des images, j'ai imaginé ce vide sous mes pieds, des journées qui se terminent à 17 heures. Mais quitte à choisir, je préfère la vie de tout le monde, suivre une pie qui s'agite dans un arbre, regarder des prunes rougir en été, les saisons briller dans les yeux des amoureux. Hier, j'ai dîné avec Jean-Claude Brialy. Il m'a lâché cette phrase : « Surtout, reste comme tu es. » Oui, je resterai comme je suis. À la sortie de la cage, quand j'ôterai le costume bleu et la cravate, ma tête ne partira pas avec.

Mardi 7 mars. L'histoire de France a tourné d'un cran. TF1 a annoncé la nomination d'un journaliste noir antillais, Harry Roselmack, en remplacement, pendant les vacances de PPDA. Bravo ! C'est le résultat du vote à l'Assemblée de notre loi sur l'égalité des chances et notamment de l'obligation faite aux chaînes de télévision de refléter la diversité française. Sarko a aussitôt déclaré à la presse que Roselmack était son enfant. Il a fait cette annonce la veille de son déplacement en Martinique, d'où il avait été interdit de séjour quelques semaines auparavant à cause de cet article de loi valorisant le rôle positif de la colonisation française en Algérie et en outre-mer. Incroyable individu qui n'a pas peur de lui-même.

*

Le lendemain aura été le jour le plus long de ma vie, mon *D day*. Le plus dur. Une tempête. Je me suis réveillé à 1 heure du matin et j'ai traîné en pensées jusqu'à 3 heures. Convulsions mentales, esprit marécageux. Ce matin, au Conseil des ministres, j'ai tout fait pour éviter le regard du ministre de l'Intérieur et de ses amis. La tension était palpable. Le soir, de retour au bureau, ma conseillère en communication m'a annoncé sur un ton grave que le script de l'interview que j'avais acceptée pour un magazine parisien était catastrophique. J'avais de nouveau trop critiqué Sarko. C'était ma déclaration de mort. Matignon m'appelle sur la ligne rouge. On me suggère de contacter d'urgence la journaliste pour annuler ou au moins corriger le papier avant publication. Je l'appelle. Elle me dit qu'elle a quarante de fièvre et qu'elle n'est pas disposée à modifier quoi que ce soit à son article. Pendant vingt minutes, je lui explique ma situation, sans laisser paraître que je suis affaibli. Elle refuse. Elle prétend que je lui ai donné l'autorisation de publier sans relecture, qu'elle m'a donné à lire le papier, ce qui est vrai. J'étais tellement las quand je l'ai reçue dans mon bureau que je ne me suis pas protégé. Je ne mesurais plus la portée de cet entretien. Et voilà le résultat. Elle a basé l'ensemble de son article sur mes relations critiques avec Sarko. « C'est un brouillon ! » m'a-t-on dit à Matignon. Je coule. Mes conseillers confirment que je risque de tout perdre dans cette affaire : la confiance de Villepin, le soutien de la droite au moment où je ne serai plus dans le gouvernement. J'essaie de convaincre la jeune femme que je lui donnerai de la matière à écrire dans le futur, qu'elle peut compter sur moi. Rien n'y fait. Elle a quarante de fièvre et m'interdit de lui en ajouter. Les tenailles se resserrent sur mon crâne. Moi qui ne voulais pas faire long feu en politique, je réalise que lorsqu'on est viré comme un malpropre, on n'existe plus aux yeux de personne. On est banni. Je me suis même mis à penser que mes filles souffriraient de cette situation douloureuse pour moi. J'ai tremblé gravement pendant de longues heures. J'ai ouvert une tablette de chocolat. Soudain, le téléphone sonne : c'est la journaliste qui me rappelle. Sans doute poussée par son patron, elle m'annonce qu'elle consent à faire des modifications mais se moque de mon impuissance, de ma fébrilité. Je ne trouve même pas les mots pour me défendre. Vite, nous envoyons le papier corrigé dans les délais. L'affaire est réglée. Je me suis quand même payé mon lot de douleurs ventrales. La pierre est revenue à sa place. Mon ventre est en béton. Ma cravate fait une déviation à l'emplacement de la pierre tellement mon estomac est protubérant. Les journalistes ne peuvent pas être des amis, j'avais oublié. Plus jamais je n'en recevrai en tête à tête. Ni en *in* ni en *off*. Une info, c'est une marchandise, de la matière. Il n'y a pas de sentiments, pas de cœur dans tout ça. Une info, c'est brut. La journaliste voulait « se payer un ministre », m'a-t-on appris. J'ai hurlé lorsque j'ai entendu cette expression malsaine. Comme un innocent, j'ai posé ma tête au bout de sa plume acérée. L'affaire aurait fait couler beaucoup d'encre. On aurait beaucoup parlé de son magazine pendant quelques jours, ses ventes auraient augmenté. On aurait parlé d'elle aussi, elle aurait donné des interviews pour exposer qu'elle avait été honnête, que c'est moi qui voulais faire le malin. J'aurais tout perdu. J'apprends le mal. Il a parfois le visage d'une jolie fille blonde qui a quarante de fièvre et un enfant en bas âge.

*

Villepin vacille. Ses ennemis de l'Intérieur lui assènent des coups pendant qu'il est groggy. Les médias ne lui laissent aucun répit. Sarko en profite. Tous les jours, maintenant, j'assiste en direct, dans le carré des VIP, à la marche de l'histoire de France. J'enregistre tout. Je consigne tout. Je vomis tout sur papier blanc. Je fais connaissance avec des facettes de l'espèce humaine qui m'étaient inconnues.

La manifestation des lycéens et étudiants du 7 mars est un succès : six cent mille personnes dans la rue, peut-être un million. La France des jeunes s'est levée derrière le slogan : « Non à la précarité ! » Ils veulent le retrait du CPE qui vient d'être adopté par le Sénat. Je suis triste. De l'histoire des violences des jeunes des cités, il y a quatre mois, il ne reste rien, quelques images évanescentes. Ce sont maintenant d'autres jeunes qui refusent la précarité. Comme si le monde d'aujourd'hui, avec ses milliards de Chinois et d'Indiens, était un monde de garanties. Quelle France ! Il n'y a bien que dans les banlieues que les jeunes sont jeunes et qu'ils ont envie de se battre, précarité ou pas. Les autres veulent mimer une révolution, celle de leurs parents. Ils s'ennuient à vivre.

*

J'ai lancé avec Gilles de Robien et l'ambassadeur de Chine en France l'apprentissage du chinois dans les collèges et lycées de banlieue. C'est de l'avenir concret, le chinois. J'ai conseillé aux jeunes Français d'aller manifester non pas dans les centres-villes, mais dans les quartiers de banlieue, cela aurait donné plus de sens à leur mouvement. Hélas, ils ont préféré rester dans les centres-villes. Hier soir, deux cents lycéens en mal de révolution soixante-huitarde ont occupé la Sorbonne. Ils auraient dû occuper l'ANPE de Clichy-sous-Bois, celle des Minguettes à Vénissieux, histoire de trouver un lieu plus en phase avec l'idée de précarité. Mais la Sorbonne, quelle rébellion ? Je suis miné de ne pas être entendu. Un ministre ne peut changer la trajectoire d'un rocher. Je ferme les yeux, j'essaie de passer une nuit Temesta.

*

Dimanche 12 mars de l'an 2006. Derrière les carreaux de ma fenêtre à Lyon, je regarde les dernières gouttes de pluie tomber. Le ciel est par terre. Il se confond avec l'asphalte. J'ai mal dormi. Réveil à 5 heures. Un cauchemar de type Intérieur. La radio annonce que des députés UMP et des présidents d'université réclament maintenant le retrait du CPE. Les étudiants maintiennent la pression. J'imagine leur joie : faire reculer un gouvernement, une démocratie. Contraindre un pays à suspendre une loi qu'il vient juste de voter. J'ai connu comme étudiant cette euphorie dans les années 1980. Villepin va s'exprimer ce soir au journal de TF1. Il va proposer aux jeunes des « aménagements » du CPE. Il ne sera pas entendu. Ils exigent le retrait. La guerre du CPE est déjà perdue. Comment s'en sortir en y laissant le moins de plumes politiques ? La candidature à la présidentielle s'éloigne. Un nouveau boulevard a été inauguré en France : le boulevard Ségolène Royal. Il est à six voies. J'essaie de me protéger de la pierre en me disant que j'ai de la chance d'être aux premières loges. Je me fais cinéaste pour survivre. Je suis en plein *Gladiator* : intrigues, trahisons, complots, suspense assuré. Minute après minute, jour après jour, on avance vers le meurtre.

Je me projette aussi dans des lendemains plus sereins. Quand j'ai déjeuné avec l'ambassadeur d'Algérie, avant-hier, je lui ai fait part d'un de mes rêves : vivre à mi-temps du côté de Sétif-les-Aurès, dans une grande ferme avec des chevaux, des animaux domestiques, cette lumière algérienne au-dessus de la tête, près du cimetière où mon père repose avec les vieux de son village. Écrire le roman d'un amour perdu à jamais, des scénarios pour imaginer un monde meilleur. Six mois ici et six mois là-bas. Il a trouvé que c'était une bonne idée. J'ai pris ce rêve dans le creux de ma main et je me suis endormi avec. J'ai passé une bonne nuit.

*

Au réveil, c'est la guerre. Les obus tombent de partout sur le front anti-CPE. Aux étudiants se joignent maintenant les syndicats. On ne sait pas si Villepin va rester à la tête du gouvernement. Je suis dans la soute du bateau et je n'ai aucune idée de ce que fait le commandant de bord. Sentiment d'infirmité, d'impuissance. Le gouvernement est près de la désagrégation. Chacun tire de son côté pour ne pas être éclaboussé par les conséquences de la révolte. Les prétendants se présentent chaque jour à Pénélope pour remplacer Ulysse. Les rapaces tournoient. Le PM est tombé dans une trappe. Il a décidé tout seul du CPE, avec un ou deux conseillers, en essayant de prendre de vitesse Sarko dans l'innovation politique. Je n'en reviens pas. Dans mon bout de cage, je tourne en rond, les lèvres saignantes.

*

Mes yeux sont exorbités : jamais vu pareilles manifestations de ma vie. Paris est bloqué. Il est plus de 22 heures. Le boulevard Saint-Germain est barré par les forces de police qui encadrent la manif des étudiants. Mon chauffeur arrête la voiture. Je dis à mon officier de sécurité que je vais poursuivre à pied. Je ne voudrais pas être la cible de ces milliers d'étudiants rouges de colère qui noircissent les rues. Nous descendons. Aussitôt, des projectiles tombent à nos pieds. Ce sont des bouteilles que lancent des jeunes sur les cordons de policiers stationnés devant nous. Elles s'écrasent à un mètre de nous. Je me réfugie immédiatement dans la voiture et nous virons à droite pour remonter en sens interdit la rue Monsieur-le-Prince, là où justement est mort le jeune Malik Oussekine, en 1986, lors d'autres manifestations étudiantes. C'était il y a vingt ans. Peu de choses ont changé depuis. La France est restée uniforme un peu partout, elle a toujours peur de tout, elle dit non à tout, elle passe son temps à se regarder le nombril, elle oublie qu'autour d'elle il y a le monde qui avance. Et les gens disent non à la précarité. J'entends des jeunes de vingt ans à la télévision qui se plaignent de la difficulté d'obtenir un crédit immobilier. Je m'arrache les cheveux : acheter une maison à vingt ans ? Ils n'ont pas d'autres envies à cet âge que de s'installer ? Je me sens vieux, ce soir. Les obus du temps tombent tout autour de moi.

Je m'éloigne enfin du CPE et des jeunes Français en colère grâce à mon premier Conseil des ministres franco-allemand à Berlin. C'est la première fois que je retourne en Allemagne en costume ministériel. Arrivé à Tegel, par un vol officiel, je me retrouve assis dans une BMW noire qui roule en cortège vers la chancellerie près de la porte de Brandebourg qui séparait naguère l'Est de l'Ouest. J'ai eu l'occasion, il y a plusieurs années, dans ma vie d'écrivain, de voir le fameux mur. Il signait un sacré chapitre de l'histoire de l'Europe. Le check-point Charlie ! Dans le cortège de voitures noires qui roulent au ralenti, je dédie à mon père ces heures grandioses.

Un peu plus tard, me voici autour de la table du Conseil des ministres franco-allemand avec Angela Merkel à gauche et Chirac à droite. L'intégration et l'égalité des chances sont au cœur d'actions communes entre Paris et Berlin. Même en Europe, l'égalité des chances est au cœur du débat politique. J'en suis heureux.

Dans l'avion de la République française qui nous ramène à Paris, nous sommes tous épuisés. Lamour, Goulard, Larcher, Bertrand, Clément, Alliot-Marie et moi blaguons un peu, lisons quelques feuilles de journaux et de magazines avant de nous endormir, chacun sur ses nuages bleus. L'avion vole au-dessus d'une crème grisâtre. Il fait beau ici-haut, mais le soleil est artificiel et éphémère, je ne l'oublie pas.

*

De retour à Paris, réveil brutal à la case départ. Réunion extraordinaire des ministres à Matignon pour une sortie de crise anti-CPE. J'observe avec intérêt les pros de la politique gamberger. Ouvrir le dialogue avec les jeunes, oui, mais lesquels ? Ouvrir, mais ne rien céder sur le dossier, sachant que revenir en arrière, c'est la mort politique de Villepin. J'écoute mes collègues chercher comment s'adresser aux jeunes. Plus j'écoute et plus je constate que prendre la parole est un acte politique : c'est ce que j'essaie de faire comprendre aux jeunes des banlieues depuis vingt ans avec la promotion de la lecture. Il faudrait que tous les Français connaissent le fabuleux conteur libanais Jihade Darwiche, qui vit à Avignon. Il a déjà enchanté tant de gens dans les Salons du livre avec ses contes d'Orient. Il les enchanterait comme il m'a enchanté. Les conteurs sont des hommes politiques. Ils devraient prendre le pouvoir. Ils savent parler aux enfants, aux vieux. Aux cœurs.

À l'issue de la réunion, je me rue chez moi, j'enfile mes baskets et je vais courir au jardin du Luxembourg pour dissoudre le CPE dans mes foulées. Un homme m'aborde pour me parler de l'état de la France. J'écoute à moitié, je voudrais lui dire que je cours justement pour oublier l'état de la France, mais une de ses phrases me touche profondément ; je l'ai prononcée moi aussi, il y a quelques jours : « En France, les jeunes n'ont plus faim. » Du coup, je me mets à l'écoute. L'homme est un juif d'Algérie. Il me demande de quelle ville je suis, là-bas. Je réponds de Lyon. Il me dit, oui mais avant ? Je dis Sétif. Lui, Oran. Il me dit même en arabe à propos des jeunes de France : « Ils n'ont plus faim, ils sont gavés », au cas où je n'aurais pas compris en français. Les jeunes n'ont plus goût à rien, alors ils essaient de refaire le coup de 1968, celui de leurs parents : à défaut de pouvoir faire leur propre histoire, ils réchauffent celle des anciens. Quand on ne rêve plus, on ne se fabrique plus d'histoire. J'entends à la radio qu'à Madrid on organise la nuit du *Botellón*, la Grande Beuverie, pour battre le record de Séville, qui a attiré la semaine dernière dix mille jeunes dans une saoulerie sans limites.

Comme en France, les jeunes Espagnols s'ennuient à vivre et à en mourir. Dans les banlieues aussi, les jeunes s'ennuient. Ils cherchent le repos dans la mort en mettant le feu à leur vie. En Afrique, les jeunes ont faim d'être utiles à quelque chose, avec leurs vieux. En Europe, les conteurs sont en voie de disparition. La rave-party, c'est le rêve parti ! Aux alentours de la Sorbonne, les jeunes manifestants n'ont jamais connu la sensation de creux au ventre, ne sont jamais allés voir de près la misère à Tananarive, Ouagadougou, Recife ou Bogota. Précarité : je n'en peux plus d'entendre ce mot-là. Ce matin, j'en ai ras le bol. J'étouffe. Je répète d'autres noms de villes pour frayer un passage à l'oxygène dans mes poumons : Bamako, Sétif, Rio, Tombouctou, El Ouricia, Kwovalam, Goa…

*

J'ai laissé quelques jours tomber dans le passé et l'oubli. Mais l'oubli, lui, ne veut pas passer. Le mois de mars n'en finit pas. La France est sens dessus dessous. Un feu d'artifice, la grande manif anti-CPE. La jeunesse et les syndicats en plus, ça fait des millions de personnes dans les rues. Je n'entends plus rien, le vacarme est assourdissant. Chez moi, j'ai fermé toutes les sources d'information, incapable que je suis de voir ce spectacle désolant. C'est dimanche. Il fait gris. Dommage, la météo annonçait des « éclaircies », comme on dit en langage technique. Il fait sombre aussi sur la France et les Français. Je ne sais pas ce que fait Villepin, ce qu'il pense, chacun est dans son bunker. J'imagine qu'il doit être las des inerties françaises. Des coups reçus, aussi. On l'a attaqué de tous côtés, droite, gauche, centre, haut, bas, ciel, mer, Intérieur, extérieur. Rarement Premier ministre aura reçu autant de coups pendant une aussi longue période, sans entraînement. C'est dimanche et mon portable sonne. Je ne veux pas décrocher, je ne suis pas là. Je ne sais pas pourquoi, pourtant je décroche. C'est un ami journaliste. « Tu connais pas la nouvelle ? Sarko a battu Cécilia et c'est pour ça qu'elle s'est sauvée à New York. Elle a porté plainte alors qu'on a tout fait pour l'empêcher... la nouvelle est en train de se répandre comme une traînée de poudre à Paris. » Tout ça pour ça ! Je lui dis que ce genre de rumeur ne m'intéresse nullement. C'est dimanche, a-t-il d'autre chose à m'apprendre ? Je raccroche sauvagement et balance mon téléphone sous le canapé pour ne plus le voir. Désolation démocratique. Parfois j'ai l'impression que le peuple en redemande de cet abrutissement généralisé. L'instant d'après je me dis que ce n'est pas possible, c'est une hallucination, je n'ai pas reçu cet appel invraisemblable. Et d'ailleurs, je ne sais même pas où j'ai mis mon portable, je ne le retrouve plus sur la table.

Parfois je suis fier de moi quand je constate que ce qui reste de mon intellect n'est pas cloisonné par la barrière droite/gauche. C'est ma chance d'être libre, ma force de penser sans frontières. J'aime bien cette formule : « penser sans frontières ». Les jeunes de France auraient bien besoin, en ce moment, de penser sans limites ! Je me suis toujours battu pour enseigner aux jeunes le sens critique, l'art de se construire un point de vue personnel sur les choses, sur la vie, sur soi au milieu des autres. Depuis ma chambre, j'entends le tumulte des pas et des cris des manifestants dans les artères de France. Je ne veux pas ouvrir mes écoutilles. La bataille des chiffres commence. Combien de centaines de milliers de personnes dans les rues ? Cinq cent mille selon le ministère de l'Intérieur. Un million et demi selon la CGT et les organisateurs. Éternelle contradiction, mais en tout cas beaucoup de bruit. On verra lundi ce qui sortira de ces démonstrations de force. Demain est le jour du printemps. La saison des grèves et des manifs chez les étudiants, mais aussi des examens. Les jeunes Français ont peur de l'avenir.

De jeunes Africains quittent leur misère pour aller se perdre dans les mains des faux passeurs qui les arnaquent dans les sables du Sahara, dans le détroit de Gibraltar, dans les courants de la Méditerranée, à Lampedusa.

Les passages vers l'Europe regorgent de cadavres d'êtres humains en quête d'humanité.

*

Samedi 1er avril. Je n'ai jamais ri de ce jour de poisson pourri. Pour le gouvernement, c'est la poisse d'avril ! Les jeunes anti-CPE réclament maintenant la démission de Villepin et le retrait de la loi sur l'égalité des chances. Heureusement, ils ne demandent pas la mienne. J'admets que ça peut avoir du bon d'être invisible. Dans les villes, dans les rues, les violences vont crescendo. Hier soir, à 20 heures, Chirac a fait une déclaration à la nation pour calmer le jeu, mais les jeunes n'ont pas entendu. Ils veulent la guerre. Le PM est dans l'impasse. Il a encore maigri. Ses yeux sont pleins de gravité. Mercredi, à l'Assemblée, il a commis ce lapsus : « En attendant la *démission* du Conseil constitutionnel », au lieu de *décision* du Conseil et j'ai vu tous les députés de gauche éclater de rire toutes dents dehors. C'était horrible. Villepin a quand même terminé son texte, puis il a repris sa place à côté de Henry Cuq, son fidèle, qui l'a encouragé : « C'est rien. C'était très bien… » À sa place, je serais tombé dans les pommes. Il est resté figé dans une pâle absence, à fixer Jean-Louis Debré sur son perchoir, et rien d'autre. Il n'entendait plus rien. Pas de pitié en politique. Casser le rival, le briser psychologiquement, lui ôter ses moyens, tout est bon. Les adversaires sont près d'y arriver, même si je sens encore des braises chaudes dans sa besace. L'autre jour, sa femme m'a dit : « Il ne lâchera pas. Il ira jusqu'au bout. » Au bout de quoi, je n'ai pas osé le lui demander.

Dans ce moment de lourde tempête pour le gouvernement, je scrute Sarko à la jumelle. Il est désorienté. S'il avance, il est mort. S'il recule, il est cuit. S'il reste sur place, il est mort et cuit. Pendant ce temps, quelques grands médias nationaux continuent de faire la loi. Ce sont eux qui ont soulevé les manifestations contre Villepin et son CPE. Franz-Olivier Giesbert publie un livre sur Chirac et son ancien ami Dominique dans lequel il « balance » sans vergogne. Je l'ai rencontré par hasard à Lyon, en pleine gare de la Part-Dieu ; il m'a dit que Villepin était un psychopathe, qu'il avait tenté de l'utiliser dans je ne sais quelle manœuvre. Je lui ai dit que cela ne m'intéressait pas. Pour blaguer, je lui ai demandé si moi aussi, je pouvais l'« utiliser », pour parler de mon action politique dans son magazine *Le Point*. Il m'a répondu avec son sourire si singulier : « Toi, oui. » J'attends toujours, six mois plus tard. Je me suis remis à vivre des nuits en enfer. Entre 3 et 4 heures du matin, un bal de fantômes, à coups de casseroles, me casse le sommeil. Mais je me rendors assez vite. Je prends de la bouteille. J'attends le vrai printemps.

Enfin les premières vraies lueurs du printemps mêlées de pluie. Samedi midi est un beau jour d'avril et nous sommes avec l'équipe de Perben, notre ministre des Transports, candidat à la mairie de Lyon, à l'aéroport pour inaugurer le premier vol Lyon-Sétif. Dans ma délégation il y a mes deux filles, une sœur, un frère et une dizaine d'amis originaires de Sétif. Cent mille Sétifiens habitent Lyon, ça pèse son poids électoral. Je fais un petit discours de départ dans l'enceinte de l'aéroport du *Petit Prince*. L'émotion est grande. Je parle de l'importance dans la vie d'un homme d'ouvrir ses ailes pour partir, en emportant avec lui ses racines, du rôle de la mémoire et du tissage, du métissage, et des larmes coulent sur les visages des membres de ma famille. Il pleut des cordes à Lyon. Le tarmac est noir brillant. Un peu plus tard, l'avion d'Air Algérie décolle. On nous annonce une température de 27 °C à l'arrivée. Mes filles sont ravies. C'est la première fois que je retourne à Sétif depuis la mort de mon père. Je suis bouleversé, mais je me retiens. Retourner à Sétif dans mon costume de ministre français, alors que j'y allais en guenilles dans les années 1960 avec mes parents... L'enfant du pays devenu ministre en France revient boire l'eau de source d'Ain Faouara, la fameuse fontaine romaine du centre-ville. Pour la première fois de ma vie j'entre en Algérie par un angle nouveau, celui des montagnes de Kabylie, pour atterrir directement à Sétif. Je suis assis à côté de ma fille cadette. Je lui prends la main. Du bout de mon doigt tremblant, je lui montre les sommets encore enneigés de ces montagnes, les villages nichés au bout des pistes ocre serpentant sur leurs flancs, un petit lac dans les replis des rochers. Elle plane dans les nuages. C'est son premier voyage, à quinze ans, dans ce pays dont on lui parle depuis son enfance. Algérie, Sétif, Chiminot, Tanja : ces noms résonnent dans sa mémoire depuis toujours. Depuis mon divorce d'avec sa mère, ils sont devenus une obsession, je le devine. Elle est frustrée dans son identité. Il lui manque un morceau du puzzle de sa vie, depuis que je suis parti de la maison. Elle a toujours voulu savoir qui étaient ces ancêtres, qui sont les Algériens, quelles ont été ces épousailles rompues entre la France et l'Algérie. Elle y est, maintenant, en chair et en os, dans le pays de son identité. Au cœur de l'histoire de ses ancêtres non gaulois.

À l'atterrissage, le soleil est radieux. L'Algérie du printemps nous accueille, tout sourire et fleurs. Aussitôt, les parfums de la nature me remplissent. Je me sens chez moi. Le ministre français de retour chez lui à Sétif. Où est-ce vraiment, chez moi ? Un peu partout. Chez moi, c'est mon enfance.

Le ministre algérien des Transports nous accueille, jovial. Il y a aussi le wali, le maire de Sétif, et tant de visages amicaux. Dans le hall de l'aéroport, quelques perles salées se font la malle de mes yeux au moment où des jeunes m'entourent et me disent en arabe : « Bienvenue au pays, tu es chez toi ! C'est ta terre ! Bienvenue ! » Je veux vite aller voir la tombe de mon père à Guidjel, cet après-midi, le remercier pour tout ce bonheur qu'il m'a légué, bonheur d'avoir un sens à ma vie. Ma pierre ventrale, elle, est restée à Paris.

Après l'installation dans les chambres d'hôtel, nous partons pour le cimetière. Nous traversons Sétif. C'est une ville de plus en plus belle et dense. Dès que nous en sortons, les montagnes de l'Aurès nous sautent aux yeux et les champs d'herbe grasse éclaboussent l'horizon. L'air est frais, pur. Nous sommes sur les hauts plateaux, à environ mille mètres d'altitude. Nous roulons vers le cimetière en délégation officielle alors que je voulais m'y rendre dans l'intimité. Mais ici, l'intimité ne fait pas partie du dictionnaire local. Deux motards nous ouvrent la voie. Le cimetière date du Ve siècle. Je ne me souviens plus pourquoi mon père a choisi ce bout de terre comme dernière location. Des sacs plastique vert et blanc sont accrochés aux grillages rouillés qui ceinturent le lieu silencieux. Lorsque je descends de voiture, une délégation nous attend, des pauvres gens d'ici. Ils ont entendu dire qu'un descendant d'un ancien immigré parti en France en 1949 est devenu ministre à Paris et revient honorer la tombe de son père. Le maire du village d'à côté, entouré de son conseil municipal, des vieux en djellaba, la tête coiffée d'un chèche blanc ou moutarde, m'accueillent comme un ministre d'ici. Je prends la main de ma fille, je la vois vaciller. Nous commençons à avancer vers la tombe de mon père. L'air est délicieusement frais. Je tremble d'émotion. Il faut que je tienne ma fille, je ne sais si c'est pour moi ou pour elle, tous les deux en avons sans doute besoin. Le maire me tend une feuille sur laquelle est inscrit officiellement le nom d'une femme, fille de Begag Bouzid, fils de Mohamed, fils de Bachir, présumé né en 1913, laquelle est enterrée au cimetière Sidi Messaoud. Tout est confus dans ma tête. Je ne savais pas que mon père avait une fille dans ce cimetière. Qui est-elle ? A-t-elle été cachée ? Je sais peu de chose sur mon « arabe généalogique », je découvre là un nouveau mystère.

Nous y sommes. Le soleil est brûlant. Dans celle d'Emma ma main transpire. Nous nous approchons de la tombe. Un groupe d'hommes, des vieux, dont un religieux en gandoura blanche, nous attend. Le maire de Guidjel me dit que ce sont des anciens qui voulaient juste me souhaiter la bienvenue chez moi. Ils se tiennent en face de la tombe de mon père, l'un à côté de l'autre. Je serre les mains, une à une. Leur poignée est chaleureuse. L'un d'eux me tend une énorme gerbe de fleurs pour fleurir la sépulture. Ils ont pensé à tout. Je me tourne vers la tombe. Tous ensemble, derrière le dignitaire religieux, nous faisons une prière à mon père. C'est la première fois que je fais une prière. Je pleure à chaudes larmes. J'attendais cet instant depuis si longtemps. Sur l'épitaphe, je relis : « Begag Bouzid, né en 1913 à El Ouricia, mort le 7 avril 2002 à Lyon ». C'est moi qui l'ai rédigée ainsi. Aujourd'hui, nous inaugurons la ligne aérienne Lyon-Sétif. Un fellah, parti pieds nus en 1949 à Lyon, revenu dans un cercueil en 2002, retrouve son fils revenu en ministre sur sa tombe, en 2006, pour honorer sa mémoire, son courage, sa dignité.

La prière terminée, nous hissons nos mains vers le ciel. Le silence se déploie sur ce halo de sérénité. L'herbe est haute, comme à l'écoute. Les morts des Aurès nous observent derrière la brise. La quiétude du printemps en Algérie est d'une limpidité cristalline, surtout ici sur les hauts plateaux. Je lève la tête, j'aperçois mes filles qui pleurent, tout comme mon neveu, mon frère et mes amis venus eux aussi. Un vieux *chibani* s'approche de moi. Il me glisse à l'oreille que, si je veux que mon père me voie, il faut que j'aille de l'autre côté de la tombe, du bon côté. Alors je change de place. En passant, je vois ma fille Emma secouée par l'émotion. Je lui dis de venir avec moi. Je lui prends la main, et ensemble nous nous recueillons sur la tombe durant de longues minutes. Le silence et la brise légère érigent une digue autour de nous. Il n'y a plus rien d'autre au monde. Personne que nous. Nous pleurons à la mémoire des paysans, de tous les paysans de l'humanité qui tentent de sauver leurs enfants au sacrifice de leur vie et qui s'en vont sur les routes de l'exil, en sabots, en sandales ou en claquettes de plastique à la poursuite du grand bonheur bleu. C'est un autre *diday* de ma vie. Tout cela a du sens pour moi, pour mes amis, pour les vieux qui nous regardent. Le temps passe, ce sens-là émerge dans toute sa nécessité. Aujourd'hui, je ne regrette pas d'avoir ouvert la porte à mon destin.

*

La nuit tombe sur Sétif teinte au henné. Je rends visite aux universitaires dans leur nouvelle fac. Eux aussi sont heureux de me voir. Je leur dis que, dans quelques années, je viendrai passer ici six mois par an pour me laisser caresser par cet air si doux, près de la mémoire de mes ancêtres. Mon regard se perd sur les toits de la ville que la nuit naissante commence à rougir. Un vol de cigognes raye le ciel verdâtre. D'ici je repense aux manifestations anti-CPE qui ont secoué le pays. J'aime la France, mais c'est un pays violent. Les fractures y seront encore ouvertes pour longtemps.

Du haut de la colline, entouré des profs de l'université, je regarde la nuit qui s'est maintenant complètement affalée sur la ville. Le quartier historique de Tanja disparaît dans une brume éclairée de l'intérieur par les ampoules jaunes des maisons. Les deux cigognes se sont posées dans leur nid au sommet d'un minaret et surveillent la venue de l'avenir.

*

Je n'ai pas dormi de la nuit. Les moteurs de la climatisation râlaient trop fort. Impossible de les régler. Vers 6 heures, Sétif se réveille avec les chants des coqs. Après le petit déjeuner avec la *cassara*, la galette locale, je vais voir le village d'El Ouricia où est né mon père. Une visite rapide, le temps de constater que l'urbanisation est allée trop vite, engloutissant la mémoire des villages d'antan. Des maisons ont poussé un peu partout.

Un peu plus tard, avec la délégation, nous partons pour une visite des ruines de Jémila à une trentaine de kilomètres de Sétif, sous le soleil resplendissant, un ciel bleu émeraude, une Algérie si accueillante, mais dans laquelle les pauvres sont encore nombreux, les jeunes désespérés, les traumatismes de la guerre civile purulents. Les ruines romaines sont en fleurs. Le lilas a le cœur ouvert sur notre passage. Ça sent le paradis. Je suis heureux d'être là avec mes enfants et mes amis. Purs instants de bonheur à consommer sans modération. Le soir, de retour à Sétif, je vais avec le cortège de police dans la maison que mon père a fait construire dans le centre de la ville. Les locataires nous accueillent, surpris. Les voisins me reconnaissent. Ils sortent au balcon pour me dire leur fierté qu'un enfant de Sétif soit ministre en France. Ils sont heureux d'avoir appris que je m'étais opposé à Sarkozy pendant les émeutes des banlieues. L'un d'eux trouve un slogan : « C'est le Sétifien contre le Hongrois ! » Avec mes filles, je savoure ces moments de grâce sur les terrasses de la ville, au crépuscule. Nous faisons des photos. C'est mon ami arménien Arthur, de Lyon, qui joue au photographe.

Le lendemain, le cœur serré, dans l'avion qui me ramène en pleine nuit, à Paris, avec Dominique Perben, je sais que je retourne dans la cage aux ennuis : « Azouz, je t'apporte des soucis… »

Un stewart blond aux yeux bleus vient s'asseoir près de moi. Immédiatement, ses mots me touchent à la racine. Il me dit qu'il aura soixante ans l'année prochaine, se met à me parler du respect qu'on doit, dans la religion musulmane, à ses parents et surtout à sa mère. Il dit qu'il faut être juste et bon durant sa vie sur terre : c'est ce qui reste quand on retourne à la poussière. Rien d'autre. Je le regarde droit dans les yeux. Je ne sais rien de lui, mais ses paroles me font du bien. Il y a des gens qui s'approchent de vous, un jour, et qui, sans vous demander votre avis, s'asseyent à vos côtés et murmurent des mots éternels à vos oreilles ; ensuite ils sont appelés ailleurs, ils vous sourient et disparaissent derrière un rideau. Ce sont des messagers. Je me fie à ces intuitions en provenance des cabines de pilotage.

« Azouz, je t'apporte des soucis… » Je n'en veux plus. Je subis une campagne orchestrée par le journal *Libération* depuis quelques jours. Du fiel. Ça frôle le populisme et le racisme. En première page, il titre : « Azouz Begag – le dérapage. Pris en flagrant délit d'inégalité des chances », à propos d'un pseudo-chômeur qui s'est présenté violemment à moi dans les salons de la préfecture de Lyon, devant les caméras de télé, pour me provoquer. « J'ai deux bacs + 5 et je trouve pas de travail. Qu'est-ce que vous faites pour moi ? » vocifère-t-il avec ironie. Je lui dis que je vais dans les trois mois lui proposer un boulot, grâce au réseau d'entreprises que nous avons créé. Il me prend de travers : « C'est pas du piston, ça ? » Je dis non, mais voyant que le jeune homme n'a pas toute sa tête, je me retire de la discussion. Vingt minutes plus loin, je le retrouve au cocktail en train de me filmer à mon insu, dans mon dos. Je vais me pointer devant lui et lui demande ce qu'il fait. Il bredouille. Je sens la manipulation. Pour inverser les rôles, je dis à un type que je reconnais : « Prends donc la caméra et filme-le ! » L'interviewer devient l'interviewé. Je ne sais même pas à qui appartient la caméra : à tout le monde, à personne ? J'apprendrai plus tard qu'elle est à une association de la banlieue lyonnaise dont la jeune présidente a appelé aussitôt un journaliste de *Libération* pour l'informer que le ministre avait subtilisé la caméra du jeune chômeur et qu'en plus il l'avait tutoyé. Tutoyer un jeune ? Quel mépris. Et voilà comment naît et se referme un piège sur un ministre en fonction. Me voici dans la tourmente à mon tour. C'est la première attaque violente. Hier, lundi, on m'apprend que *Le Monde* a repris et publié l'information, de même que Canal + dans le grand journal. Ça pue, par-dessous. Mes pieds s'enfoncent inexorablement dans la solitude. Les gens qui apprécient mon travail depuis vingt ans, qui savent qui je suis, ne bougent pas. Quelques-uns me téléphonent pour m'encourager. Peu nombreux. Je leur dis d'écrire à *Libé* s'ils veulent protester, pas de me téléphoner, ça ne sert à rien. Cruelle politique ! Simplifier, caricaturer, dénaturer. Comme le Premier ministre est affaibli, on me griffe pour lui porter l'estocade. On veut me faire mal pour que ma souillure rejaillisse sur lui. Ce n'est plus Le Pen, l'ennemi, c'est Begag, le traître, l'Arabe des banlieues passé à droite ! La place des pauvres et des immigrés, c'est à gauche, c'est physiologique. En 2007, le FN engrangera les bénéfices électoraux de ces tirs intérieurs qui décapitent le camp des républicains. Mais tout le monde s'en fout. La gauche de *Libé* me harcèle, le journal *Le Monde*, et à droite, idem, les sarkozystes veulent en profiter pour me régler mon compte : « Je vais me le faire ! » a déclaré leur chef, toujours par *Canard enchaîné* interposé. Je ne doute pas de sa détermination. Depuis ses insultes sur mon portable, nos regards ne se sont plus jamais croisés. Il m'appelle *Vidéo-Begag*, nom que m'a trouvé le journal *L'Humanité* après l'affaire de la caméra de Lyon. Ma vieille mère, du haut de ses quatre-vingt-dix ans, m'a dit hier en parlant du ministre de l'Intérieur : « Il a la tête du diable ! » C'est étonnant comme cette phrase a résonné en moi. Mais je ne suis pas dupe, le diable peut aussi revêtir plusieurs costumes, comme par exemple celui de ce jeune chômeur provocateur de la préfecture du Rhône. Ils ont des traits de ressemblance, ces individus, dans leur regard. Je me méfie de tout. Je suis sur le qui-vive. Ces derniers jours, j'ai écarté de mon chemin deux filles jolies, mystérieuses, qui s'étaient approchées de moi pour me proposer leurs services en tout genre. Les pauvres, elles n'ont pas dû comprendre. Un jour j'écrirai un livre qui s'intitulera *Une vie au fil du nez.* Parce que j'ai toujours la chance de sentir venir le danger. Je renifle les méchants, ils sont toujours frustrés, leur vie ne leur convient pas, ni leur famille, leur salaire, leur horizon, leur monde... Ils détestent les autres.

*

Ce matin, au réveil, j'ai pensé à Aïssa Dermouche, le fameux préfet musulman nommé par Sarko. Me sont revenues en mémoire les infâmes attaques médiatiques que ce républicain avait subies à propos d'un procès pour non-paiement d'une pension alimentaire de quelques euros à son ex-épouse. C'était il y a plus d'un an. J'avais été outré par ces journalistes qui exigeaient sa démission. L'information avait été reprise par d'autres journaux, et même par des radios nationales. De la salissure pure et simple. Le préfet ne s'en est psychologiquement jamais remis. Son corps aussi a craqué.

*

Le mois d'avril démarre sur les chapeaux de roue. Le Premier ministre est très affaibli, les prétendants à Matignon se jettent sur le gâteau s'imaginant calife à la place du calife, adorés, aimés, vénérés, adulés, immortalisés. Dehors, la grève fait rage avec de nouveau une journée de mobilisation contre le CPE. Chirac a annoncé des améliorations substantielles de cette affaire, mais les lycéens préfèrent les saveurs de la rue du printemps, CPE ou pas. Ils veulent goûter à l'air libre. La gauche se réunit pour la énième fois afin de reprendre les rênes du pouvoir. La France s'enfonce dans son amnésie. Le soleil brille sur tout Paris. Oubliés, le reste du monde, la menace nucléaire en Iran. L'égocentrisme français fait le coq. « La médiatisation, c'est le contraire de la médiation », m'a dit ce matin un ami philosophe. J'en suis bien conscient. Toutes ces choses positives que j'ai réalisées ces derniers mois, ces belles rencontres avec les gens de tous horizons, ces forums pour l'emploi, ces préfets à l'égalité des chances, tout ça n'intéresse personne. Il faut que je m'accroche, même si je glisse et dérape. Encore quelques mois.

*

Ce matin, j'ai rejoint Matignon où une vingtaine de ministres étaient invités à donner leur avis sur la crise du CPE. J'ai trouvé Villepin plus vindicatif que les jours précédents. L'énergie est en train de virer de sens, on dirait.

Du coup, je me suis senti revitalisé. À la séance des questions d'actualité à l'Assemblée nationale, j'ai eu une question sur les « aspects positifs » de la loi sur l'égalité des chances et je ne sais pas quelle mouche m'a piqué, mais j'avais une étrange confiance en moi, les mots vibraient dans ma bouche, l'allocution coulait de source, les applaudissements me chauffaient. À la fin, l'apothéose : acclamations sur les bancs de droite, presque une ovation. Je n'ai pas peur. Peur de quoi, d'ailleurs ?

La guerre en souriant, toujours. Les sarkozystes me pilonnent entre deux rictus, mais je préserve ma santé. L'autre jour, quelqu'un m'a dit : « L'essentiel, c'est de ne pas en être malade. » Un autre : « Ne va pas nous faire un ulcère, avec tout ça ! » Des avertissements que j'entends. Il faut que je « fasse glisser », pas de blocage, pas de crispation, pas de rancœur, pas d'ulcère.

Ce soir, alors que j'essaie de défaire les nœuds qui se sont formés dans mes intestins, je reçois un message sur mon portable en provenance de la mère de mes filles exigeant qu'on en finisse au plus vite avec notre appartement à vendre, sinon elle relance son huissier. Son huissier qui va me renvoyer des lettres recommandées pour me réclamer de l'argent. Je me demande comment j'arrive à tenir tout ça en même temps. Si je fléchis, je meurs sur place. Je ne fléchis pas.

Je me rends à une réunion à Matignon avec les associations de banlieue que Villepin a déjà reçues en novembre dernier. Je me rends bien compte que j'ai manqué le coche lors de la crise des banlieues, que j'aurais dû être plus pugnace, affirmer mon point de vue, ma personnalité, plus courageusement. Mais je n'étais pas encore dans le bain. Je débarquais sans connaître aucun code. Même dans les mois qui suivirent les violences, j'aurais dû mettre à profit ma notoriété pour revendiquer du pouvoir politique. Au lieu de cela, j'ai laissé filer. Je suis rentré dans le rang. Un matin, le directeur de cabinet de Borloo est même venu me voir dans mon bureau pour me proposer de m'associer à son ministre et d'espérer ainsi compter sur son soutien actif, notamment financier, puis il est reparti d'où il était venu. Tout allait trop vite pour moi. Aveuglé par les événements, je ne savais pas faire la part des choses, et comme je lisais peu la presse me concernant, je n'avais aucun recul sur l'histoire immédiate. Pour me rassurer je me dis que l'« intégration », c'est aussi cela : se banaliser dans une société, un gouvernement, une chaîne de télévision, quand on est journaliste noir ou arabe, être ni meilleur ni pire que les autres, ne plus être remarqué pour ses origines, sa religion, sa couleur de peau. L'indistinction, c'est cela, l'aboutissement. De ce point de vue, j'ai parfaitement réussi ma mission. Je n'ai pas à sauter à pieds joints sur la table au nom de mes origines, de mon expérience de vie dans les banlieues. Mon origine ne m'empêche pas de voir la douleur et les difficultés de ces familles qui ont des enfants handicapés à qui on n'offre pas de dignité. Hier je disais cela à un chef d'entreprise de la région parisienne, lorsque j'ai vu une lumière s'allumer dans ses yeux. Il m'a susurré : « Je connais bien le problème, ma fille est sourde. » Je l'avais marqué en plein cœur. M'entendre parler ainsi de sa propre souffrance, comme si je la ressentais personnellement, le touchait au plus profond de lui-même. Il ne me regardait plus comme un Arabe. J'étais heureux de cette petite victoire.

L'Alsace sous le soleil d'avril, ce n'est pas l'Algérie de Jémila, mais c'est pas mal quand même. Un pays enchanteur avec un air de Suisse ou de Bavière. Une superbe journée de printemps alors que la veille, m'affirme le préfet, il a neigé toute la journée. Dès mon arrivée à l'aéroport, le soleil rose a tout illuminé comme pour me garantir un bon jour. Me voici à Colmar. Première fois de ma vie que j'y viens. Le maire m'accueille avec un sens élevé de l'hospitalité républicaine. Nous marchons dans les rues, les gens sourient sur notre passage. Ils doivent me prendre pour un président africain en visite. L'air est à la fête. J'ai un peu la crève depuis mon retour de Sétif où la climatisation a eu raison de ma fatigue et m'a fourgué un microbe dans la gorge, mais j'ai pris un comprimé vitaminé qui m'a rendu euphorique. Je me sens transporté dans une troisième dimension avec les jeunes et les officiels comme jamais depuis que je suis ministre.

L'après-midi, à Mulhouse, me voici dans le quartier de Drouot. Je me souviens d'un coup y être venu il y a dix ans. J'ai alors travaillé avec un groupe d'enfants à la réalisation d'une cassette vidéo à partir de mon livre *Les Voleurs d'écritures*. Cet après-midi baigné de soleil, je reviens au quartier avec le cortège des voitures de la préfecture, les motards, les officiels, pour rencontrer des femmes, presque toutes maghrébines. Dans la petite salle où nous nous regroupons, l'ambiance est familiale. Une femme me hèle aussitôt et me dit qu'elle me reconnaît : son fils a joué dans *Les Voleurs d'écritures*. Aujourd'hui, m'annonce-t-elle la tête haute, il travaille au Japon dans le secteur électronique. Il s'appelle Khadafi. Elle me montre une photo de moi et de son fils il y a dix ans ! « Tu as vu ! C'est pas une blague, hein ? » Elle me tutoie naturellement. Je suis de chez elle. J'aime cette relation spontanée. Non, ce n'est pas une blague, madame. Je ris pour cacher mon émoi et la félicite pour l'éducation qu'elle a donnée à son enfant. Elle ajoute qu'elle en a élevé sept comme ça, toute seule, après le décès de son mari. Puis des jeunes qui ont préparé une animation se mettent à chanter et jouer une pièce de théâtre. Il fait chaud dans la pièce minuscule d'un appartement HLM, mais les femmes sont heureuses, libres, elles s'adressent aux autorités de l'État. Je suis un Arabe comme elles, ministre. Elles sont fières. À la fin de la rencontre, l'une d'elles, la quarantaine, s'approche de moi : « Azouz, tu ne m'as pas reconnue ? » Je dis : « Non, mais... » Je suis si embarrassé à chaque fois de devoir dire aux gens que j'ai perdu la mémoire. Elle m'apprend qu'elle aussi était là il y a dix ans lors de mon passage dans le quartier. Son visage me disait quelque chose, mais sans plus.

Au bout d'une heure et demie, nous sortons de la pièce où nous nous étions entassés. Le soleil nous prend en pleine face. Je respire l'air alsacien. Je me sens léger. Il y a longtemps que je n'ai pas ressenti la présence de la pierre. Je blague avec des jeunes, signe des autographes ; nous faisons des photos... J'aime ces moments de liberté où mon costume et ma cravate ne m'étranglent plus. J'aime revenir dans ces quartiers sensibles, aux gens sensibles. Ils ont à *donf besoin de vivre*, comme dit mon cousin. Besoin d'y croire, besoin d'aimer. Quand les arbres sont en fleurs, ces désirs se font encore plus ardents chez les habitants. Les femmes de Drouot, courageuses et pleines de vie, m'offrent leur énergie comme un présent. Mais voici le préfet qui me presse déjà, je dois partir, les minutes ministérielles sont chères. À dans dix ans, peut-être, dis-je à nos amis. Inch'Allah ! Elles me font des youyous, comme au bled. Les enfants n'en croient pas leurs yeux en regardant s'éloigner le cortège. Comme moi, en levant les yeux au ciel.

*

La voiture me conduit chez Fatima, dans un centre culturel arabe de la ville. Une cinquantaine de personnes m'attendent dans une petite salle. C'est en fait sa maison privée. Nous parlons encore avec fraternité. Beaucoup d'adultes sont venus dire qu'ils veulent parrainer des jeunes pour un emploi, un stage… Un jeune Arabe communiste me pose une question agressive sur le CPE, mais je réponds que nous ne sommes pas là pour ça et on passe à autre chose, tranquillement. J'aime l'élégance du respect. Une heure plus tard, sur la terrasse, c'est le thé et les gâteaux. Le soleil a décidé de m'accompagner jusqu'au bout de mon voyage. Dès ce matin, je savais que c'était un bon jour. Je l'ai senti à mon réveil.

*

Le soir, avec Jean-Marie Bockel, maire de Mulhouse, nous menons un débat sur l'« intégration ». Cinq cents personnes, la salle est comble. Les gens prennent la parole. Ils ont soif d'alphabet. Les mots sont l'arrosoir des maux qui assèchent leur âme. Nous les laissons s'exprimer. Des questions, des questions, il n'y a pas besoin de réponse. Une heure et demie plus tard, j'esquisse la conclusion. La salle me réserve une ovation. Je ne me suis pas forcé. À l'heure de partir, les gens se pressent sur l'estrade pour me saluer, arracher un autographe, mais je dois me retirer.

Nous allons dans une salle attenante pour boire un verre. Je remarque le visage d'une jeune fille maghrébine qui me guette. Elle est en civil. Je l'ai déjà repérée en fait, elle m'a intrigué. Je vais vers elle : « Il me semble vous connaître. » Elle m'apprend qu'elle est policière des Renseignements généraux et, dit-elle, « je vous ai croisé place Beauvau, l'année dernière, quand vous faisiez le rapport à Villepin, nous avons parlé quelquefois ensemble ». Je n'en reviens pas. Heureuse, elle me raccompagne vers la sortie. Je voudrais lui dire des tas de choses, mais déjà un jeune s'approche de moi et me tend une enveloppe. Il se présente. Lui aussi était à Drouot il y a dix ans, il était le héros du film *Les Voleurs d'écritures*. Aujourd'hui il est à la fac de droit à Strasbourg. Tout ému, je l'embrasse. Nous faisons une photo ensemble. Autour de moi, des jeunes brandissent leur portable pour immortaliser la scène. Il est 20 heures, le printemps luit toujours sur Mulhouse. Ça sent déjà l'été. Après deux mois de calvaire anti-CPE, la vie reprend son cours. Moi aussi j'ai droit au bonheur.

À 11 heures du soir, j'arrive chez moi à Paris, mort de fatigue. Je me souviens vaguement que, dans l'avion, un homme m'a salué, un ancien ministre algérien de l'Enseignement supérieur. « Bonsoir, monsieur le ministre. » Je n'ai pas eu le temps de parler avec lui, je m'en suis excusé, j'ai sombré. C'était un jour euphorique, pas normal. Je me souviens avoir confié à un inconnu dans la foule que je devenais croyant, qu'il y avait un Dieu qui organisait tout ça, les coïncidences, le temps, les rencontres. Il m'a dit : « Tu en doutais ? »

*

Ce soir-là, peu avant minuit, à l'aéroport d'Orly, je salue une hôtesse d'Air France qui m'accompagne avec mon équipe vers la sortie des parkings. C'est la première fois que je la vois. Elle est belle. Parvenu à ma voiture, elle me murmure : « J'ai adoré votre roman *Le Marteau pique-cœur* ! » Elle me dit la sincérité qu'elle y a trouvée. Et, tout à coup, le voile de la honte tombe sur moi comme une guillotine : je me souviens d'elle, bien sûr, je l'ai croisée trois fois à Orly et chaque fois elle s'est montrée très gentille avec moi. Je lui avais appris que j'écrivais. Elle m'a lu ! C'est une femme formidable. Elle me confie qu'elle est bénévole dans un hôpital, au service de soins palliatifs, et s'excuse aussitôt de me parler à cœur ouvert de ce qu'elle a découvert dans mon roman. Elle en est gênée, ne sait pas si elle doit s'adresser au ministre ou à l'écrivain. Je lui dis que les deux sont compatibles. Je savoure ces moments délicieux : il est minuit, un soir de pluie sur Paris, j'ai la crève sétifienne, à Orly une hôtesse d'Air France ouvre son cœur à un ministre, les barrières tombent, l'humain jaillit. Toute ma vie aura été un collier de rencontres.

*

En me jetant au lit, je regarde l'heure à mon portable et lis la date : 7 avril 2006. Il y a quatre ans, jour pour jour, mon père est mort à Lyon et je comprends soudain que ce jour exceptionnel en Alsace, ce soleil d'après la neige, ces sourires, cette joie, ces enfants, c'est mon père. J'ai repensé à ce moment où, sur sa tombe, à Sétif, alors que je me recueillais, un vieil homme m'a dit : « Mets-toi de l'autre côté, il te verra. » Mon père m'a vu à Colmar, à Mulhouse, il a tout surveillé, comme le faisait cette jeune femme des Renseignements généraux, ce jeune acteur dans *Les Voleurs d'écritures*...

Les Voleurs d'écritures, un petit livre qui raconte la mort du père et que je connais mot à mot : « Mais, un jour, je suis devenu grand. À cause de Dieu, il a tué mon père... Quand mon père est devenu DCD... »

Les microbes de la climatisation sétifienne sont parmi les plus résistants au monde. J'ai encore cette crève carabinée. Je suis allé courir au milieu du printemps installé partout, sur chaque balcon, chaque fleur, chaque plante que les jardiniers ont sorties. En courant je réfléchis à la solitude de l'homme politique, et surtout celle dans laquelle se trouve Villepin. Je voudrais l'appeler, mais pour lui dire quoi ? Il a remplacé le CPE par un nouveau dispositif d'insertion en faveur des jeunes les plus en difficulté. J'ai écouté sa déclaration à la radio. Sa voix était grave, moins conquérante que d'habitude. Il a capitulé. Ces derniers jours, je m'étais mis en tête qu'il donnerait sa démission et je m'étais promis de retourner voir mon pêcheur balinais pour aller chaque matin avec lui tendre le fil de canne au bout de nos doigts, ferrer, remonter de beaux poissons à bord, me laisser bercer par le roulis de la mer, écouter le silence, fixer un horizon immobile. Rien d'autre. Très loin du périphérique.

*

À l'Assemblée nationale, une autre question d'actualité. Elle m'est arrivée une heure avant le début de la séance. Je n'ai pas eu le temps de la préparer, d'apprendre par cœur ma réponse, comme font les autres. Elle concerne les mesures de lutte contre les discriminations et pour la diversité que contient la loi sur l'égalité des chances. Comme la première fois, c'est le député Axel Poniatowski qui me la pose. Je me lève, sûr de moi, lis mon papier, puis, en pleine confiance, m'en dégage et m'envole littéralement au-dessus des têtes des députés qui m'écoutent. À la fin de ma réponse, ovation à droite. À gauche on ne dit rien. À la fin de la séance, tous mes collègues ministres me félicitent, un sourire aux lèvres. Je ne sais pas ce qui s'est passé. C'est depuis ce voyage à Sétif : la force de mon père doit me galvaniser. Je l'imagine dire à tous ses nouveaux amis des étoiles : « Il faut sauver le soldat Azouz. C'est mon fils ! Vous voyez comme il se débrouille bien, il a appris le métier. »

*

Avec cette crise du CPE, j'ai vécu une histoire inouïe. J'ai ouvert l'Histoire avec un grand H à la Diversité française, avec un grand D. Plus rien ne sera comme avant. De mon travail au sein de ce gouvernement, je n'ai pas à rougir, au contraire. L'autre soir, à Mulhouse, devant la salle comble, Jean-Marie Bockel a dit à la foule que j'étais un homme courageux. J'ai apprécié. Quand il dit « courageux », je sais qu'il fait allusion à ma sortie contre Sarko, en novembre. Chaque jour je remercie Dieu de m'avoir donné ce courage qui marquera mon passage en politique, même si je sais maintenant que le sarkozystème m'a enserré dans ses tentacules. On ne me voit plus à la télé, dans les magazines, les journaux. Mais il reste douze mois avant la fin, et chaque jour n'est jamais le jumeau de l'autre dans ce métier.

En attendant le retour de l'espoir, ce matin à Lyon j'ai rempli plusieurs pages d'un nouveau cahier. Quelques heures plus tard, je suis dans le TGV pour regagner Paris, puis m'envoler au Qatar pour vingt-quatre heures. Je continue de coucher mes pensées sur un cahier. Je survis avec l'écriture. Elle me permet de ne pas succomber à la brutalité de l'actualité politique. Quand j'écris mes joies et mes peines, je me projette dans de lointaines années, je me vois savourer un livre fini entre les mains, je détends mon corps et mon esprit, je me maintiens, mon stylo au bout des doigts, à distance des balles perdues, des flèches, des salauds. J'essaie de m'appliquer, de trouver l'harmonie entre mes émotions et les mots qu'elles forgent. Je m'en vais écrire un roman que les gens vont parcourir comme une aventure humaine digne des guides de haute montagne à Chamonix.

*

Au Qatar où je viens de donner une conférence au nom du gouvernement français, je rencontre l'émir Hamad El Thani, sa jolie femme, ses ministres et une foule de gens importants du monde arabe. Je suis le ministre « français ». Même d'origine arabe, je suis français. Là-bas, personne ne comprend les soubresauts de notre pays dans cette affaire du CPE. Le pétrole coule à flots, comme l'argent, et les riches Qatari perdent de plus en plus confiance en notre pays. Ils me disent préférer Londres ou New York où le terrain est moins mouvant pour leurs investissements. Les manifestations des jeunes auront fait du mal au pays, comme les violences des banlieues. Dans le monde entier notre image s'est dégradée. Au gouvernement, Sarko et Villepin ne se parlent plus, mais continuent néanmoins de faire comme si. On se joue la comédie de la cohésion gouvernementale. Sarko et ses troupes n'ont pas levé le petit doigt, pendant la crise du CPE, pour venir en aide au Premier ministre.

Au déjeuner chez l'ambassadeur de France à Doha, j'ai rencontré un ancien ministre du gouvernement Raffarin, Éric Woerth. Il ne m'a pratiquement pas parlé. Il portait sur son visage le masque clouté de l'amertume d'avoir été viré du gouvernement précédent. Je ressentais de mauvaises ondes chez ce sarkozyste que, du reste, j'avais croisé la veille dans l'avion. L'après-midi, plutôt que de faire une sieste en attendant ma conférence à 19 heures, je suis allé faire quelques brasses dans la piscine du Sheraton où nous sommes logés, puis je me suis assoupi sur un fauteuil *transatranquille* à l'abri du brûlant soleil de Doha qui plombe la surface de la mer inerte.

À la mi-avril, la station de ski du Grand Bornand est triste. Depuis la coquette chambre d'un petit hôtel flanqué au bout d'une voie sans issue, j'admire les flancs des montagnes sur lesquels la pluie a fait glisser jusque dans la vallée les derniers paquets de neige sale. À l'entrée de la chambre, un robinet déverse continuellement de l'eau dans un bassin. Je regarde et écoute cet écoulement sans plus penser à rien, juste à l'eau, à sa fluidité. Puis mon regard se porte à nouveau sur les montagnes et suit le vol d'un épervier jusqu'à son évanouissement dans la grisaille bleutée d'un nuage. Deux skieurs de fond profitent des dernières neiges pour tracer leurs marques fraîches dans le matin. Les interminables manifestations anti-CPE ont anéanti mon enthousiasme. C'est la fin d'une guerre qui a duré des semaines. Au dernier round, Villepin a reçu un terrible direct du gauche, et même plusieurs coups bas de la droite. Le CPE est à terre. Nous aussi. Nous sommes tombés dans une crevasse. Je regarde l'écoulement de l'eau dans le bassin et perçois le grand vide politique français. Elle est morte, l'année utile ! Je suis en vacances pour quatre jours. Dans la petite chambre sombre, le lit est confortable. J'ai envie de faire une sieste de vingt-quatre heures. Fini le CPE, il faut glisser, ne pas laisser sédimenter les rancœurs, aller de l'avant, comme sur une piste de ski, pencher le corps dans le sens de la pente pour reprendre et contrôler la vitesse. J'essaie de poursuivre la lecture de *L'Assommoir*, allongé sur le lit douillet ; en vain. Je n'arrive pas à me transporter dans le Paris de Gervaise. C'est Paris que je ne veux plus voir en fait. À mes côtés, Brigitte scrute les sommets des montagnes, espérant l'apparition d'une éclaircie. Elle veut à tout prix skier, dit qu'elle a besoin de marcher, de respirer. Elle ne sait pas à quel point je comprends sa fringale d'oxygène. Finalement, profitant d'une fausse éclaircie, nous montons jusqu'à la petite station de ski. À ma grande surprise, plus nous grimpons, plus le soleil émerge, jusqu'à devenir paon du ciel. Mon amie est ravie d'avoir eu raison de ma paresse. Nous allons nous installer à une terrasse de café en plein soleil. Il n'y a pas foule. J'entre dans le restaurant pour commander à manger. Les serveurs et le patron me regardent bizarrement tout en continuant de nettoyer des verres derrière le comptoir. « On peut manger en terrasse ? », je fais tout pour casser le bloc de glace qui vient de se figer entre nous. Étranges personnages : on dirait des bonshommes de neige habillés en civil. « Euh, oui, oui, oui, j'arrive », me répond enfin un homme rond au visage carré. Je dis merci et retourne à la terrasse rejoindre mon amie qui s'abandonne aux rayons du soleil. Quelques skieurs glissent devant nous. On entend résonner les crissements de la poudreuse au passage de leurs skis affûtés. Cinq minutes plus tard, le patron vient prendre notre commande. Un vrai Haut-Savoyard, trapu, l'âge de la retraite. Il transpire de fatigue. Arrivé devant moi, il me fixe dans les yeux : « On vous a jamais dit que vous ressembliez à quelqu'un ? » Tout à coup, je comprends son étonnement quand je suis entré dans le restaurant. Haussant les sourcils, je dis : « Non, à qui pensez-vous ? » Brigitte n'apprécie pas mes blagues, elle en est gênée. Elle dit à l'homme que si, je ressemble à quelqu'un, puis elle veut que j'avoue mon identité. Je souris amicalement, je lui dis que c'est moi, oui, qu'il m'a reconnu. « Vous êtes ministre de je sais pas quoi… » Je confirme : « De je ne sais pas quoi moi non plus. » Il poursuit : « De l'Intégration ? » Je dis : « Presque. » Il cherche encore. Non, ça ne fait rien. Finalement, il trouve comme dans un jaillissement : « Ça y est, ministre de l'Égalité des chances ! » Bravo. Il apprécie ce que je dis à la télévision aux moments des questions d'actualité à l'Assemblée. Il me fait des compliments. Il reste avec nous à bavarder du scandale du CPE, de cette flexibilité dans le travail dont il a besoin pour embaucher des jeunes, de notre France qui refuse les réformes, qui a peur de son ombre, de ces jeunes qui bloquent le pays, qui veulent des crédits pour acheter un appartement ou une maison. Le Haut-Savoyard ne comprend pas ce qui se passe dans la basse vallée de la société, là-bas, à Paris. Il hausse les épaules de dépit. Il a travaillé toute sa vie, et maintenant, à l'âge de la retraite, il continue parce qu'il aime être actif. Il se moque des 35 heures. « Y a plus de valeurs », soupire-t-il. C'est un homme remarquable. Un Français de bon sens, comme il y en a beaucoup. C'est la France d'en haut.

Autour de nous, le soleil traîne en longueur, il fait durer le plaisir sur les transats de la petite station savoyarde. La neige est son miroir. Un moineau cherche des miettes, et plus si affinités. Le silence des cimes est apaisant. Nous dégustons du vin blanc de Haute-Savoie. Le bonheur n'est jamais loin, par ici. Deux heures plus tard, au moment de payer, le patron dit : « Non, c'est pour moi. » Je proteste amicalement, ce n'est pas parce qu'il est sympa que nous devons accepter d'être ses invités. Il insiste : « C'est la première fois que je vois un ministre aussi abordable et sympathique, ça me fait très plaisir de vous offrir ce déjeuner. »

Alors je dis d'accord, très touché. C'est un homme d'ici, il est né dans ce village, il vit dans son restaurant des cimes, au Grand Bornand, il s'appelle Maurice, m'invite à déjeuner parce qu'il m'a vu à la télé et qu'il apprécie ce que je dis. Nous prenons congé. Avant de nous quitter, l'homme me glisse en souriant : « Si c'était Sarkozy, je l'aurais fait payer. » Je lui dis que c'est normal, il est beaucoup plus riche que moi, en tant que ministre d'État ! Allez, au revoir, monsieur Maurice ! Nous repartons le cœur léger. Nous nous sentons si bien en apesanteur que nous marchons trois heures dans la poudreuse pour retourner chez nous. Il y a le ciel, le soleil, la neige. Et le même moineau qui nous suit. En fait, c'est un rouge-gorge.

J'ai envie de garder le souvenir de ce montagnard toute ma vie. Je ne suis pas obligé de faire des fixations sur les aigris, les racistes, les grognards et autres jaloux qui pullulent dans la cage. Sans oublier les traîtres ! Être trahi par ses amis de trente ans, c'est le b.a.-ba de la fidélité en politique ! Mais les rancœurs ne servent à rien. Il faut les empêcher de nuire à l'esprit. Chaque jour, je me force à regarder plus haut que la montagne, afin que personne ne puisse entraver les roues de mon destin. Je fais les rencontres que je dois faire. On a placé sur mon chemin des personnages qui me délivrent des messages d'orientation : Maurice de Savoie, l'hôtesse d'Orly, le stewart d'Air Algérie. Je les reconnais, maintenant, comme David Vincent, sauf que ceux-là ne sont pas des envahisseurs, mais des messagers.

*

Chaque jour, je lutte contre la nostalgie du temps d'avant, la mélancolie. Je me hisse sur la pointe des pieds pour contempler le temps long des ancêtres.

L'autre jour, en inaugurant le site Internet diversité-emploi.com à mon ministère, j'ai obtenu une page entière dans le gratuit *20 Minutes*. Plus de 2 millions de lecteurs ! Ça fait du bien. Ma fille Emma l'a vu aussi. Elle m'a dit qu'elle était fière de moi, elle l'a montré à toutes ses copines. J'aime que mes enfants me disent qu'ils connaissent mon travail. Je veux que les jeunes soient fiers de moi. Hier après-midi, au parc de la Feyssine qui a remplacé le Chaâba des années 1960, quelques jeunes Arabes m'ont reconnu aussi et sont venus me saluer. Ils se sentent représentés par moi. La France leur appartient ainsi davantage. Je dois rester concentré sur ces promesses.

*

J'ai envoyé un énorme bouquet de fleurs à Maurice, le restaurateur du Grand Bornand. Avec un mot d'amitié. J'espère qu'elles ne vont pas prendre froid, dans les neiges, au sommet de sa montagne.

Mon microbe sétifien a enfin quitté mes bronches.

*

De retour à mon bureau, je trouve Farida, personnage haut en couleur des années 1980, que je n'avais encore jamais rencontrée. Elle a publié en même temps que moi, en 1986, un roman, *Georgette*, considéré alors comme un chef-d'œuvre par la critique littéraire. Elle est venue me parler de ses déboires dans un collège de la banlieue parisienne où elle enseigne à des BEP-Bac pro. Je suis fasciné par son intelligence. Elle parle avec des mots qui auraient pu sortir de ma propre bouche. Nous sommes sur la même longueur d'onde, elle et moi, en tant qu'écrivains et témoins de la Marche des beurs de 1983. Je la trouve belle, aussi, à l'aise dans ses quarante-cinq ans. Ses idées pour réformer l'enseignement de ceux qu'elle appelle les « sans-solution-scolaire » sont si pertinentes que je la dirige vers le cabinet du ministre de l'Éducation nationale. Cette femme-là mérite de participer à la réforme de l'enseignement dans les ZEP. Elle sait de quoi elle parle, elle revient de loin. J'espère que je la reverrai souvent. Dans son collège, on l'a accusée d'être membre d'Al Qaïda, pas moins, parce qu'on a trouvé dans sa classe des livres écrits en arabe ! Son ex-mari était égyptien. La cabale menée contre elle a failli la rendre folle. Elle résiste. Je la sens fragile. Comme moi. J'espère qu'elle va trouver la force d'écrire un nouveau roman.

*

Le printemps se relaxe, tranquille, sur la ville d'Épinal. Une délicieuse journée de rencontres avec les passants de France, les Français de souche et ceux des branches. Je suis heureux depuis plusieurs jours d'affilée, j'en suis étonné, ça n'est pas normal. Pas de pierre qui roule, l'air passe bien en moi, pas de grisaille dans mes yeux et dans mon âme. À chaque sortie, je vois combien les gens ont du respect pour la fonction. « Bonjour, monsieur le ministre », me dit une vieille dame d'ici. Je suis ému par la gentillesse des gens. Onze mois. Presque un an que je suis dedans. Je me suis coulé dans le moule. Mais, hélas pour moi, on me demande souvent ce que je fais : l'égalité des chances n'a pas encore passé le cap des milieux intellectuels et des politiques. Ce que je fais ? Des choses bien, mais la presse parisienne n'en rend plus compte depuis décembre 2005. Je suis le ministre invisible, un comble pour un homme issu d'une minorité visible ! Il faut une bonne dose d'humour pour survivre à ce paradoxe. La guerre du CPE a fait des ravages, beaucoup de gens me disent leur déception de l'issue du conflit. La rue a défait la loi et imposé la sienne.

L'ambiance est au couteau, dans la cage. Au Conseil des ministres, à la cafétéria où nous prenons le café en attendant le Président, je discute avec mes amis François Goulard et Hamlaoui Mékachéra quand Sarkozy fait son entrée. C'est la première fois que je le vois là. D'habitude, il reste à sa place autour de la fameuse table, à travailler ou réfléchir. Il salue mes deux collègues, sans un regard pour moi, sans me tendre la main, évidemment, comme il se l'était juré lors de notre altercation téléphonique, puis va rejoindre Alliot-Marie pour parler en toute discrétion d'une perquisition qui a eu lieu récemment au ministère de la Défense. L'affaire Clearstream commence. On s'ennuyait dur après le CPE. Au Conseil, pendant que Villepin fait une déclaration, Sarko et Chirac, côte à côte, échangent à haute voix, visages face à face. Le Premier ministre poursuit son exposé tandis que les ministres ont les yeux rivés sur le Président et le prétendant. La scène est troublante. Je ne parviens pas à saisir les mots qui volent. À la place de Villepin, je me serais arrêté de parler pour voir ce que mon silence allait provoquer. Il continue comme si de rien n'était. Pauvre Dominique : un sondage du *Figaro* le donne à 6 % des intentions de vote à la présidentielle. Derrière Le Pen à 10 %. Et bien sûr Sarko numéro un avec 35 %.

Les étudiants sont partis en vacances. Ils ont eu ce qu'ils voulaient. Ils comprendront plus tard, peut-être. Ils font leur apprentissage, comme je l'ai fait il y a une génération.

Il y en a un qui ne se laisse pas manipuler, c'est Le Pen. Hier, 21 avril, c'était son anniversaire. L'homme est embusqué derrière les taillis de la vie politique française, prêt pour un second hold-up. Les médias sont allés le chercher pour recueillir ses réactions à chaud pour l'élection présidentielle de 2007. Le fantôme français se nourrit des peurs et des angoisses du peuple. Bientôt il aura de quoi manger, à profusion.

*

À 13 heures, je déjeune chez Stappleton, l'ambassadeur américain à Paris. Il est entouré de cinq conseillers. Nous évoquons l'influence que mes séjours aux USA ont exercée sur moi dans ma jeunesse, mon admiration pour le combat de Martin Luther King. Je dis que, lors d'une intervention à l'Assemblée nationale, j'ai rendu hommage à Mme Coretta King qui venait de mourir ; il me remercie de mon attention. Il n'y a pas de quoi : le pasteur King a été pour moi un modèle du combat politique. Vers la fin du repas, le diplomate me demande comment les USA peuvent continuer à m'aider dans ma lutte contre les discriminations et pour la diversité. Je parle de bourses de voyage qui pourraient être offertes aux jeunes de banlieue pour aller à la découverte du monde. L'ambassadeur prend des notes avec une intense attention. J'ai l'impression que je lui fais découvrir une France qu'il ignorait.

*

La journée n'a pas fini d'apporter son lot de surprises. En fin d'après-midi, je fais une autre rencontre aussi mystérieuse qu'émouvante. J'ai reçu il y a des semaines une lettre d'un chef d'entreprise qui a prospéré dans la location de limousines. Elle m'a beaucoup touché. Sans réfléchir, je lui ai fait un mot en disant que je voulais le voir, pour rien, comme ça, juste pour échanger. Il est venu. Il ressemble à sa lettre. La soixantaine sage. Un bonhomme droit, au regard pétillant de douceur. Un croyant. Un voyant. Autour d'une tasse de café, nous conversons. Il a passé plusieurs années en Inde, a épousé une Indienne. Pendant une heure, lui, le catholique, et moi, le musulman, nous dissertons sur le destin des hommes, Dieu, les forces qui nous portent. Quand nous nous quittons, nous savons que notre rencontre ne doit rien au hasard. Patrick, il s'appelle. Nous nous reverrons, j'en suis sûr, tout comme Farida, Maurice du Grand Bornand. Ici ou ailleurs. J'aime être ainsi disponible, ouvert à la rencontre. Accessible, on attire les gens, leur magie singulière.

*

C'est la loi des séries. Quelques heures plus tard, dans les rues du Vieux Lyon, je suis en train de marcher avec un ami et nous croisons deux jeunes qui font la manche ; l'un joue de la guitare, avec sa gueule d'Émir Kusturica, l'autre est arabe. Il se campe devant moi et me demande si je suis bien le ministre. Je dis oui. Au bord de l'hystérie, il se tourne vers son ami Kusturica, hausse les sourcils : « Tu as vu ? Je te l'avais bien dit ! » Aussitôt il virevolte autour de moi, ravi : « T'as pas un euro pour la musique ? » J'éclate de rire : « Toi au moins, tu ne perds pas le nord ! » Je pensais qu'il allait me parler d'égalité des chances, non, c'est le cadet de ses soucis. Je sors une pièce de ma poche et la lui tends. Au même moment, je dis : « Toi, tu es de Bordeaux ! » Il acquiesce, simplement. Je ne sais même pas pourquoi je lui ai fait cette révélation. Elle est sortie de ma bouche sans prévenir. Surpris, je lui redemande en écarquillant les yeux : « Tu es vraiment de Bordeaux ? » Il confirme, tout aussi tranquillement. J'éclate de rire à nouveau en prenant le Ciel à témoin : « Tu n'es pas étonné que j'aie deviné ça ? » je lui demande alors qu'avec sa tête d'Arabe rien ne pouvait le laisser prévoir. Non, non, il n'a pas l'air surpris, sans doute l'effet de la bière qu'il a déjà sifflée. Je me tourne vers mon ami : « Tu as vu ? Je devine que ce type est de Bordeaux, c'est la première fois de ma vie que je le vois, nous sommes ici à Lyon et… » Pourquoi lui ? Pourquoi Bordeaux ? Je n'en sais strictement rien. Tout cela, si insolite, n'étonne personne. Même pas Kusturica : « Et toi ? Tu es yougoslave, l'ami ? » L'ami en question me renvoie platement dans mes cordes : « Non, lyonnais, pure souche. » Avec un grave accent de la place des Terreaux. De nouveau j'éclate de rire. Il ne faut pas se fier aux apparences. Bien fait pour moi ! « Allez, salut, les amis ! » Les deux errants ne nous calculent déjà plus. Nous repartons arpenter les ruelles du Vieux Lyon. Chez moi, dans ma ville, je cherche des odeurs d'enfance. Rue du Viel renversé, rue Tramasac, rue du Bœuf… Nous passons devant l'imposante cathédrale Saint-Jean. C'est peut-être cette proximité avec Dieu qui a fait sourdre le nom de Bordeaux de mes lèvres, va savoir.

Mais je ne veux plus chercher à interpréter ces signes. J'ai une mission à réaliser, dont le cahier des charges n'est pas écrit. Impossible d'expliquer cela à quiconque sans passer pour un illuminé. Ce Patrick des limousines, qui est venu me voir au ministère, avec son sourire en coin, sa lumière dans les yeux, il était de ma planète. Nous nous reconnaissons. Je marche dans les rues et me pince encore : quelle idée d'évoquer Bordeaux à la simple vue de ce jeune type ? Je suis ma route avec le verbe suivre, je suis ma route avec le verbe être, la route et moi ne faisons qu'un.

*

Un conseiller de l'ambassade des États-Unis a appelé mon ministère pour dire que, suite à ma rencontre avec M. Stappleton, ils proposent une bourse de financement d'un séjour d'un mois aux USA. À moi de choisir le candidat. Belle efficacité américaine ! J'ai donné le nom d'un élève méritant du collège Doisneau de Vaulx-en-Velin. Ce jeune garçon va se demander pourquoi une étoile d'or est tombée dans son jardin.

Avril arrive au bout de son fil. Cette fois, c'est pour de bon, le printemps est revenu. Hier soir, je suis allé prendre l'apéritif chez des amis dans leur superbe maison de la banlieue lyonnaise. J'ai cueilli du lilas blanc et rose. Quand j'ai posé mon visage entier sur le bouquet, j'ai rajeuni de dix ans. Et ce matin, au réveil, ce bouquet m'attend sur la table de la cuisine et me redonne espoir. Cette année, l'hiver a été très long : sept mois la tête dans la grisaille, les yeux dans le brouillard, ça fait beaucoup pour une première expérience ministérielle. Il reste douze mois avant l'élection présidentielle. J'espère que la météo sera plus clémente avec moi. Je suis toujours aussi convaincu que quelque chose va se produire.

Sur la table de la cuisine, je feuillette un album de photos que mon ami arménien Arthur a confectionné après le voyage de Sétif. Elles sont splendides, pleines de soleil et de lumière couleur argile. L'une de ces photos est magique : je l'appelle la photo d'Arthur. Je me tiens debout sur le côté gauche de la tombe de mon père, ma fille Emma serrée contre mon côté droit. Elle pleure, comme moi. Le soleil couchant qui nous fait face illumine la gerbe de fleurs posée sur la tombe. On voit les inscriptions, l'épitaphe : Begag Bouzid, né en… En arrière-plan, il y a des arbres touffus et, partout, de l'herbe verte. Cette photo, chaque fois que je la regarde, me fait pleurer. Il en émane une force étonnante. J'ai remercié Arthur de l'avoir prise. Elle restera imprimée dans mon cœur, comme dans celui de ma fille. C'est la mémoire du temps. Elle a quelque chose du célèbre tableau de Velázquez, *Las Meninas*, que j'ai souvent admiré au Prado, à Madrid, sur lequel les jeux des lumières éblouissent les visages des enfants sur la toile. À tel point que, des siècles plus tard, leurs visages imprègnent encore la mémoire des visiteurs du musée. Avec la photo d'Arthur, j'ai la même impression. Mon visage et celui de ma fille sont illuminés par le rouge soleil déclinant de cette belle journée d'avril à Sétif. De plus, Emma porte une tunique blanche, une saharienne qui éclaire la scène. Elle a posé la main droite sous ses yeux pour retenir des perles de rosée. Derrière nous, à quelques mètres, une tombe resplendit aussi dans la lumière ; c'est celle, toute fraîche, d'un enfant. La stèle est entièrement rédigée en français, comme celles des travailleurs immigrés algériens revenus ici pour leur repos éternel après avoir grillé leur vie dans les usines et les chantiers de France. *Éternel* : quand j'écris ce mot, il parcourt mon esprit comme un frisson. Cette petite tombe d'enfant, pourquoi est-elle là ? Sait-il, ce petit bonhomme, l'histoire de Bouzid, présumé né en 1913 à Sétif et mort à Lyon le 7 avril 2002 ? Sait-il qui est ce ministre debout devant sa tombe, qui serre contre lui sa fille dont c'est le premier voyage en Algérie ? Sait-il comment il en est arrivé là, par quels mystères, quels chemins de traverse ? Peut-être qu'il sait, oui. Avec toute l'énergie que dégage notre présence dans ce beau cimetière, il doit sentir le souffle de quelque vérité éternelle. Je colle la photo d'Arthur au mur de ma cuisine pour la contempler chaque jour. M'en inspirer. La respirer. Les parents, c'est le temps qui est passé, qui passe et qui passera. Ils balisent pour nous ce qui est important et ce qui ne l'est pas, ce qui vaut et ce qui ne vaut pas la peine. À la lueur de leur soleil couchant, ils éclairent notre lune de miel avec la vie. Ils nous offrent en héritage la patience. C'est ce que dit la photo d'Arthur. La lumière qui est patience, écoute, silence.

*

Le parfum du lilas sous mon nez exalte mon inspiration. Dans les années 1960, avec mes frères, les jours de congé scolaire et les week-ends, nous allions ramasser du lilas en forêt puis nous allions le vendre sur les marchés du Tonkin et de la place Grand-Clément à Villeurbanne. Je me souviens que la première fois que j'ai vu des dames françaises nous acheter ces fleurs qui étaient disponibles gratuitement dans la nature, j'étais stupéfait de constater qu'on pouvait gagner de l'argent si facilement dans ce pays ! J'avais sept ans. Quarante ans plus tard, l'odeur du lilas est encore celle de mon enfance.

Depuis plus d'une heure, le soleil joue dans ma cuisine comme chez lui. Le printemps allège tout et mon stylo caresse le papier comme un papillon. Je suis heureux de pouvoir écrire, de pouvoir m'écrire. J'ai envie de dire à ces nouveaux ennemis journalistes qui me voient comme un traître à la cause de la gauche, ou bien comme le beur de Villepin, que moi aussi je sais écrire, je ne suis pas votre « Azouz Begag pris en flagrant délit d'inégalité des chances ». Je suis vivant, avec mon stylo en main. Les attaques me blessent, je saigne, je recouds moi-même mes plaies. Je me dis que mon livre, une fois publié, sera éternel, lui, au moins : il en restera toujours un exemplaire perdu au fond d'une bibliothèque de quartier, dans quelques siècles.

Ce journaliste qui veut me souiller le sait, il redouble de rage, il veut exister, lui aussi, en se payant un ministre, parce qu'il faut bien s'accrocher à quelque chose, contre l'angoisse de l'oubli, alors il s'agrippe à moi, à ma pseudo-notoriété, il gesticule sur deux pages entières dans son journal sous prétexte que j'ai tutoyé un jeune. Je comprends cela, maintenant que je suis grand. En un an j'ai taillé ma route vers moi-même. Je suis papa à mon tour. Un jour, je serai flashé dans une photo souvenir collée au mur de la nostalgie, près d'un bouquet de lilas.

Je regarde à travers le carreau de la cuisine le soleil qui s'est posé sur les feuilles vives des platanes en face de chez moi. Je suis satisfait. J'ai bien écrit. Je me sens aérien. Demain je pourrai retourner dans la cage, regonflé à bloc. J'utilise les violences que je subis comme un maître en arts martiaux : j'esquive, je subtilise la fougue de l'assaillant et la retourne contre lui. Je chausse mes baskets pour aller courir à l'air libre. C'est le jour du marathon de la ville, des milliers de gens encombrent les rues, pas de chance pour moi qui aime courir au milieu de ma solitude. Je cours à contresens de la foule, de ces milliers de paires de jambes qui foncent vers une destination commune. Je m'arrête quelques minutes pour les regarder passer. Je me dis que, décidément, je n'ai jamais couru dans le même sens que les autres. J'aime sentir seul sous mes chaussures les paysages que je traverse, les épouser de tout mon corps, dans un silence absolu où ne résonne plus que le tam-tam de mon cœur.

*

À la sortie d'un restaurant, je croise un ami d'enfance, Alain. Il prend l'apéritif avec des copains.

Parmi eux je reconnais la très belle Isabelle. Elle porte une robe légère qui souligne superbement les courbes de son corps fin. Sur sa belle frimousse, ses dents sont d'une blancheur ultrabright. Je l'ai déjà vue à plusieurs reprises, ces dernières années, dans des soirées, à chaque fois entourée des plus beaux garçons de la ville. Elle s'approche de moi, très près, elle me demande où je vais maintenant ; je dis que je rentre chez moi, que j'ai besoin de dormir. Brusquement, elle me demande de rester avec elle. Ses yeux brillent. Pris de court, je voudrais bien, mais j'hésite. Il est minuit, je n'en peux plus, je n'ai pas le cœur à aller dans ces boîtes de nuit enfumées jusqu'au petit matin. Pour me défiler, je dis à la belle que je vais raccompagner mes amis et revenir dans une heure, avant de m'éclipser dans la foule des clients du restaurant. « Attends », me dit-elle. Elle me donne discrètement son numéro de téléphone. Je suis flatté. Une fois dans la voiture, je lui envoie aussitôt un SMS : « Je suis gêné, ce soir, je ne me sens pas très bien. » Elle me répond aussi sec : « Reviens ! » Je résiste à l'assaut, j'écris que demain dimanche, si elle est libre, on pourra déjeuner ensemble et on verra bien où nous emmènera le vent. Elle répond : « Oui. » En trois lettres. Les trois petites voyelles m'ont procuré une belle jubilation. Une si belle fille ! Donner son téléphone aussi facilement. Serait-ce le coup de foudre ?

*

Le lendemain matin, réveil à l'aube printanière pour me préparer au bonheur. Le lilas est toujours irradiant. Je me prépare un petit déjeuner spécial coup de foudre. Je fais un footing au ralenti. Je ménage mon corps pour ne pas l'épuiser, on ne sait jamais ce que l'après-midi me réserve. Je cours aussi pour perdre les graisses superflues et m'affiner pour ma princesse Isabelle. Je veux être physiquement à la hauteur de ses trente-cinq ans flamboyants. « Bonjour ! » Je salue en souriant tous les joggers que je croise. Je suis en aquaplanning amoureux. « Bonjour, ça va ? » Chaque foulée est un bain de jouvence. Les gens sourient en me voyant. De retour chez moi, je me rase de près en sifflotant *Aux Champs-Élysées*, deux amoureux tout étourdis par leur longue nuit... Je me parfume tout le corps, puis reviens dans le salon, non sans m'être contrôlé une nouvelle fois dans le miroir du couloir. Mon téléphone portable est posé sur la grande table, je le regarde à chaque minute dans l'attente du coup de fil de l'Amour. Tiens, il y a un message, je ne l'avais pas remarqué. Je le lis : « Pas possible cet après-midi. J'ai oublié un rdv ! Mais je t'appelle après. On peut prendre un café en terrasse. » Je regarde l'heure : 10 h 38 mn 29 s. Douche froide. L'hiver me retombe dessus. Immédiatement, j'imagine la fille qui, au réveil, mesure sa bêtise de la veille, après le énième verre d'alcool, en face d'un homme-ministre à qui elle a fait croire n'importe quoi, et le pauvre bougre y a cru. Ce message sent la panique. Elle doit se demander : « Mais comment je vais m'en sortir ? Je n'ai aucune envie de voir ce type ! Comment lui dire que je n'étais pas moi-même hier soir ? » Et moi, avec mon corps tout parfumé et mon rasage double-lame-peau-sensible, je commence à mastiquer ma tristesse : « Oublié un rdv », tu parles d'un alibi ! Et prendre un café en terrasse ! Tu parles d'une compensation par rapport au film que je m'étais fait dans ma tête ! Je réponds quand même que pour moi, ça va, je suis libre tout l'après-midi... Faut dire que j'avais annulé tous mes rendez-vous, moi, pour de vrai.

Pour me changer les idées, je vais faire un tour en voiture sur les quais de la Saône où le marché vit à l'heure du printemps. Je me promène parmi la foule, au milieu des fruits et légumes, des bouquets de fleurs, me demandant si les gens sentent ma solitude en passant à proximité de moi. Mais je me dis que sans doute chacun vit sa propre solitude. Et puis je me dis qu'il faut que je cesse enfin de me lamenter. Je décide de rentrer chez moi. J'ai failli acheter de belles choses à manger, fraîches, des pâtes faites maison, des fraises d'Espagne, mais je n'ai pas le cœur à manger en tête à tête avec moi-même. Je consulte mon portable d'un coup d'œil mécanique. J'attends de « boire un café en terrasse », comme elle a écrit.

*

14 heures, toujours pas signe de vie. Je m'allonge sur mon canapé, le portable à portée de cœur. Je lis un scénario de film sur la vie de l'émir Abdelkader. Je dors un peu pour anesthésier les poussées de solitude. Deux textos débarquent sur mon portable. Je me jette dessus. C'est France-Info : « Des dizaines de morts en Irak. Attentats terroristes. » La routine médiatique. J'efface le message d'un geste mécanique. Je garde confiance, elle a dit : « Un café en terrasse. » Vers 16 heures, je craque, je me décide à lui envoyer un message : « Ne te sens pas obligée. Je sais ce que c'est. » Point final. Un message qu'elle ne peut pas comprendre, mais qui va tourner en tire-bouchon dans sa tête comme un reproche. Elle va se demander longtemps la signification de ce « Je sais ce que c'est ». Dans ma tête, cela veut dire : je sais ce que c'est de dire n'importe quoi, à un moment donné d'une vie ou d'une soirée, et de retrouver la réalité le lendemain. Dire n'importe quoi, à n'importe qui, et ce fut moi… Dire des mots qui font flop comme les bulles de champagne qui remontent à la surface à 3 heures du matin. Se réveiller à 10 heures du mat et se

rappeler vaguement qu'on a promis à un type un rdv pour quelque obscure raison, se souvenir que le type en question est ministre et ne pas savoir comment s'en sortir. Paniquée, envoyer un texto en urgence, parce qu'on sait que le ministre se prépare à un déjeuner à la campagne, sur l'herbe verte du printemps, jeter des mots vagues et vides comme « oublié un rdv », écrire en phonétique, mais annuler coûte que coûte ce rdv stupide qui n'a aucun sens diurne. Je sais ce que c'est. Je me suis retrouvé tant de fois dans des situations similaires. Je n'en veux pas à la belle. Je la comprends. Elle a un cœur généreux qui lui fait promettre n'importe quoi. Elle est spontanée. Elle y croyait vraiment sur le moment. Et voilà, quelques heures de sommeil et c'est l'effacement. Les vapeurs de l'illusion rasent tout. La dernière goutte de champagne retombée, il faut envoyer un texto à la rescousse pour s'extraire du goulot. Oui, je sais ce que c'est. Elle doit être du signe du Verseau. Verso. Versatile.

Alors voilà : c'était une somptueuse journée de printemps, avec ses senteurs de lilas plein ma cuisine, le vent heureux a ouvert mes fenêtres, plus besoin d'être ministre, puisque l'amour est là, et patatras !, le soufflé retombe avec l'arrivée d'un SMS. C'est pas un SMS, c'est une tornade qui pulvérise tout. Oublié un rdv. Et plus de café ni de terrasse ! Fini, l'amour ivre.

18 h 11 : un bip-bip m'annonce l'arrivée d'un nouveau SMS. « T'inquiète pas, j'ai juste eu beaucoup d'émotions, hier, et le contrecoup aujourd'hui. Je suis rentrée me coucher. Je n'aime pas me montrer sous cet angle. Que partie remise. »

Fin de l'histoire. Trop d'émotions, elle a eues. Je sais. Hier soir, elle était en train de tenter de se débarrasser d'un encombrant prétendant, la Providence lui a envoyé un ministre, la belle s'est mise en tête de faire la nique à son prétendant. Et moi, les deux pieds dedans ! Rasage, parfumage, croyance. Je demande pardon à la solitude. J'ai voulu lui échapper. Je ne suis pas un numéro, je suis un homme libre. Elle va sans doute chercher à se venger. Pardon, madame, je rentre à la maison. Prenez-moi de nouveau entre vos draps.

M'y revoilà. Dans ses bras. Et dans la cage. Villepin est au tapis dans les sondages. Les journalistes de la presse parisienne font comme s'il n'existait plus. Il ne reste à leurs yeux que Sarko. L'autre jour, j'ai demandé à une conseillère de Matignon quels journalistes nous étaient encore fidèles, dans la tourmente ; elle m'a répondu froidement : « Presque plus personne. » Je me suis fait un plateau-télé et je me suis installé devant le petit écran. J'ai l'impression que c'est la télé qui me regarde. Elle et moi, on a inversé les rôles. Elle me zappe.

La solitude, c'est quand on se résigne à n'être jamais remercié pour le travail accompli. Les personnes que j'aide pour un emploi, un stage, un logement, des papiers, ne s'en vantent auprès de personne. Ce sont des gens modestes qui trouvent normal qu'un ministre les serve. Ainsi Boubkar, le chauffeur de taxi. La préfecture voulait suspendre son permis à cause d'un excès d'infractions au Code de la route commises ces derniers temps. Il avait perdu tous ses points. Il m'a appelé, pleurant les dieux qu'il ne pouvait plus nourrir ses enfants ni payer le crédit de sa maison. Je suis intervenu pour solliciter le réexamen de son dossier. Le temps a passé. Plusieurs semaines plus tard, je l'ai croisé à la gare. Quand je lui ai demandé où en était son affaire, il m'a répondu que c'était réglé, merci monsieur le ministre. J'en ai été surpris. Il aurait pu me prévenir, simplement. Après coup, il a voulu me payer un couscous, mais je lui ai répondu froidement que je n'aimais que le couscous sacré de ma mère. Il a répliqué : « Moi aussi ! » Je voulais lui dire : « Alors pourquoi tu me fais cette proposition indécente ? », quand mon train est arrivé. J'ai sauté dedans pour ne plus penser à rien. J'ai vaguement entendu Boubkar me demander à travers la vitre si je n'avais pas changé de numéro de téléphone. Ses mots se sont perdus dans le brouhaha de la gare. Il m'a fait un signe de la main : « Bonne chance ! On se téléphone, OK ? » il a crié.

Nous sommes le lundi 24 avril. Dans le TGV qui déchire le temps à travers la Bourgogne, je pense à l'ingratitude du métier. Ceux que l'on ne peut aider ou dont les dossiers sont indéfendables sont les plus médisants à mon égard, et surtout, pauvre de moi, les plus nombreux ! Mes possibilités d'intervention au cas par cas sont si limitées que la masse des mécontents dépasse très vite celle des satisfaits. Le jeu est perdu d'avance, surtout pour le ministre de l'Égalité des chances vers lequel tous les évacués de l'ascenseur social se tournent naturellement à coups de lettres recommandées avec accusé de réception. La colère contre moi gronde. Les accusés de réception s'entassent dans mon secrétariat.

Heureusement, il y a tous ceux de la rue, les « passants » : ils sont fiers de me voir ministre, s'arrêtent pour me le dire, heureux de voir ma nouvelle gueule dans un gouvernement. Ils ont les deux pieds dans le monde réel. Ils m'envoient des petits signes pour m'encourager, comme dans le train cette dame de soixante-dix ans qui passe devant moi et me glisse à l'oreille : « Je suis fière de vous et je tenais à vous le dire. » Elle se plaint que la France recule à chaque fois qu'on essaie de la faire avancer. « Bonne chance ! » Elle poursuit sa route dans l'allée centrale du train, à grand-peine, pour rejoindre sa place. Je me sens moins seul, tout à coup.

Un autre jour banal, un jeune Antillais s'arrête pour suggérer que nous devrions fonder le Parti des gens tranquilles, parce que ces gens-là sont la majorité des Français et qu'ils ne demandent rien d'autre que vivre une vie tranquille. J'ai trouvé cette idée lumineuse. Je me suis senti moins seul, une fois de plus, en courant.

*

Mais le bonheur ne dure pas. Avril n'en a pas fini de tirer ses aiguillées de surprise. Mon chef de cabinet m'informe que, d'après ses collègues des autres ministères, il y a du remaniement dans l'air. Villepin va démissionner. Comment faire semblant d'agir quand demain risque d'être le dernier jour du ministre ? Mes nerfs sont saillants sous ma peau. Villepin a fait une sortie à la Sorbonne sur les questions université-emploi pour tenter de rebondir, comme disent les journalistes. Pendant ce temps, dans les coulisses, Borloo est à l'œuvre. Hier matin, je l'ai appelé sur son numéro interministériel : « Salut, c'est Azouz. On boit un coup ensemble cet après-midi ? » Lui, hésitant, comme s'il tombait du lit : « Oh, Azouz, ça va ? OK je te rappelle dans cinq minutes, je vais voir si... » Et sa voix s'estompe dans l'infinitude des réseaux de télécommunications. Il n'a jamais rappelé. C'est le ministre de la Cohésion sociale, pas de la Cohésion gouvernementale. Borloo, Premier ministre de Sarko, c'est sa vision de l'avenir. Ou la vision de son avenir.

Hier, au Sénat où se déroulait une cérémonie de remise de Légions d'honneur, j'ai croisé Michel Barnier, l'ancien ministre des Affaires étrangères, et Hervé Gaymard dont on connaît les circonstances de la démission. Tués par le système, les deux Rhônalpins ! Barnier, rempli de déception, blessé par son éviction du gouvernement, trouvait que son remplacement par Douste-Blazy n'avait aucun sens. J'ai rencontré des anciens ministres qui ont été remerciés du jour au lendemain, tous ont les yeux imbibés de regrets. Lorsqu'on quitte la fonction, ou plutôt lorsque la fonction vous quitte, on se noie dans une noire nostalgie. J'habitue mon cœur à recevoir un matin une lettre sans accusé de réception et lui dis : Attention, tu peux apprendre par la presse que je ne suis plus ministre, qu'il me faut rendre mon tablier, prendre un billet d'avion pour un voyage de plusieurs mois, ne plus en parler, continuer sa vie, ne pas rester à macérer à l'extérieur de la cage en attendant sa revanche. Attention, mon cœur, prépare-toi au choc ! Ne me fais pas une blague cardiaque. Il faut se blinder, comme aujourd'hui à Bordeaux où je me trouve pour une rencontre « Égalité des chances ».

Devant l'entrée, lorsque j'arrive avec le préfet, les officiels et les policiers des Renseignements généraux, des manifestants m'attendent de pied ferme. Ils protestent contre le projet de loi sur l'immigration de Sarko. L'ambiance est bon enfant. Parmi la foule, il y a autant de policiers en civil que de manifestants. Le ciel est bleu, et moi à l'aise. Nous entrons sans difficulté dans la salle. Un manifestant tente de s'infiltrer dans notre sillage, mais il est vite repéré et éloigné.

Durant le débat, je ressens l'agressivité d'une fraction des participants. La tension qui règne dans le pays rejaillit jusqu'ici. Des gens prennent la parole pour trucider la droite de la précarité et vanter la gauche des défenseurs des pauvres et des opprimés. Ils se plaignent de ne pas trouver de travail à cause du système, ils maudissent les stock-options, ils veulent des logements, ils n'ont pas d'argent... Tant de gens qui pleurent et prennent pour cible le ministre de l'Égalité des chances qui vient leur parler d'espoir ! Ce n'est pas à moi directement qu'ils en veulent, mais à la droite. C'est leur hantise. Moi, je lutte contre les discriminations, je fais la promotion de la France de la diversité, personne n'a rien à y redire. Je rappelle que la gauche n'a rien fait sur ce sujet depuis vingt ans ; alors, quand des excités prennent la parole dans la salle, ils butent sur le mur idéologique. Je m'en amuse, mais je suis triste aussi. La salle s'envole quand une victime fait état de sa galère en fustigeant l'État, les riches, les capitalistes, les spéculateurs. La foule veut des envolées lyriques, qu'on ressuscite Robespierre. Un modéré ose prendre la parole pour évoquer les trains qui arrivent à l'heure, les choses qui marchent, les réussites des quartiers. La salle dit : « Bof. » Je dis que le gouvernement a octroyé cent millions d'euros aux associations ; les détracteurs disent : « On n'en a pas vu la couleur. » Je me fais une raison : je ne changerai pas les anti. Pour eux, un gouvernement a toujours tout faux puisqu'il gouverne. Je suis au centre de la haine trois heures d'affilée, obligé d'écouter attentivement chacun, de répondre à des questions sans queue ni tête, de trouver des réponses. Je fais de mon mieux pour aider, apaiser. Je reste serein quand on m'attaque : « Égalité des chances, c'est un oxymore ! » me hurle une jeune fille d'origine maghrébine. Je laisse glisser.

13 heures, c'est fini. La foule a déversé sur moi tout ce qu'elle pouvait, elle a vidé son sac à la gueule d'un ministre en chair et en os. Les gens vont rentrer chez eux et dire que, comme d'habitude, c'était du vent, bidon, il n'y avait aucun euro derrière les mots. Mais

l'épreuve n'est pas terminée pour moi. Il faut passer à la casserole avec le point presse. Une demi-douzaine de journalistes m'attendent. Des photographes, des caméras, des questions sur… le projet de loi de Sarko ! L'égalité des chances, ils s'en moquent. « Le projet de loi immigration… monsieur le ministre ! » Le débat parlementaire commence le 2 mai. Je dis que je suis le promoteur de l'égalité des chances, pas le ministre de l'Intérieur, je souhaiterais qu'on m'interroge sur mon domaine de compétence. Rien n'y fait. Quelqu'un a même entendu : « Je suis le *prometteur* de l'égalité des chances. » Ce qui les motive, c'est ma rivalité avec le ministre de l'Intérieur. Ils me provoquent. Je résiste. Je déjoue. Ils sont déçus. J'en ai marre. Les caméras me fixent en gros plan, à cinquante centimètres de mon visage. Six journalistes autour de moi me retiennent en otage. Je n'ai plus envie de parler ni d'immigration, ni d'égalité des chances, ni de Sarko. Mais, dans mes entrailles, j'ai envie de crier que je suis entièrement hostile à ce projet de loi, que j'en ai assez de voir depuis vingt-cinq ans les immigrés catapultés au centre du débat politique lors des élections ! De la chair à canon électorale ! Je voudrais le dire à ces micros, mais c'est impossible, alors je me livre à de la contorsion sémantique. Je tourne, je détourne, je contourne, je retourne. Je dis que la France a été construite par les immigrés comme mes parents, que ce pays est d'abord celui de l'hospitalité, que tous les pays choisissent leur immigration, qu'il n'y a rien de scandaleux à cela, mais que l'adjectif « subi » m'indispose parce que je crains que les Français n'aient en tête un certain type d'immigrés « subis » et pas d'autres. Tout ce débat suinte le braconnage chez Le Pen. Je suis las de me retrouver dans cette sale affaire de projet de loi, avec ces journalistes qui me mordent les convictions. Je veux démissionner !

Non, je ne veux pas.

*

Sur le bitume de l'aéroport de Mérignac noirci par une pluie fine, je titube de lassitude. De Bordeaux, un avion me conduit directement à Genève, au Salon du livre. Je suis invité par la télévision suisse romande à participer à une émission littéraire. Avec joie, j'apprends que l'Algérie est l'invitée d'honneur cette année. Je passe une heure à son stand à rencontrer des amis écrivains que je retrouve là par hasard, des hommes et des femmes formidables du monde des livres en Algérie, qui me congratulent, m'embrassent fraternellement. Quelques-uns veulent faire une photo. Je lis la fierté dans leurs yeux. Leur chaleur me réconforte. Quel contraste avec la violence que je viens de vivre à Bordeaux. On m'offre des livres. Je pense de nouveau à mon père, j'espère qu'il me voit maintenant au Salon de Genève. Je réalise maintenant qu'il n'est jamais allé en Suisse, alors qu'à Lyon nous habitions à cent cinquante kilomètres. Je réalise aussi qu'il n'est jamais allé nulle part sur cette terre. Comme ma mère.

Après l'Algérie, je fais une visite protocolaire au stand de la Franche-Comté, chez Forni, président de Région et ancien président de l'Assemblée nationale. Un homme bien. Il me dit qu'il a accueilli Bouteflika à l'Assemblée et qu'il a été outré de voir, au moment de son discours, tous les députés de droite se lever et quitter l'hémicycle. Cette droite à laquelle j'appartiens aujourd'hui, il veut dire. Puis il me plaint : « Mais dans quelle galère vous vous êtes fourré ! » C'est dit gentiment, avec un sourire à gauche. Quelle galère ? « Mais, lui dis-je piqué au vif, si pendant toutes vos années de gouvernance, vous aviez nommé des ministres comme moi, ma tâche aurait été plus aisée, et la démocratie renforcée ! » Hou ! là, là, le débat ne peut être abordé ici ! J'ai provoqué de la nervosité parmi les invités au pot de Franche-Comté. Bouche cousue. Bouteflika à l'Assemblée, pour une heure, oui, mais des Mohammed et des Mamadou de banlieue au gouvernement français, pour des années, ça non, ils n'y ont jamais pensé. Voici leur problème à ces socialistes : au lieu de s'autoflageller pour leur trahison des banlieues, ils me demandent pourquoi j'ai accepté d'être ministre ! Comme si la politique était une galère qui leur était réservée, à eux, gens de bonne terre et de bonne famille, gens d'ici, aguerris aux affaires. C'est à eux qu'il faudrait laisser ce souci, et nous, nous occuper... de football par exemple.

Vite, je quitte le stand Franche-Comté socialiste pour revenir en Suisse !

Canard enchaîné, mercredi 23 avril, page 2 : dans un article intitulé « Bad Begag au Qatar », le journaliste raconte n'importe quoi sur mon passage de quelques heures dans le petit émirat il y a quelques jours, où je remplaçais Douste-Blazy. Il prétend que j'ai prononcé un discours officiel en commençant par « Cher ami du Qatar… », que je suis allé passer le reste de l'après-midi à la piscine du Sheraton pour oublier toutes les bêtises que j'avais racontées à la foule de Doha. Fou de rire et de rage, j'appelle le directeur du *Canard* : cet article est un tissu de mensonges destiné à me salir, uniquement. Il y avait des sarkozystes dans ce voyage, ils ont dû me suivre à la trace. Au téléphone, le journaliste auteur du papier me dit qu'il a fait vérifier ses sources par trois personnes différentes. Je lui dis que j'ai lu un discours rédigé par le Quai d'Orsay, que je n'ai pas pu inventer « Cher émir Thani… » et nous en arrivons à la conclusion où j'ai dit : « Cheikh émir Al Thani », bien sûr, avec l'accent arabe. Les oreilles mal lavées et malintentionnées ont entendu à la française : « Cher ami ! »

Déstabiliser Azouz Begag à tout prix ! Même *Le Canard enchaîné* s'en mêle, jusqu'à s'emmêler les pattes. Je demande au journaliste pourquoi il n'a pas demandé les bandes d'enregistrement de mon discours à l'ambassade de France au Qatar pour vérification ; il me répond : par manque de temps. Le papier devait paraître vite. Du coup, j'ai fait un droit de réponse intitulé « Mon cheikh *Canard enchaîné* », pour rétablir mon honneur. J'espère qu'ils le publieront. J'ai invité le jeune journaliste à déjeuner, histoire de voir sa tête. Je suis sûr qu'il doit être mal d'avoir été manipulé de la sorte.

Je ne suis pas heureux de découvrir ainsi, de l'Intérieur, le fonctionnement de la presse. La prochaine fois que je plongerai dans une piscine pour me détendre, j'examinerai minutieusement tous les regards autour de moi pour détecter les informateurs du *Canard enchaîné*. Vous vous rendez compte du scandale ? Un ministre qui fait trois brasses dans une piscine du Sheraton ! Et c'est le même qui tutoie les jeunes !

*

Je reçois un coup de téléphone alarmant : Jean-Louis Borloo remplacerait Dominique de Villepin pour donner une impulsion sociale à la dernière année du chiraquisme. L'affaire Clearstream vampirise la vie politique. Après le CPE, la charge est violente pour le Premier ministre. Difficile de croire que ce gouvernement va tenir le coup.
    Je vais faire un footing et j'ignore si, en rentrant, je serai toujours ministre. Incroyable situation ! Je vais laisser mon portable à la maison, sous le canapé. Rendez-vous dans une heure.

*

Ma vieille mère m'appelle : je lui confirme que je viendrai déjeuner avec elle. Ça, c'est du solide, du concret.

*

13 heures : rien ne s'est passé. Mon portable n'a pas explosé. Juste reçu un SMS de mon chef de cabinet à propos d'une réunion ministérielle pour le mardi 2 mai à Matignon destinée à mettre au point la politique gouvernementale des mois à venir. Donc tout continue. Contre vents et marées. Mais peut-être s'agit-il de dissimuler jusqu'à la dernière minute les changements politiques en préparation ? J'ai essayé de joindre Matignon à deux reprises, personne n'a daigné me rappeler, alors même que j'aurais pu avoir quelque chose d'urgent à annoncer. Aucun signe. Silence. Propice à toutes les rumeurs, toutes les paranoïas. Ils doivent attendre le bon moment pour communiquer. Ou bien tout simplement il n'y a rien à dire. J'ai bien fait, au cours de ces onze mois, de ne pas poser mes valises, je pourrai ainsi, d'une heure sur l'autre, retourner à mes vieilles baskets.

Cette semaine, j'ai appelé mon éditeur et mon producteur de cinéma pour renouer avec mon vrai métier, l'écriture. Mine de rien, je suis déjà en train de préparer mon entrée vers la sortie. C'est curieux, car maintenant mon costume bleu me va comme un gant et je ne sens plus les brûlures des cravates. Je marche au pas dans mes chaussures noires, bien droit, la tête haute, comme s'il y avait toujours la France en ligne de mire. Mes discours sont de plus en plus assurés. Je peux faire un alliage de sérieux et d'humour, de chiffres et de métaphores, bouger sur scène pour capter l'attention des journalistes. J'ai appris. À parler et à me taire, à sourire ou prendre un air sévère, à entrer dans une question de journaliste ou à la prendre à revers. C'est au moment où je suis à l'aise dans le métier qu'il me faut le quitter. Cela pourrait être la source d'une raisonnable frustration si je ne m'étais martelé tous les jours que le costume était en location.

*

Je me sens bien. Mon grand obstacle du jour, c'est le projet de loi sur l'immigration. Deux semaines à tenir. Les journalistes vont me placer en porte-à-faux avec Sarkozy. Parce que je suis arabe, parce que je suis issu de l'immigration, parce que je suis villepiniste. L'autre soir, au Sénat, je croise une journaliste du *Monde* qui m'a interviewé au début de mes fonctions, du temps du bon temps, pour un portrait : « Azouz Begag, le chantre de la diversité ! » Elle me salue, parmi la foule des visages. Nous parlons de l'hostilité de son journal à l'égard de Villepin. Je lui dis à quel point j'ai été choqué par la fameuse photo qu'ils ont publiée, où il posait la main sur ma tête avant de monter à la tribune de l'Assemblée pour son discours de politique générale. Je lui dis : « Ça fait homme blanc posant main condescendante sur petit bicot bannia ! » Elle rétorque qu'elle me laisse la responsabilité de mes propos. Je lui laisse la responsabilité de sa photo. L'autre jour, une autre a appelé mon ministère pour savoir pourquoi j'ai décerné la Légion d'honneur à… Rachid Arhab ! Combien de journalistes issus de l'immigration compte *Le Monde* ? Et *Libération* ? Je retombe toujours sur les mêmes nœuds.

*

Paraît un sondage reflétant la confiance des jeunes envers les hommes politiques après le CPE. Je n'en crois pas mes yeux : j'arrive en troisième position après Sarko, 25 %, et Borloo, 10 %. 8 % pour moi. Devant Chirac et Villepin. Je ne peux nier que j'en ai été réjoui. *Libé* titre dans un encart provoc : « Begag devant Chirac ». On dit que ça pèse politiquement. Du coup, mercredi matin, à l'issue du Conseil, le PM m'a demandé de rester un peu avec lui pour échanger deux-trois mots. Il voulait mettre le paquet durant le mois de mai sur les banlieues, histoire de ne pas oublier novembre 2005. Nous sommes sortis côte à côte sur le perron de l'Élysée sous les crépitements des flashes des photographes. Attirés par le miel, deux ministres soucieux d'ensoleillement nous ont collé à la ceinture. C'est bien de repenser aux banlieues, de continuer à « repanser » les banlieues. Je me souviens de ma visite à Matignon avant mon départ pour Atlanta et avant les émeutes, quand Villepin m'avait balancé : « Tu as un problème d'ego, c'est ça ? » J'avais fait savoir que des associations comme SOS Racisme ou Ni Putes Ni Soumises avaient plus de moyens financiers que mon ministère tout entier ! C'était humiliant pour moi. Six mois plus tard, j'ai un petit poids politique. J'en suis heureux-amer.

L'après-midi tire à sa fin. Je poursuis la lecture de *L'Assommoir*, allongé sur le divan du salon, glissant irrésistiblement dans une sieste douce. Je suis épuisé encore, toujours. En plus, il ne fait pas beau. La fin avril est décevante. Je ne sais pas ce qu'il lui prend à ce mois jadis prometteur. Avant que je ne sois ministre il était normal. J'émerge de ma sieste en sursaut. Je me demande s'il y a réellement eu cette affaire de manifs anti-CPE qui ont fait chuter Villepin, ou bien si ce n'était qu'un mauvais rêve d'une fausse bonne sieste d'un après-midi d'avril qui ne tient pas ses promesses.

Quelques minutes après, je repose mes deux pieds dans l'affreuse réalité : le gouvernement avait tout pour tenir tranquille jusqu'en avril 2007, et tout a foutu le camp.

Aucun ministre ne parle de ses convictions. Le silence est une règle d'or en politique. Ne pas se dévoiler. Comme disait mon père : celui qui garde la bouche fermée ne risque pas d'avaler de mouches.

*

Borloo m'a demandé de le rappeler ce week-end (il m'a fait passer un mot en Conseil des ministres). Je ne l'ai pas fait. À quoi bon ?

*

Je devais aller à Paris pour le mariage de deux amis, mais, à bout de forces, je me suis excusé. Je reste à Lyon dans mon appartement poussiéreux, mon désordre. C'est ma façon de me remettre en ordre, de recadrer mon esprit qui en a bien besoin, le pauvre. Il n'a jamais subi d'assauts aussi violents. Qu'est-ce que c'est encore que cette affaire Clearstream ?

*

Le Canard enchaîné n'a pas publié le rectificatif « Mon cheick *Canard*... » à propos de l'affaire du Qatar. Il n'aime pas faire amende honorable, ce bestiau. Dommage pour mon honneur bafoué. Ils s'en battent les ailes et les œufs, de mon honneur ! Je te salis et je me casse. C'est bien, continuez ! Que vive leur liberté d'expression ! Signé : le sous-ministre Azouz Begag.

Dimanche 30 avril, je tombe des nues quand je découvre à la une du *Monde* : « La question de la démission de Dominique de Villepin est posée ». Carrément. J'ai envie de crier dans la rue : Keskeseksa ? Ce n'est pas aux journalistes de réclamer la tête d'un chef de gouvernement ! Pourquoi sont-ils aussi acharnés contre Villepin ? Personne ne me dit rien. Clearstream s'emballe. Je lis que maintenant c'est Sarkozy qui décide si le PM va demeurer ou pas à Matignon. Chaque heure qui passe annonce son coup de sabre fatal.

Pour respirer, ce soir, j'accepte de sortir au restaurant avec un ami puis dans une discothèque africaine de Lyon. « Bonsoir, monsieur le ministre ! » Sur le chemin, toujours ces gens qui me félicitent. Devant l'entrée d'une boîte, deux jeunes Arabes me reconnaissent. Ça tombe bien, ils viennent de se faire refouler par un videur noir ! « Hé, monsieur le ministre de l'Égalité des chances, vous pouvez pas... » Si, je veux. Je vais vers ledit videur pour lui demander des explications. Il n'en a guère. « Il n'y a que des hommes à l'intérieur, l'équilibre n'y est pas. Il faut attendre qu'il y ait plus de femmes ! » répond-il calmement. Nous parlementons un peu, rien à faire : les consignes de son patron sont strictes, il faut maintenir l'équilibre entre les sexes. Soudain, d'autres jeunes passent devant nous, l'un d'eux m'interpelle : « Hé, ça va monsieur le ministre ! Vous faites un testing ! » Alors là, le videur pose sur moi un œil inquiet. Il vient d'entendre clairement le mot « ministre ». Je lui murmure qu'il est pris en flagrant délit de discrimination, mais je ne veux aucun scandale, seulement que ces deux jeunes gens sympas puissent entrer dans sa disco. Il fait profil bas, lui, le spécialiste ès profils. Les deux lascars chanceux entrent en riant sous cape tandis que je parle encore avec le videur en bon pédagogue de l'égalité des chances. Le temps que je termine la discussion, qui vois-je repasser devant mes yeux ? Les deux lascars. Ils ressortent aussi vite qu'ils sont entrés, prétextant qu'il n'y a que des « vieux » et des hommes dans la boîte. « Qu'est-ce que je vous avais dit, monsieur le ministre ? » se moque le videur en conservant son flegme. Je me retrouve penaud sur le trottoir. Mieux vaut en rire qu'en pleurer. Ces questions de discrimination ne sont pas évidentes à régler. Cela me servira de leçon. Toute la nuit j'ai dansé africain dans la boîte d'à côté pour oublier Clearstream.

*

Le lendemain matin, des rayons de soleil fouineurs me réveillent en douceur dans mon appartement. Je me sens en forme. Je dors des nuits entières maintenant, ça change la vie. Je me régale de ces longs week-ends où il n'y a aucune urgence, aucun stress, surtout aucun programme. C'est le comble de la relaxation : pas de plan, pas de costume, pas de cravate. Je déteste ce mot « programme », le week-end. Je veux faire des choses spontanément, celles que je sens, rien de plus, m'allonger sur mon canapé chauffé au soleil bio avec Gervaise, m'assoupir un quart d'heure, réfléchir à l'égalité des chances, suivre de nouveau Gervaise, écrire un bout de roman, relire Gervaise, écouter la radio. Non, pas de radio. Pas d'infos. Reprendre Zola page 72. Hier, j'en étais à une scène où un jeune homme éperdument amoureux de Gervaise décide d'aller dans sa chambre, où dorment déjà ses deux enfants, pour la demander en mariage. Elle accepte, du bout des lèvres. Une belle scène d'amour fou comme j'en rêve.

*

C'est le jour de la fête du Travail. J'ai atteint le nirvana post-traumatique de la fonction ministérielle. Hier soir, j'ai dîné chez des amis que je n'avais pas revus depuis trois mois, le temps du CPE. C'est curieux comme cette crise a écrasé le temps social. On n'a rien pu faire, dire, penser, écrire pendant une centaine de jours. Le CPE squattait la tête des gens. Je ne voulais plus entendre ce sigle. Mes amis me demandent comment je vais, je dis bien, qu'est-ce que tu veux que je dise ? Je veux rester debout pour que mes proches n'aient pas à rougir de moi. Depuis le début, je suis en transit au sein de ce gouvernement. Pour ne pas mourir sous les obus, j'écris. Je me projette dans le futur. La vie après ne sera pas pareille. Les gens que je croiserai me demanderont toujours : « Alors, comment c'était ? » et je leur raconterai le Conseil des ministres, c'est ce qu'ils aiment le plus. La voix de l'huissier qui annonce : « Monsieur le Président de la République ! », tous les ministres qui quittent précipitamment la salle de café et viennent attendre l'entrée du chef de l'État, accompagné de Villepin. Tous deux pénètrent dans la salle, saluent les ministres qui sont sur leur passage et vont s'asseoir chacun de leur côté, face à face, de part et d'autre de la fameuse horloge qui affiche l'heure. Tout le monde s'assied. Le Président penche la tête sur son dossier et commence à lire : « Monsieur le ministre de… vous avez une ordonnance à présenter concernant… » Et le ministre de lire son papier. À la fin, le Président pose la question rituelle : « Y a-t-il des observations ou des compléments d'information ? » Il n'y en a jamais, ou bien rarement. Alors il termine en disant : « Eh bien, c'est adopté », puis poursuit à l'adresse d'un autre ministre « Monsieur le ministre, vous avez… » Tout est soigneusement réglé par les conseillers de l'Élysée. Pas d'improvisation. En partie B de l'ordre du jour, il y a les mesures d'ordre individuel, nominations, agréments d'ambassadeurs, décorations de personnalités. Puis, en partie C, la communication de deux ou trois ministres sur leur chantier en cours. Ça dure un peu plus d'une heure. Je n'ai jamais manqué un seul Conseil. Toute la semaine est scandée par ce rendez-vous. Où que l'on soit dans le monde, on est obligé de revenir le mercredi matin pour y assister.

J'aime, pendant ce Conseil, contempler un immense tableau mural qui se trouve devant moi. C'est une scène du XVIIIe siècle, deux calèches tirées par de superbes chevaux sont en train d'arriver au Palais-Royal, longeant un lac. En arrière-plan, un pavillon semble attendre les enfants qui sont dans la calèche où sont aussi montées des femmes richement vêtues. Je me rends compte, au moment où j'essaie de reconstituer le tableau dans ma mémoire, que je n'en ai pas gardé une idée bien précise. C'est parce qu'à chaque fois que je le regarde je m'évade, je plonge dans l'époque de cette scène où j'aurais bien aimé vivre, les gens y semblaient plus heureux, sans CPE, sans Clearstream. Puis mon esprit continue de gambader, il visite et revisite les lustres somptueux, sertis d'or fin et de statuettes, ainsi que les têtes de colonnes corinthiennes où de petites figurines d'angelots sont perchées et semblent nous écouter.

Pendant les exposés des ministres, parfois, mon imagination m'entraîne dans les détails architecturaux de cette belle salle. L'autre jour, en voyant entrer Chirac, je me disais que là, il y a plusieurs décennies, le général de Gaulle faisait son entrée le mercredi matin, puis ce furent Pompidou, Giscard d'Estaing, Mitterrand. Ils s'asseyaient à la même table, entourés de leurs ministres, exactement à la même place, devant la même horloge, avec ce tableau représentant des enfants heureux qui arrivent en calèche au château. Aujourd'hui c'est moi, fils de bidonville, qui suis assis dans cette salle imprégnée des odeurs de l'histoire de France.

*

Je pars pour un jogging sur les berges. Je croise un cycliste qui se balade avec son jeune fils. L'homme me voit passer et me reconnaît. Dans mon dos, je l'entends dire à son petit : « Oh, regarde ! C'est un ministre ! – Un quoi ? » s'étonne le gone. « Un ministre », insiste le père, suffisamment fort pour que je puisse l'entendre. Puis il s'adresse carrément à moi en haussant le ton : « Monsieur le ministre ! » Je me retourne, je souris comme un ouistiti. « Tu as vu ? » dit le père à son petit. Le bambin reste stoïque. L'homme me fait un signe amical de la main avant de poursuivre tranquillement sa route. Ça ressemble à quoi, un ministre ? À ça, un homme en short qui court sur les quais d'un fleuve pour garder la ligne, parce qu'il n'a pas du tout envie que cette année passée dans la cage le déforme, ni psychologiquement ni physiquement. Les gens me reconnaissent même quand je suis en short. Je suis l'enfant du pays devenu ministre. Je suis fils de La Duchère nommé par Matignon. Je sais que cela veut dire beaucoup pour les passants, à vélo ou à pied.

Incroyable destin. De retour de mon footing, je cours à l'église de Gerland pour aller voir mon ami le père Delorme. De drôles d'idées m'encombrent : je suis devenu croyant. Ce qui m'arrive n'est pas le fruit du hasard ; d'ailleurs, le mot hasard est arabe et signifie « chance ». Je revisite mon enfance en mode *rewind*. J'ai cinq ans. Je suis dans mon école maternelle Léo-Lagrange à Villeurbanne. Georgette, ma maîtresse, demande comme chaque année à ses élèves ce qu'ils veulent faire de leur vie « quand tu seras grand ». Je réponds président de la République ! Elle écrit soigneusement cette réponse sur son carnet. Puis, en marge, son commentaire personnel : « Deviendra probablement l'élite de son peuple. » De quel peuple s'agissait-il ? Le peuple des pauvres, sans doute. La semaine dernière, mon chef de cabinet m'annonce qu'il a reçu un appel de la chancellerie de la Légion d'honneur à propos de l'ordre national du Mérite que j'ai demandé pour ma maîtresse de maternelle. Son dossier est tellement bon qu'elle a été surclassée : elle sera faite officier ! Les bonnes nouvelles ne courent pas les rues des ministères. Voilà une belle histoire.

Enfin mai est parvenu à se glisser entre les mailles pluvieuses d'avril et la grêle du CPE. Je me revois en janvier dernier en train d'avertir mes collaborateurs : « Attention, ça va passer très vite. Février, mars, avril et mai… Ce sera fini. Vous n'allez rien voir. En juin, les Français seront devant la Coupe du monde de football jusqu'en juillet. Août, les vacances, et septembre, la guerre avec Sarkozy ! » C'était hier. J'ai répété cette rengaine dix fois. Et voilà : nous sommes en mai. J'ai l'impression que je n'ai eu le temps de rien faire, un site Internet, des préfets à l'égalité des chances, six conférences nationales, des rencontres dans de nombreuses villes, des signatures de centaines de chartes de la diversité avec les entreprises… Peu de choses médiatisées. J'en ai même oublié la loi sur l'égalité des chances de mars 2006 et ses bons articles contre les discriminations et pour la diversité. Hélas, de cette loi il ne restera que des souvenirs négatifs, des caricatures que les opposants auront vendues aux médias, avec succès comme l'apprentissage junior à quatorze ans, devenu l'esclavage des enfants, ou la suspension des allocations pour les familles qui n'assument pas leurs responsabilités parentales présentée comme un instrument de torture contre les plus démunis. Et le CPE dénoncé comme l'outil de précarisation des jeunes !

Personne ne connaît le reste. Même pas la création de zones franches urbaines pour relancer l'emploi dans les quartiers, les pouvoirs de sanction octroyés à la Halde[1] contre les discriminations. Il faut s'y faire, l'entreprise de démolition nationale est plus forte que celle des bâtisseurs. « Qu'est-ce que vous êtes allé faire dans cette galère ? » me demandait le président de Franche-Comté. J'ai juste essayé à mon niveau d'apporter un nouveau souffle à mon pays. J'ai tellement revendiqué, ces dernières années, pour que la société civile participe à la politique ! J'ai revu récemment un enregistrement d'une émission de France 3-Lyon faite à New York, entre Staten Island et Manhattan, où je disais que, si rien n'était fait rapidement pour les banlieues, les jeunes allaient descendre dans les rues et brûler des voitures. Je disais que je voulais être moi-même député européen pour anticiper cette explosion. C'était en 1989. J'étais invité à l'université Cornell dans l'État de New York pendant un an. Vingt ans plus tard, mon engagement personnel est ma réponse.

*

Il faut du temps au printemps pour poser ses valises, car l'hiver a été rude, mais une fois qu'il l'a fait, c'est pour de bon. La belle saison des amours a pris Paris dans ses bras. Sa robe éclatante illumine tout. Sauf le gouvernement.

Villepin a perdu dix kilos. Son visage s'est affûté comme un silex. Parfois je le vois sourire à l'Assemblée nationale, mais son regard est tendu. Hier, je l'écoutais attentivement répondre à François Hollande qui réclamait sa démission. Lorsqu'il jetait un coup

1. Haute autorité de lutte contre les discriminations et pour l'égalité.

d'œil sur son papier, face au fidèle Henry Cuq, je me disais qu'il devait avoir une hantise, au détour de chaque phrase : éviter le lapsus. Je vivais en direct avec lui cet effroi. *Le Monde* est au front contre lui avec Clearstream. Je vois que, dans ses notes publiées intégralement dans ce journal, le général Rondot écrivait aussi DDV pour Dominique de Villepin, comme moi lorsque je prends des notes. Ce feuilleton Clearstream est d'une complexité sidérante. Il n'y a pas eu mort d'homme, comme dans l'affaire du *Rainbow Warrior*, juste des mots écrits par une main d'agent secret, jetés pêle-mêle sur du papier brouillon : « Fixation Sarkozy. Prudence… Voyage Chine… Argent ? » C'est du texto sur portable d'adolescent. Suffisant pour que la gauche exige la démission de DDV ? Chirac avait bien raison de dire que le gouvernement ne céderait pas à la dictature de la rumeur.

*

Le week-end du 8 mai est passé en coup de vent. Pas de repos pour moi. Je me suis rendu en voiture officielle de Paris à Nevers pour rencontrer et parler avec des familles turques dont les enfants ont été victimes d'une fusillade, samedi dernier, devant une discothèque. Nevers et toute la région sont un fief socialiste, celui de feu Bérégovoy, mort de la politique. L'accueil qui m'est réservé par la famille est glacial. Lorsque j'arrive, le frère de la victime balance aussitôt devant les journalistes qu'il ne comprend pas pourquoi *on* leur envoie un ministre social d'origine étrangère alors qu'ils attendent Sarkozy, voire tout le gouvernement. Pourquoi un ministre arabe ou musulman, voulait-il dire avec dédain devant la presse locale et les caméras de France Télévision. Il ajoute avec une colère haineuse : lorsqu'il s'est agi de la mort du jeune juif Ilan

Halimi, une dizaine de ministres et tous les représentants des institutions étaient présents à la manifestation parisienne. Alors pourquoi pas pour eux, Français d'origine turque, musulmans, de Nevers, dans la Nièvre ? Pourquoi le gouvernement leur envoie-t-il un ministre arabo-musulman ? Le jeune homme vocifère devant moi et les journalistes prennent des notes, des photos, des images. Je vois avec désolation comment ces jeunes ont été pris en charge, remontés et conditionnés par SOS Racisme et le Parti socialiste local. J'en prends pour mon grade de ministre. À un moment donné, assis autour de la table au milieu de tous les jeunes, de la mère de la victime, de ses sœurs, j'ai envie de me lever, de pleurer entre mes mains, de rentrer chez moi. Je suis si déçu. Ces victimes ne trouvent rien de mieux à faire que de me discriminer à leur tour ! Tranquillement, je me défends devant les mères en pleurs, j'explique pourquoi je suis venu à Nevers, seul, de mon propre chef. Mais les jeunes n'écoutent qu'à moitié, persuadés qu'il y a dans ma présence une récupération politique de la droite. Ils exigent la présence de Sarkozy, personne d'autre. Surtout pas un Arabe ! C'est la première fois qu'un ministre vient dans leur quartier. Voyant mon désarroi, le type finit par me dire que j'aurais dû venir en tant qu'individu, écrivain, ils m'auraient reçu dignement, mais pas comme membre du gouvernement. Cela n'a aucun sens. On lui a fait apprendre une leçon par cœur, il me la récite. Il ne sait pas ce qu'il dit. SOS Racisme a bien fait son travail idéologique, sûrement. Au bout d'une énième phrase insensée, le type me redit froidement, comme s'il me menaçait, qu'il veut voir dans le quartier plusieurs membres du gouvernement dans les plus brefs délais. Quand je demande qui en particulier, il me redit : Sarkozy. Pour le coup, lui fait vraiment une « fixation sur Sarko », comme l'écrirait le général Rondot dans ses notes privées.

Vingt minutes plus tard, me voici dans un centre social au milieu du quartier. Le directeur, qui me reçoit avec un discret sourire, me glisse à l'oreille qu'il est d'origine algérienne et très fier, lui, de me voir au gouvernement et dans ce quartier. Ça me rassure. Nous entrons dans la grande salle. On me place à côté des officiels. Au bout de quelques minutes, une mouche me pique, je décide de m'installer au milieu des jeunes, dans l'angle diamétralement opposé, à la grande surprise des invités. Je veux ainsi marquer que ma place à moi c'est avec eux les gens. Du coup, les photographes me suivent. Et de nouveau j'explique mon histoire d'ancien jeune refoulé des discothèques lyonnaises, les humiliations subies, mon action au ministère. Les questions fusent : sur le racisme, la diversité, les Arabes, les Noirs, les Turcs, la droite… Le débat glisse sur la précarité. L'ambiance est à la victimisation tous azimuts. Je n'en peux plus. Ces complaintes me pompent toute mon énergie sucrée. Un leader pose une dernière question : « Vous venez demain à la manifestation silencieuse que nous organisons à Nevers ? » J'esquive : je dois garder ma fille cadette. Il reformule devant tout le monde. « Vous revenez ? » Je leur crie : « Faut savoir ce que vous voulez, vous me disiez il y a quelques minutes que vous ne vouliez que Sarkozy, et maintenant vous m'invitez à revenir ? Je ne suis qu'un ministre arabe de Lyon. » Il dit que, somme toute, ils se contenteront de moi, puisque je suis là, à défaut de Sarkozy. Je me retrouve au pied du mur : « Inch'Allah, si ma présence est souhaitée, je viendrai. – Puisqu'il n'y a pas le ministre de l'Intérieur, vous pouvez revenir. » OK, je dois revenir. Je vais revenir. J'ai glissé mon « Inch'Allah » pour essayer de me donner une marge de mensonge diplomatique, mais je suis coincé. Fini, le week-end à Apt. Fini, le week-end avec ma fille que je n'ai pas revue depuis des semaines. Elle me manque tant.

Dans la voiture qui me ramène à Lyon, en traversant cette Bourgogne romantique, la pluie frappe violemment aux vitres comme si elle voulait se réfugier à mes côtés, à l'abri, mais je reste hermétique à ses gifles. Je suis déjà assez mouillé à l'intérieur. L'atmosphère est électrique. Je pense à ces pauvres gens qui m'ont offensé. Ils ont insulté mon père arabe, musulman, en quelque sorte eux-mêmes, turco-musulmans. Je suis venu leur offrir mon soutien, je rentre chez moi en pleurant. Je dis au chauffeur de mettre Radio-Nostalgie. Aznavour chante « les parois de la vie sont lisses, je m'accroche mais je glisse, lentement, vers ma destinée »... Il pleut, mais demain il fera beau. Il faut que je me remonte le moral. Je m'endors sur des chansons de mon adolescence. Mike Brant, *C'est ma prière*, *Qui saura*. Je suis bien, maintenant. J'arrive à oublier la douleur. La Bourgogne fait corps avec mes rêves. Arrivé chez moi, je m'affale sur le canapé. Mes mains tremblent. Il faut que je prenne un comprimé chimique, comme aux débuts de ma mission. Je m'endors comme dans la mort.

*

Le lendemain, tôt, je pars faire un footing au parc de la Tête-d'or pour recouvrer le sens de la vie. Un jogger stoppe net devant moi : « Bravo, monsieur le ministre ! » C'est tout, et il repart comme il est arrivé, en douceur. Ça me fait plaisir, de bon matin. C'est ce qu'il me faut pour qu'il fasse beau. Quelques foulées plus loin, je me dis : mais, au fait, pourquoi me dit-il bravo ? Parce que je suis sportif ou pour mon courage politique ? Si c'est pour cette dernière raison, j'accepte ses encouragements, car il en faut pour rester dans la cage avec Sarko qui met le paquet sur un projet de loi anti-immigration, avec ces ministres qui jouent solo et qui mettent leur voile au vent, avec la gauche qui tape sur tout ce qu'elle peut alors qu'en matière d'« affaires » elle a eu son lot ! Et le peuple dégoûté des politiques qui murmure le nom de Le Pen comme un soulagement. Avec les gens que j'aide et qui m'insultent en récompense. Avec la solitude aux ongles crochus plantés dans mon dos. Avec la parano qui me ronge. Avec la pierre qui roule toujours en moi ! Avec ma vieille mère qui demande à mon portable : « Où il est Azouz ? » Il faut de l'inconscience. Et de la loyauté. Ces valeurs, c'est ce qui me fait tenir. Je remercie mon père de m'avoir passé ce cadeau en héritage, un sens de la dignité qui résiste au CPE, à Clearstream, aux insultes. L'autre jour, en prenant un café avec le ministre Mékachéra, nous avons longuement parlé de la loyauté et de la fidélité en politique. J'aime toujours parler avec cet homme droit, discret. Souvent, Léon Bertrand, lui et moi nous retrouvons pour un déjeuner entre métèques du gouvernement. On se fait du bien à parler de l'outre-mer et de l'outre-périphérique.

*

Dimanche. Retour à Nevers pour la manifestation silencieuse. Trois heures de voiture, de nouveau, et la Bourgogne encore, ses routes rectilignes qui découpent des forêts grasses et profondes. Ses champs à perte de vue. Ses vignobles. Ses villages embusqués à l'issue d'un virage. Un ruisseau que la départementale enjambe poétiquement. J'aime cette France de la campagne, le dimanche. Dans la voiture, je repense à cet étonnant appel téléphonique que j'ai reçu la veille de mon chef de cabinet m'informant que le préfet lui avait fait part de ses réticences quant à ma venue. Il avait prétexté qu'un tract avait été distribué dans la ville appelant les commerçants à fermer leurs rideaux pendant trente minutes pour protester contre les « casseurs ». Évidemment, les casseurs, ce sont les Turcs et les amis du quartier qui se sont fait tirer comme des lapins devant cette discothèque au nom prémonitoire : Nuit de folie. Au bout du fil, je me suis mis en colère : « J'ai dit aux jeunes que je viendrais à la manif, je ne peux pas me désister. Impossible ! » J'étais sûr que là, pour le coup, la presse locale et *Libé* allaient sauter sur l'occasion pour m'allumer : « Il a eu peur de revenir. » J'étais étonné par le préfet qui, au moment de nous quitter le vendredi soir à Nevers, m'avait dit que tout le monde serait enchanté de me revoir. Revirement brutal. Je me suis dit que, comme il y avait une bonne couverture médiatique pour ma venue à Nevers, certains avaient dû tirer des ficelles pour m'inquiéter. J'ai hurlé au téléphone : « Il est hors de question que je n'y aille pas ! »

Le ciel est mi-figue mi-raisin en ce début d'après-midi lorsque le chauffeur stoppe la voiture devant la préfecture de Nevers. Le préfet me tend le *Journal du Centre* sur lequel je figure en première page : « Le retour du "Grand Frère" », et le fameux tract qui a soulevé l'inquiétude maximale des RG. Minable bout de papier anonyme bourré de fautes d'orthographe ! Est-ce cela qui allait empêcher le ministre de revenir participer à une manifestation de citoyens et de familles blessées par la haine raciste ? J'ai conservé l'outre de ma colère bien close pour ne rien laisser paraître au préfet.

Au cœur de la manifestation compacte, la foule est composée d'une majorité de Français issus de l'immigration. Parmi les élus socialistes du terroir, tous ceints de leur écharpe tricolore, je ne vois aucune tête basanée. C'était cela, la France black, blanc, beur promise par les socialistes en 1981, ces apparatchiks qui se font leur beurre sur la misère de l'immigration ? À mon arrivée, je suis salué par des gens qui sont contents de me voir parmi eux. Je serre la main du président de SOS Racisme. Il ne semble pas ravi de ma présence. La mort des jeunes des cités, c'est la propriété privée de son association depuis une génération. Je donne quelques interviews à des journalistes. Le cortège démarre avec les femmes turques en tête, derrière la bannière « Justice pour tous ! ». Le frère de la victime qui, hier, voulait Nicolas Sarkozy et pas moi, m'accueille cette fois avec chaleur. Il s'excuse même pour son attitude de la veille. Sur un ton malicieux, il me dit qu'il est un peu socialiste, mais qu'il aime bien aussi… Sarkozy, sur des sujets particuliers. Je souris de ses convictions politiques hybrides. Par humilité, je me mets en retrait de la tête du cortège que conduisent les mères et les sœurs. À ma grande stupeur, je vois le président de SOS Racisme écarter deux femmes turques et se placer devant les caméras de télévision. L'association a besoin de communiquer. On n'est pas là pour s'amuser. Un jeune homme est entre la vie et la mort à l'hôpital de Clermont-Ferrand et la médiatisation de SOS Racisme est une industrie qui tourne à plein régime. Les jeunes du quartier de la Pâture qui manifestent ignorent les dessous du fonctionnement public des associations. Eux ne demanderont rien. Ils ne pensent pas à créer une association indépendante, puisque SOS Racisme existe déjà pour eux. On leur a fait comprendre qu'il faut adhérer aux petites mains de Fatma. Cette histoire continue son bonhomme de chemin depuis plus de vingt ans, et le FN progresse partout en parallèle depuis plus de vingt ans. Personne ne questionne, ni à droite ni à gauche, l'efficacité réelle de cette association de lutte contre le racisme. Chaque année, l'argent passe mécaniquement dans les tuyauteries.

Trois mille personnes marchent en silence. Une heure plus tard, au moment des discours officiels devant la préfecture, je décide de m'en aller. Les animateurs de la manifestation me proposent de dire quelques mots à la foule ; je préfère rester discret. Je salue tout le monde. Me revoici dans ma voiture officielle, sur l'autoroute de Paris, sous un ciel déchaîné qui pleure tous ses nuages. Je suis invité à un mariage le soir même. J'y vais sans enthousiasme. J'aurais préféré être avec mes filles.

Trois cents kilomètres plus loin, j'atterris dans un autre monde, chez des gens riches qui se plaignent de l'état politique et social de la France, furieux d'avoir vu pendant trois mois des jeunes bloquer le pays pour une affaire de CPE. Clearstream les a rendus encore plus amers. Un verre à la main, je déambule entre les groupes, j'entends les gens, unanimes : Villepin est politiquement mort. Je ne le crois toujours pas. Il a encore des cartouches. Hier, dans le *Journal du Centre*, un article intéressant signalait que, s'il était blanchi dans l'affaire Clearstream, il y en a un qui aurait du souci à se faire, parce qu'il a tout fait pour prendre la place du Premier ministre dans la tourmente : Borloo. J'ai éclaté de rire. Comment sauter du navire en pleine tempête ? Il l'a dit dans les dîners en ville : les portes de Matignon lui étaient ouvertes. Je lis aussi que Sarko pourrait être nommé très bientôt Premier ministre. C'est *Le Parisien* qui en fait sa une. Pauvres ministres, nous ne sommes que des lecteurs de journaux, des auditeurs de radio, des guetteurs du 20 heures à la télévision. On lit, on écoute, on regarde les infos pour avoir des nouvelles de notre propre avenir.

*

Dans le TGV qui me conduit à Paris pour les cérémonies du 8 mai 1945 à l'Arc de triomphe, je repense à l'après-midi d'hier que j'ai passé avec mes deux filles au parc de la Tête-d'or à Lyon. Il faisait bon. Je saluais des gens qui me faisaient des signes. Des Arabes, surtout, mais aussi Mme Teboul, de Villeurbanne, qui se promenait avec une amie. « Hou ! là, là, quelle pagaille, ce gouvernement ! » me jette-t-elle en souriant avec un bel accent pied-noir et en continuant à marcher. Je réponds que c'est la France qui s'enfonce dans ses angoisses, comme tout le monde. Ce matin, j'ai la pierre. Elle est revenue. Ça sent le roussi. J'entends parler partout de Sarkozy à Matignon. La puissance de l'intox médiatique est énorme, la déstabilisation générale. Sarko est le chef d'orchestre.

Ce matin, j'ai le pressentiment que tout est fini. Villepin vit ses derniers jours de Premier ministre. Il pleut partout en France alors que nous sommes début mai. Les lilas se sont éteints, les magnolias déshabillés. À y regarder de près, le printemps n'est jamais une saison de promesses, on attend trop de lui alors qu'il n'est qu'un éphémère temps de transition. C'était mon premier printemps politique. Je le magnifiais exagérément. La poussée sarkozienne est trop forte. Je suis dans un drôle d'état psychologique. Mes antennes reçoivent un appel de mon père qui me dit qu'il est temps de m'en aller. Il faut que je me protège de l'onde de choc qui va bientôt frapper le pays. Les Sarkoboys combattront sans merci ceux qui entraveront leur marche vers le pouvoir. Ce matin, je me sens groggy. J'ai la rage. Mais je dois tenir ma ligne de conduite : me fier à mon GPS intérieur.

Aux cérémonies de l'Arc de triomphe, tous les ministres sont présents. Nous écoutons des musiques militaires, dont *Rhin et Danube*, si j'en crois mon voisin Gérard Larcher qui est expert ès choses militaires. Je me surprends à avoir un beau frisson durant *La Marseillaise* que chante le ténor Roberto Alagna, enfant de Clichy-sous-Bois. Moment de fierté. La France et moi, en ces minutes, nous ne faisons qu'un. Dans le ciel gris, une éclaircie allume soudainement la place de l'Étoile. Le soleil est passé en force à travers le barrage des nuages. Les drapeaux français dansent dans la brise et claquent dans le silence des lieux.

Beaucoup de mes collègues ministres m'ont vu à la télé alors que je participais à la marche de Nevers, et félicité d'être resté en deçà de la tête du cortège, dans la foule, au milieu des gens. Mon humilité a été appréciée. Ils voulaient me le faire savoir. Un collègue m'a dit que c'était justement parce que j'étais resté discret que les caméras de télévision m'avaient filmé. J'ai été agréablement surpris par ces remarques encourageantes. Enfin, me suis-je dit, ils savent qui je suis ! La vérité finit par s'imposer. Je ne sais pas pourquoi, je me sens ragaillardi, une bonne onde est passée sous l'Arc de triomphe pour venir jusqu'à moi.

En attendant l'arrivée de Chirac vers la tribune des ministres, tous les journalistes se sont agglutinés autour de Sarko, guettant la poignée de main entre le Président et le candidat, Villepin et Michèle Alliot-Marie. Combien de temps vont durer cette poignée de main, les regards croisés, les sourires… Hein, les sourires ? Y en aura-t-il ? Ce qui intéresse les photographes, c'est ce petit gramme d'instant qu'ils vont disséquer jusqu'à la moelle. Le reste est hors cadre : la baisse du chômage, le commerce extérieur, la grippe aviaire, la disparition de la petite Madison, cinq ans, hier à Eyguières… Moi, en attendant l'arrivée de Chirac, je me tâte le ventre. Je me masse un peu l'estomac, je ne peux m'empêcher d'imaginer là un ulcère. J'y ai pensé déjà, hier, en allant courir. Comme j'avais accepté de manger le couscous de ma mère, je me suis fabriqué une boule de semoule tout autour de ma pierre et, conclusion, je n'ai pas tenu jusqu'au bout de mon parcours. J'ai tout vomi.

Heureusement, il me reste l'écriture. La fabrication des phrases m'a préservé de la descente aux enfers. En écrivant, j'évite de prendre les coups de plein fouet. J'esquive la maladie. Je dribble l'adversaire. L'écriture est une émotion à partager avec un public de regards. Je ne veux pas être malade égoïstement, juste pour moi, ça ne sert à rien. J'ai de la chance d'être un ministre de plume. Sur mon portable posé à côté de mon ordinateur, je reçois un message de France-Info : 13 h 58. La petite Madison, cinq ans, disparue dans la nuit de samedi à dimanche à Eyguières, a été retrouvée morte ce lundi. Je meurs à mon tour. Les enfants, c'est ce que nous avons de plus cher au monde. Mes deux filles sont mes trésors. Hier, la petite m'a dit qu'elle était surprise par mes dons de prémonition. Ces derniers jours, je sollicite souvent mes antennes célestes pour obtenir des infos sur l'avenir de Villepin. C'est trop tôt. L'affaire Clearstream n'a pas encore assez remué la vase. Je n'y comprends rien. Comme tous les Français, j'imagine qu'il y a beaucoup d'argent gris dans ce déballage, des comptes bancaires occultes ouverts au Luxembourg, en Suisse. Je n'ai pas eu de chance, en un an j'ai connu le pire : un mois d'émeutes des banlieues, trois mois de violences anti-CPE, et en avril

Clearstream ! En fait, je n'ai vécu de choses normales qu'entre juin et octobre. Cinq mois dont deux d'été, sans compter les remords de ma nouvelle vie, mes anciens amis et mes réveils en sursaut à 3 h 12. Les meilleurs instants ont été ceux où je sortais sur le terrain avec les élus locaux et les gens à Colmar, Strasbourg, Mulhouse, Nevers, Marseille, Lille. À Paris, je me sens toujours étranger. La ville est somptueuse, mais c'est une grosse anguille. Son maire ne me contredirait pas. L'autre jour, j'ai vu qu'il était fatigué lui aussi de tenter de la retenir entre ses doigts.

18 h 20, je reçois un texto de France-Info : « Selon le procureur de Nevers, le garçon de quatre ans retrouvé mort hier à Moulins-Engilbert a été violé et tué, probablement par noyade. » Décidément, ce lundi 8 mai aura été un jour d'horreur pour les enfants. Comment les parents pourront-ils survivre après avoir connu le pire malheur d'une existence humaine ? Mes petits déboires de ministre sont une injure à leur douleur. Il faut que je me ressaisisse. Il a plu sur toute la France aujourd'hui. J'ai bien fait de ne pas bouger.

*

Un rêve tentaculaire m'a jeté hors de ma nuit : je voyais Villepin pilotant un char dont l'attelage était constitué de trente et une anguilles qui s'agitaient en tous sens. Elles essayaient de tirer chacune de leur côté, de se tirer chacune de leur côté. La plus grosse, la plus nerveuse, c'était Sarko. Villepin éprouvait toutes les peines de monde à tenir ces choses gluantes qui lui filaient entre les doigts.

À la radio, ce matin, j'entends Alain Rey faire l'étymologie du mot « rumeur ». Comme celle de l'arrivée de Sarko à Matignon, par exemple. Agacé, j'ai coupé sec la radio. Déjà que je ne lis plus les journaux, je vais bientôt être comme sur l'île de Robinson Crusoé. Je comprends que les hommes politiques finissent par s'isoler définitivement du monde, alimentés en informations plaisantes par leurs conseillers. Moi, je me suis fâché avec ma conseillère média ; plusieurs fois on m'a rapporté que j'étais devenu invisible, mais elle se rebiffe, prétend que je suis un ministre connu, que je n'ai pas à me plaindre. Il faut que je me batte.

Elle a circulé dans toutes les oreilles, la rumeur. Elle poursuivra sa route aujourd'hui. Elle va même finir par devenir réalité, tant elle aura pris corps. Mais non, Sarko à Matignon, je n'y crois pas une seconde. Qui va gouverner ce pays ingouvernable pendant onze mois ? D'autant plus que la guerre électorale va commencer dès septembre. Il n'y aura plus rien d'utile à faire en politique jusqu'en avril 2007. Personne ne va accepter ce sacrifice. Je ne supporte plus le mot « rumeur ». Il est ca-la-mi-teux ! comme dirait l'autre.

Mercredi 10 mai. À la télé, je regarde des extraits de la conférence de Sarko à Nîmes. À la tribune, il expulse les mots de sa bouche en postillonnant : fierté d'être français, devoirs pour les étrangers, ego nationaliste, histoire coloniale française, racaille. Deux fois de suite il accentue ce mot qu'il a lâché sur la dalle d'Argenteuil : avis à ceux qui croiraient qu'il a des regrets. Je ne peux plus croiser son regard noir et translucide en Conseil des ministres. La question me hante : qu'est-ce que je fais dans ce gouvernement avec ce type ? Puis je me réponds une seconde plus tard : pourquoi *lui* reste-t-il avec nous ? Bien joué, Zouzou, le métier rentre !

*

Sur mon portable, un autre texto de France-Info : « Le général Rondot aurait déclaré, selon *Le Canard enchaîné*, que Jacques Chirac détenait au Japon un magot de 300 millions de francs ! » Tiens, prends ça ! Allô Le Pen ? Les médias le réclament chaque jour. Par mesure de sécurité, je me déconnecte de ces histoires sans queue ni tête. Jour après jour, dans la cage, le niveau d'ordures ménagères monte et cela va de plus en plus empester à l'approche de l'élection présidentielle. Mes conseillers n'y croient plus. Personne ne parie plus sur Villepin. À l'Assemblée, pendant les questions d'actualité, l'atmosphère est morose. Il pleut toujours sur la France. Au moins, les agriculteurs sont heureux.

*

Chirac a la pêche. Au Conseil des ministres, après une déclaration musclée pour dénoncer la « dictature de la rumeur et de la calomnie » à propos de Clearstream, il a exigé des ministres qu'ils gardent la tête haute et tiennent le cap dans l'accomplissement de leur mission. Ses mots portaient lourdement. Je regardai avec attention Sarko, la nuque appuyée sur l'arrière de son fauteuil, souriant parfois à Brice Hortefeux assis à ma gauche. Chirac a réitéré son soutien à Villepin. Tout le monde en a été soulagé. On continue, donc, même si les fissures dans les cloisons gouvernementales sont apparues au grand jour.

Dans la rue, les gens me disent, comme Mme Teboul, qu'ils sont dégoûtés de la politique, mais j'ai l'impression qu'ils n'attendent rien des politiques et qu'en même temps ils en attendent tout. Quand tout va bien au gouvernement, ils acquiescent en silence. Quand ça chauffe, ils menacent de voter Le Pen. J'espère que le journal *Le Monde* va nous lâcher les baskets avec Clearstream.

*

Des vacances ? En rêve, oui. Ce vendredi 12 mai, *Le Monde* ouvre encore en première page sur Clearstream. Il montre une large photo de Villepin et Chirac sur laquelle le Premier ministre fait une moue désespérée, tête basse, comme s'il abdiquait. Il tourne les talons. Et Chirac est de dos comme pour dire qu'il le quitte. C'est le vœu du journal. Quand tout cela sera terminé, je rassemblerai les photos qu'il aura publiées depuis un an sur Villepin, Sarkozy, Chirac et moi. Pour l'heure, ses patrons et ses journalistes maintiennent le suspense autour du feuilleton Clearstream. L'un des personnages, Jean-Louis Gergorin, patron d'EADS, a démissionné de son poste. On l'accuse d'être le « corbeau » qui aurait confectionné les faux listings de personnalités politiques. Il paraît que le juge Van Ruymbeke est impliqué dans les lettres anonymes qui ont circulé de bureau en bureau. Il confirme que Jean-Louis Gergorin était bien le corbeau. L'image de la France dans le monde a pris un sale coup. J'attends avec impatience que Sarko annonce sa sortie du gouvernement.

Il y a longtemps que je n'ai plus reçu de nouvelles d'en haut. J'ai appelé plusieurs fois Matignon, en vain. Ces gens se sont refermés comme des huîtres. Ces derniers temps, Villepin ne parle plus d'égalité des chances. Depuis la fin de la crise anti-CPE, il a ôté ce mot de sa bouche comme s'il lui avait porté malheur. J'ai l'impression d'être sur le banc de touche. Pourtant, tous les hommes politiques se sont emparés de cette égalité des chances depuis que je suis le ministre en charge. J'ai proposé à l'Élysée et à Matignon de nommer, au moment du renouvellement de trois membres du CSA, un Arabe ou un Noir pour enraciner la diversité dans l'audiovisuel. J'ai aussi reparlé de mon idée de faire interviewer Chirac, le 14 Juillet, par un journaliste de couleur aux côtés de PPDA. Pour la fin de son quinquennat, ce serait un signe fort adressé à la France multicolore. Chaque jour, j'aime chercher des idées pour faire avancer la France que j'aime. Hélas pour moi, des échos me parviennent toujours selon lesquels je ne fais rien, je n'ai pas été utile aux banlieues, je suis le beur alibi de Villepin, l'Arabe du gouvernement. Je suis bouffé par ces critiques. Hier, un journaliste anglais m'a même demandé si la diversité que je défendais à la télévision serait suffisante pour lutter contre les problèmes économiques et sociaux des banlieues. J'ai eu un rictus en guise de réponse.

*

Paris m'étouffe toujours autant. Je ne rate jamais une occasion de sortir de mon bureau pour aller en France. Aujourd'hui je suis à Angoulême. Lors d'une réunion publique, un jeune Marocain prend la parole : « Monsieur le ministre, je suis fier de vous voir au gouvernement parce que vous êtes membre de la communauté… » Il hésite sur le mot qui suit. Il veut dire maghrébine, ou arabe, ou musulmane, mais il ressent une gêne à le prononcer. Pour lui venir en aide, je lui coupe la parole : « Nationale ! Vous êtes fier de moi parce que je suis membre de la communauté nationale, c'est bien ce que vous voulez dire ? » Ma correction fait rire tout le monde. Il s'agit bien de cela : nous sentir tous appartenir à une même communauté nationale, et l'humour aide beaucoup à décoincer les esprits. Moi, je défends l'égalité des chances pour les femmes, les personnes handicapées, les seniors, tous les Français : il faut qu'on s'habitue à ma mission républicaine.

La réunion prend fin. Avec le maire de la ville, nous constatons combien le décalage entre les politiques et le peuple est grand et préjudiciable. Le rythme des attentes sociales, dans l'urgence, et celui de l'action politique, dans la durée, se télescopent.

J'aime parler simplement aux gens, être accessible. Le lendemain, un journaliste du journal local a fait un papier sur ma visite à Angoulême, sur le thème « Pas mal d'humour, mais peu d'ORU ». ORU, ça voulait dire opération de renouvellement urbain. Les gens comprennent-ils ?

*

Le vent a viré de 180 degrés. Maintenant c'est la question du départ de Sarko du gouvernement que posent les médias. Je me vois donc aller au bout de ma mission jusqu'en avril 2007. Quand je pense que l'année 2006 aura été décrétée Grande cause nationale Égalité des chances, et que nous n'avons à peu près rien fait à cause du CPE, de la difficulté à monter des projets et à les faire financer. Dans le champ de mines, il faut arracher les millimètres carrés, aller soi-même quérir l'argent, prendre son téléphone, hurler, menacer, se déplacer, contrôler. Je me suis mal défendu.

Je reprends la lecture de *L'Assommoir* pour me plonger dans un siècle passé. Ça ne va pas, après la deuxième page je n'arrive plus à suivre Gervaise à cause d'une embrouille bizarre qui s'est passée, la veille, à Angoulême et qui trotte encore dans mes pensées. Dès que j'ai eu fini mon intervention publique avec le maire, je suis vite remonté dans la voiture et j'ai filé à l'aéroport prendre l'avion de 18 h 30 pour Lyon. Mon officier de sécurité et mon conseiller rentraient, eux, en train à Paris. En compagnie du préfet, des autorités de police et de gendarmerie locales, j'arrive dans le petit aéroport de la ville. J'ai mon billet en main. À l'accueil, je le présente à une hôtesse qui l'enregistre en souriant. Une compagnie privée assure le vol. L'avion est petit : dix places. Dans le hall, cinq ou six personnes attendent l'embarquement. Je dis au revoir au préfet, juste avant les formalités de police, puis je me tourne vers les personnes qui gèrent la sécurité. D'habitude, le ministre est exempté des formalités, mais aujourd'hui une femme m'invite à ôter ma veste. Je suis surpris mais ne pipe mot. Je fais mine de prendre la demande à la rigolade et je m'exécute. « La ceinture, s'il vous plaît », elle ajoute. « La ceinture ? » fais-je, étonné mais toujours rieur. Haussant mes sourcils ministériels, je m'exécute à nouveau. Je me tourne, me retourne. Le tableau n'a pas bougé : le préfet est toujours là, stoïque, avec les responsables de la police locale. La femme, d'une voix de radio-cassette, insiste : « Vous n'avez pas d'objet métallique sur vous ? » D'un sourire ministériel glacé, cette fois, je réponds que non. Toute cette mise en scène commence à m'inquiéter. Il y a peut-être de la caméra invisible dans l'air. Hum, soyons vigilant. Je pivote pour débusquer d'éventuels cylindres scellés dans les murs. Puis je fixe un agent de la police de l'air et des frontières qui me dit, professionnel : « Vous me donnez votre billet, s'il vous plaît ? » Désemparé, je fais : « Heu, oui, oui » et tends mon billet. Il le lit. Naturellement, il ouvre une bouche en cul-de-poule : « Vous avez une pièce d'identité ? » Cette fois, stupéfaction ! Je virevolte vers le préfet, à la manière saccadée de Louis de Funès. Stupéfait lui aussi, il ne sait qui regarder. À ce moment-là, je pense que c'est une plaisanterie, car je m'imagine que le policier a eu vent de ma mésaventure dans le TGV avec un contrôleur qui m'avait demandé de justifier mon identité de ministre, il y a trois mois, et qu'il veut me faire le même coup. Je regarde l'homme droit dans les yeux, espérant qu'il éclate de rire. Mais non. Le bougre attend fermement ma pièce d'identité, son visage ne laisse place à aucun doute. Hélas, je l'ai laissée sur mon bureau en partant. Je feins de mettre la main à ma poche, puis la retire, bredouille : « Je n'en ai pas. » Je vise le préfet avec mes yeux de clandestin pris dans les mailles du filet. Le préfet regarde le policier. Le policier regarde le préfet. Le préfet dit : « Ça ira comme ça », ironiquement, l'air de dire : On va laisser tomber cette histoire de pièce d'identité, non ? Le policier reste muet. Il est très embêté. Il ne sait pas quoi faire de ses mains. Elles se cachent dans ses poches, puis retournent se croiser sur sa poitrine, s'autorisent un grattement de narine. « OK, ça va », il murmure comme pour éviter le flagrant délit de corruption. Il m'ouvre la voie. Pas rassuré, je marche comme si on allait me tirer dans le dos et je cours récupérer mon sac derrière le scanner. Heureusement, il n'a pas déclenché l'alarme. Je ne sais plus si je suis ministre du gouvernement ou un clandestin à qui la France officielle vient de faire une fleur en l'autorisant à passer la frontière. Je fouille les poches de mon sac dans l'espoir de trouver des papiers qui attestent mon identité. Je vois le préfet, sourire mi-figue mi-raisin, qui me répète : « Ça ira comme ça », on ne va pas rajouter au ridicule, mais je continue de fouiller pour prouver ma bonne foi. Rien. Poche vide. Je reviens vers eux. Je dis que je suis vraiment désolé, je sais que je devrais donner l'exemple et porter des papiers d'identité sous peine d'amende. Je croise de nouveau le regard du policier de la PAF. Ai-je vraiment à attester mon identité devant les témoins importants qui m'accompagnent : le préfet et le patron de la police locale ? Las, je cesse de me questionner. Je file droit vers l'avion. Il faut que je laisse « glisser », j'ai tendance à l'oublier. Après tout, peut-être que ce policier ignorait qu'on ne demandait pas son identité à un ministre, au Premier ministre ni au président de la République. C'était peut-être son premier jour de travail, va savoir. L'homme pensait peut-être qu'on lui faisait passer un test à l'improviste.

Mauvaise nouvelle dominicale, lue dans les journaux, ce 14 mai : Sarko reste au gouvernement. Moi, je suis à plat, mais tout le monde est content. Le gouvernement va encore devoir afficher une cohésion de façade en Placoplâtre. Villepin a recollé les morceaux avec Borloo. Ils ont remis les compteurs de la cohésion gouvernementale à zéro. Par hasard, j'ai aussi entendu à la télévision, dans une émission grand public, un journaliste qui a confirmé que Sarko avait trois ministres dans sa ligne de mire : Begag, Douste-Blazy et Copé. Ça m'a fait drôle d'entendre mon nom. Du coup, je me suis dit qu'ils étaient capables, ces zigotos, de faire leur tambouille politique et de me virer du gouvernement pour satisfaire le patron de l'UMP.

Un ami membre de l'UMP m'appelle en urgence : « Il faut que tu te réconcilies avec Sarko pour faire avancer la cause de la diversité. Tu n'as pas le choix ! » Il veut arranger un rendez-vous, mais je lui coupe la parole : il n'en est pas question. Jamais je ne pourrai m'associer à cet homme avec lequel je ne partage rien. Mes oreilles n'ont pas oublié son cri de guerre : « La France, on l'aime ou on la quitte ! » L'emprunt à Le Pen est cash. « Pour ton avenir politique, tu ne peux pas t'offrir la coquetterie d'être l'ennemi du ministre-candidat », me dit l'ami. J'ai éclaté de rire. Mon avenir politique ? Mais je ne m'en vois aucun ! Dans mon « bleu de ministre », cravaté et chaussures cirées, je veux bien aller chaque semaine à la rencontre des quartiers pour incarner une nouvelle façon de faire de la politique, mais chercher à rester dedans avec la bénédiction de Sarko, même pas en rêve ! Je veux me regarder dans le miroir de l'humilité.

Plein de détermination, je sors de chez moi pour aller à mon rendez-vous avec un ami photographe. Il m'a proposé de faire des photos sur les quais de Saône. C'est drôle, je l'ai rencontré dans sa classe de collège il y a quinze ans, lors d'une animation littéraire autour de mon roman *Le Gone du Chaâba*. Je le retrouve dans un café de Lyon, il y a six mois, il me dit combien cette rencontre au collège l'avait marqué. Il ne m'avait jamais oublié. J'en étais flatté. Aujourd'hui, il veut faire des photos du gone devenu ministre. Très vite, dans le café, des gens me reconnaissent et une fête prend forme. Nous faisons des photos à l'intérieur, puis sur le quai. Là aussi, des gens viennent me saluer, des Arabes, des Noirs, des Blancs, français et étrangers. C'est une belle soirée où tout s'enchaîne pour le meilleur. Des ondes positives circulent dans les parages. Des gens nous rejoignent, on s'embrasse, on fait des photos, les clients du bar d'à côté nous invitent à prendre un verre et à manger des huîtres. J'oublie Paris, j'oublie ma pierre. Ma vertèbre émotionnelle a réintégré son nid. Deux heures plus tard, je prends congé, sinon je vais me perdre dans cette taverne.

J'adore déambuler, à cœur ouvert, dans les ruelles étroites du vieux Lyon. Je passe devant un beau mâchon, le patron sort sur le seuil en m'apercevant. « Monsieur le ministre, venez prendre un verre ! » Je décline, je suis crevé. Il insiste, je tiens bon. Quelques secondes plus tard, nous sommes ensemble en train de boire à la santé de l'amitié. Il est minuit. Je n'ai pas vu les heures filer. Je rentre chez moi à pied. Je me jette sur mon lit, la tête vide. C'est l'assommoir. J'aime ces soirées de cabotage quand je suis chez moi, dans ma ville, avec mes amis, et ces passants qui me font don de leur énergie.

*

Après tout ce bonheur lyonnais, j'ai failli rentrer à Paris dimanche après-midi, mais je me suis ravisé et j'ai erré en voiture du côté de la colline des Monts d'or. Sur le chemin du retour, dans ma voiture j'ai écouté « Dieu, mais que Marianne était jolie, quand elle marchait dans les rues de Paris… », une chanson de Michel Delpech. J'ai ressenti des odeurs d'adolescence et je me suis arrêté à l'île Barbe à la boulangerie de Jocteur. Il y avait du monde à la terrasse. J'ai pris un café sous le beau soleil de mai, à l'ombre d'un acacia en fleur.

J'ai bien fait de faire durer le plaisir en restant à Lyon, à la campagne. Le lendemain matin, je me suis offert le luxe d'accompagner ma fille au collège. Au retour, j'ai garé ma voiture dans mon quartier pour faire quelques courses au Casino. Les gens me saluent, je fais maintenant partie du paysage. Je sens autour de moi ces regards qui me fixent, ces lèvres qui murmurent. Lorsque je suis passé devant deux Arabes qui étaient assis à une terrasse de café, l'un d'eux s'est levé et m'a rattrapé pour me dire qu'il m'aimait bien en tant qu'écrivain, mais qu'il était déçu de me voir dans ce gouvernement avec Sarkozy. J'ai eu beau expliquer, rien à faire. Quelques minutes plus tard, curieuse, une vieille dame du quartier s'est arrêtée, elle m'a aussi reconnu. Même topo. Elle a lu tous mes livres, mais elle est affligée de ma participation à ce gouvernement. Je lui demande pourquoi. Elle dit que les gens pauvres ont toujours été défendus par la gauche. Elle cite comme exemples les 35 heures, puis les congés payés. Sarkozy est sa hantise. J'essaie d'engager un petit débat, mais je m'aperçois vite que c'est peine perdue, alors je me trouve un rendez-vous urgent et tourne les talons.

Quand je rencontre des gens hostiles à la politique qui me racontent leurs simples attentes, avec gentillesse, générosité, sincérité, ça me démonte, même si j'aime donner l'occasion à chacun d'exprimer son opinion. Je me retrouve dans cette démocratie de trottoir, quand chacun vient mettre son grain de sel dans l'assaisonnement général. Je vis en permanence entre la douche froide et brûlante mais j'en reste à ma ligne de conduite : je reste moi. Je fais mes courses au Casino de la rue de Marseille et rentre chez moi, sous les yeux ébahis. « Ho, vous portez vos sacs vous-même, monsieur le ministre ? » me fait une jeune fille. Hé oui. « Vous n'avez pas de garde du corps ? » Si, mais il n'est pas fait pour ça. De toute façon, quand je viens à Lyon le week-end, je viens seul. « C'est bien, vous êtes comme nous ! » Elle est contente. Moi aussi. Un jeune Arabe me demande s'il peut m'aider à porter mes sacs plastiques, je refuse gentiment.

De retour dans mon appartement, sur mon canapé, je m'allonge avec *L'Assommoir*, j'essaie d'entrer chez Gervaise, rien à faire, ma vue baisse, j'ai de la brume dans le regard. Quand je suis bien, comme ce matin, j'ai une féroce envie de fuir loin pour ne plus être là-dedans, mettre des milliers de kilomètres entre moi et tout cela. Me sauver.

*

Une motion de censure est déposée par la gauche à l'Assemblée nationale. Bayrou et l'UDF se sont joints à la fronde contre le gouvernement. Demain mardi ne sera pas un jour gai. La météo prévoit des orages. Mai n'aura pas été printanier et le prochain le sera encore moins. L'annonce de la composition de l'équipe de foot qui ira au Mondial en Allemagne a apporté un répit, mais le degré de putréfaction est monté trop haut. L'action du gouvernement est devenue invisible. La mienne surtout. Un remaniement ? Des questions, toujours, des rumeurs encore. Plus ma vue baisse, plus j'ai besoin d'écrire pour voir. Jour après jour, je cours, j'écris, je remplis des pages, je fais l'histoire, je m'écris.

Des gens se mettent à courir avec moi, maintenant, comme ce jeune Arabe qui me demande s'il peut se mettre quelques instants dans ma foulée, histoire d'échanger sur la vie. Il est ingénieur à l'INSA et vient de perdre son emploi, mais ce n'est pas de ça qu'il veut parler, seulement de sa fierté de me voir au gouvernement. Il me félicite d'avoir accepté de me battre pour mes idées. Il dit la même chose de Villepin. Du coup, j'ai à nouveau du courage, je cours encore plus vite, j'écris de plus belle. Une heureuse rencontre sur les berges pour deux malheureuses ce matin sur le trottoir. Une caresse pour une entaille. Les Français des berges et ceux des trottoirs sont en guerre à cause de la politique. Ça va vraiment chauffer dans les prochains mois. Le printemps 2007 sera brûlant. Quelquefois, je suis Forest Gump. *Run*, Azouz, *run*, Zouzou, *run*, *run*...

27 mai : ma fille aînée a dix-neuf ans et moi je prends ce paquet d'années dans la vue, d'un seul jet. Vingt ans ont défilé sous mes yeux comme une ombre qui passe devant vous pour s'effacer sous vos talons. Vous n'avez rien senti, à peine de faibles mouvements d'air au passage du temps, et soudain, un jour, vous êtes doublé par une vie. Elle est passée sans clignotant. Autour de moi, les peupliers ont grandi, les enfants sont partis, la solitude défait son lit, la mémoire s'enfuit.

Histoire de me faire masser le cuir chevelu, je rentre par hasard dans un salon de coiffure. Le patron me dit : « Bonjour, c'est pour quoi ? » Étonné, je réponds : « Pour me changer les idées. » Il rit et me souhaite la bienvenue. Il doit être aussi fou que moi. Après la coupe de cheveux, la coiffeuse m'épile quelques sourcils, dont deux ou trois très longs qui m'ont inquiété ces derniers temps. Je me demande bien quels engrais ont pu les faire pousser ainsi. Elle m'apprend qu'avec l'âge les sourcils des hommes s'épaississent à la manière des « broussailles » de Georges Pompidou vers la fin de sa vie et on finit par ne plus voir qu'eux. Dans le salon de coiffure, j'éclate de rire si nerveusement que les clientes se retournent. Jamais je n'ai entendu parler d'une évolution pareille chez l'être humain. Je m'étonne même qu'il n'y ait pas d'informations sur l'embroussaillement des sourcils à la cinquantaine. De retour chez moi, je file droit vers mon miroir, constate les dégâts révélés par la coiffeuse : ces derniers temps, mes sourcils finissaient par me brouiller la vue. Je ris de nouveau aux éclats. Puis, quelques minutes plus tard, affalé sur mon lit, je me sens abattu.

Sur le trottoir de la ville, je suis en train de palper mes sourcils pompidoliens quand un homme me lance une idée à saisir à la volée : « Vous devriez vous présenter à la mairie en 2008. » Il me dit qu'une voie est ouverte par ma présence au gouvernement. La voix et la voie de la diversité. Celle de la société civile, celle du Lyonnais pure souche que je suis. Tout cela fait pas mal d'atouts pour une *coinche* municipale. Cette idée ne me déplaît pas. Si ma vie consiste à fuir l'ennui et à bouger sans cesse pour échapper aux griffes du temps, cette idée de candidature est exaltante. Il faut que je me façonne une cuirasse, une pluie d'obus va me tomber dessus. Mais je n'ai plus peur. Je sais comment faire *le* politique. Je regarde le ciel. J'ai encore quelques mois devant moi. Il faut que je me mette en état de réception. Je laisse mon fax ouvert. Je vais annoncer ma candidature pour voir l'effet qu'elle produit.

Les Français se sont habitués à mon costume de ministre. Bientôt je parlerai à l'Assemblée sans notes et personne ne le remarquera, si le président de l'UMP veut bien me fournir encore quelques occasions de prendre la parole. J'ai bien caché mes souffrances. On a tout exigé de moi, de suite. On m'a critiqué, de suite. On m'a injurié, de suite. On m'a traité d'Arabe de service, sans budget, sans pouvoirs. On ne m'a pas fait de cadeaux. Je n'en ai pas réclamé. Quand je me demande comment j'ai supporté cette violence, je constate que j'ai toujours vécu dans l'angoisse et la peur. Toute ma vie j'ai ingurgité le mal à doses homéopathiques, alors à présent je suis capable de m'en protéger. Les attaques médiatiques contre moi glissent sur mon indifférence. Ma vertèbre émotionnelle ne prend plus la peine de se déplacer, même dans les alertes les plus dures, comme celle dont m'a informé un conseiller à Matignon : « Ils veulent que le bicot démissionne ! » Il parlait de ceux qui aimeraient que je « retourne à la Casbah ». J'ai serré les dents. Ah, les malandrins ! Ils ignorent que les dix années de mon enfance passées dans le bidonville m'ont musclé, que je me désaltérais directement dans les flaques saumâtres que laissaient derrière elles les fortes pluies sur le sol cabossé des baraques. Ils ne savent pas que, dans les terrains vagues, j'attrapais les serpents à la main pour aller les vendre au pharmacien de Lyon qui en faisait du vaccin, disait-on. Alors, la politique et ses violences, c'est de la douleur de luxe, du petit bobo de bourgeois, de la quatre étoiles, celle que s'inventent les puissants pour faire croire aux pauvres que la vie, en haut, n'est pas si facile et qu'il vaut mieux qu'ils se contentent, eux, de laver leur voiture d'occasion le dimanche matin. Je trouverai le courage de finir la course, je le jure à ma vieille mère, je le crie dans les étoiles à mon père. Je souffrirai. Je vomirai. Les couleuvres que j'ai avalées vivantes, je les recracherai. Vomir, oui, la pierre !

Avec Gervaise je retourne faire au jardin une sieste, j'admire la fierté d'une fleur qui fait sa toilette à l'eau de rosée. Je suis une coccinelle sur les lignes de ma main. J'ai le cœur métallisé. Les épreuves m'ont endurci le côté gauche. J'ai toujours eu peur que mes parents meurent ; maintenant je meurs à chaque fois qu'un enfant meurt. J'ai vu des baraques de voisins brûler la nuit comme des torches, avec des mômes à l'intérieur qui pleuraient et des bidons d'eau qui passaient de main en main pour éteindre le feu, mais les flammes allaient beaucoup plus vite que la chaîne humaine. Les cris cessaient dans la nuit tandis que le crépitement des flammes continuait avec les hurlements des mères jusqu'au petit matin. Ils veulent que le bicot démissionne ? Le bicot le sait. Arrachez-lui la peau, déchirez-lui son costume, écrasez-lui ses chaussures à trois cents euros, étranglez-le avec sa cravate de soie. Le bicot restera.

Un beau moment d'invectives, la motion de censure contre le gouvernement. Des prises de parole bourrées d'agressivité, de mensonges, de caricatures. Quand la séance commence, un quart des députés UMP se trouve à leur place. Pas Sarko, pas Estrosi, pas Brice Hortefeux. Des deux côtés réservés aux journalistes, caméras et appareils photo sont à l'œuvre. Beaucoup filment les rangs vides du côté droit. C'est la stratégie du chef d'offrir cette image aux médias : le Premier ministre isolé à l'Assemblée. Heureusement, lorsque Bernard Accoyer prend la parole, les rangs UMP se noircissent et l'on voit Sarko et ses lieutenants pénétrer dans l'hémicycle comme des chefs impériaux. Villepin se lance face à l'Assemblée au complet et aux députés de gauche qui hurlent. On ne l'entend plus, ses mots se désagrègent dans la mosaïque des visages et des éclats de voix montant des bancs. Je le fixe. Il se concentre sur son texte tout en levant les yeux vers les députés. Il essaie de trouver un ton offensif. Il a une incroyable résistance. Comme le bicot, ils voudraient bien le voir démissionner, lui aussi. Je le sens angoissé par le lapsus qu'il a commis lors de la crise du CPE, ou peut-être est-ce moi qui le suis ? Fixation… démission… Il finit une phrase, reprend sa respiration, laisse la place à quelques applaudissements UMP pour lui permettre de se recharger en oxygène. Rien ne vient. Il jette un regard tendu à bloc vers l'Assemblée avant de poursuivre. Face à tous ces députés, à ces Français assis devant leur poste de télévision chez eux, il est seul. Face aux ministres fidèles, assis à leur banc, immobiles et l'œil rivé sur lui, il est seul. Je me tourne vers Sarko pour scruter ses pensées, il a un visage glacial. Sa bouche a mangé ses lèvres. Il ne reste plus qu'un trait noir entre le nez et le menton. Il doit ruminer : « Pourquoi mon heure tarde-t-elle tant ? Pourquoi l'Histoire est-elle si lente à venir à moi ? » Il voit l'Histoire comme une irruption qui lui serait dédiée.

*

La solution est dans l'oubli, mais en attendant je lutte pour ne pas tomber moi-même dans l'oubli, comme un journaliste l'écrit dans *Paris-Match*, le journal dont Alain Génestar a été viré sur recommandation. J'ai obtenu le partage de la tutelle politique de la nouvelle Agence de cohésion sociale et d'égalité des chances. Vautrin n'a pas apprécié. Ministre en charge de l'Intégration, elle voit ses prérogatives rognées par ma miette de pouvoir. Clearstream arrive dans sa phase terminale. Il reste quelques soubresauts dans les médias, ici et là, mais on sent que les acteurs du désordre attendent de passer à autre chose.

Au Conseil, Chirac a élevé la voix en regrettant que les ministres ne défendent pas suffisamment les actions du gouvernement. Il s'est étonné de ne jamais voir aucun d'entre nous à la télévision parler de la baisse du chômage, de la hausse du pouvoir d'achat… Il fallait qu'on se bouge ! J'aurais voulu lui répondre que moi, je ne demandais que ça. Il sait que beaucoup de journalistes ne s'intéressent qu'aux petites embrouilles, aux petites phrases, à l'envolée dans les sondages de Ségolène Royal, au retour de Jospin. Quant à moi, depuis que je n'alimente plus le conflit avec Sarkozy, je n'excite plus personne. De temps en temps, l'un d'eux surgit dans mon espace et gratte autour de mon absence de budget, de l'administration que je n'ai pas, de ma subordination à Villepin. À part ça, rien de nouveau sous la pluie.

*

À la fin des questions d'actualité à l'Assemblée, j'ai parlé une dizaine de minutes avec un député sarkozyste pour qu'il me donne son opinion sur la situation politique. Il est convaincu que Villepin a tenté d'utiliser les services de l'État pour attaquer politiquement Sarkozy. Il jure que d'ici juillet, l'UMP ne jettera pas d'huile bouillante sur le Premier ministre. Au passage, je glisse que le patron de l'UMP m'a traité de tous les noms au téléphone à cause du « Je ne m'appelle pas Azouz Sarkozy » et que ses mots orduriers ne sont pas tombés dans l'oreille d'un sourd, mais dans l'encrier d'un écrivain. Je l'informe que je consigne toutes mes émotions ministérielles dans un cahier que je publierai au bon moment. Il a paru très surpris de tels propos émanant de son candidat-président, mais il a compris que j'étais sincère. Écrivain, je ne mourrai pas sans avoir craché mon encre dans mon sillage.

C'est de plus en plus grave, je ne reconnais plus les gens. Je vois chaque jour des têtes nouvelles et ma mémoire est passée aux 35 heures. Elle est crevée. À présent, même les visages de mes proches se perdent dans le flot de tous ceux qui passent devant moi. Du coup, j'essaie d'anticiper, comme ce matin en allant à la gare. Je dis bonjour à un passant que j'ai cru reconnaître. Raté. Son regard reste marbré, son pas ferme. Je me dis en moi-même : Tu fais n'importe quoi, mon ami. À peine cette pensée formulée que, dans mon dos, une main m'agrippe. C'est l'homme à qui j'ai souri. Il me fait d'une voix féminine : « Bonjour. Après tout, j'ai un peu de temps, on peut prendre un café pour faire connaissance, si tu veux. » Je suis dans de beaux draps ! Je rougis comme un nouveau-né, je dis que je n'ai pas le temps, que je dois prendre le train. Il me demande pour où. Paris. Ton travail ? Heu, oui. Qu'est-ce que tu fais ? Pris de court, je bredouille que je travaille dans le cinéma, mais que je dois partir, j'ai un train. « Hou ! là, là, toujours pressé ! On peut prendre le temps de temps en temps, non ? », il dit. Il veut maintenant qu'on échange nos numéros. Je dis la prochaine fois et cours vers l'entrée de la gare. Je me pince. Impossible de savoir s'il jouait ou non. Voilà où me mène l'Alzheimer qui a entamé son travail de nettoyage des fichiers anciens.

Au moment où je grimpe dans le train, je me souviens soudain que j'ai oublié d'aller voir ma vieille mère. Mon téléphone portable vibre. C'est elle. Elle me rappelle froidement : « Tu avais dit que tu passerais me voir et tu n'es pas passé me voir. » Je m'excuse. Je lui propose de regarder la télé demain à 15 heures, elle me verra à l'Assemblée nationale, ce sera une compensation pour elle. Elle est contente. « Si je te vois, ça va. J'ai peur que tous ces gens autour de toi te fassent du mal. Qu'Allah te protège, mon fils chéri. » Et elle raccroche en me laissant entendre sa voix qui s'égoutte au bout du fil, dans sa solitude, comme à chaque fois. C'est une fontaine de douleur. Pauvre mère, elle a peur de mourir et de laisser ses enfants dans un monde sans pitié alors qu'elle-même a si peu de moyens de comprendre l'univers qui referme ses griffes sur elle. La dernière fois, elle m'a raconté qu'un mercredi, elle était allongée sur son canapé à regarder la télé quand tout à coup, que voit-elle à l'écran : son propre fils qui prend la parole à l'Assemblée, le fils qu'elle a eu avec Bouzid, son paysan préféré. En voyant cette apparition, elle a réuni l'énergie qui lui restait dans les batteries et elle s'est redressée pour entendre son chérubin, elle qui ne comprend pas un mot de français, mais comme c'était son enfant à elle, elle allait quand même comprendre, elle allait voir s'il était à la hauteur de la tâche que lui avait confiée la France. Elle a pleuré tout le reste de l'après-midi. Elle a essayé d'appeler au téléphone des membres de la famille pour partager son émotion, mais il n'y avait jamais personne au bout du fil. Elle m'a dit : « Je croyais que je rêvais alors que tu étais en vrai. Merci, mon Dieu. » Elle aussi me dit qu'il n'y a que la santé qui compte, le reste…

Je me demande si mon début d'Alzheimer fait partie de mon état de santé. Si oui, je suis sur la voie du déclin. Par exemple, quelques jours plus tard, je suis invité au Stade de France à la finale européenne de football opposant Barcelone à Arsenal, à laquelle assiste le Premier ministre espagnol Zapatero. Évidemment, avec mes sourcils pompidoliens et ma mémoire déchiquetée, je ne l'ai pas reconnu. En voyant cet homme grand et élégant, je me suis dit : « Ce type a une tête connue, je vais lui dire bonjour et on verra bien comment il va le prendre, j'aviserai ensuite. » Je l'ai salué d'un signe de tête juste au moment où un adjoint de la Ville de Paris que je connais s'approchait de moi, les yeux scintillants d'émotion : « Tu connais Zapatero ? » Je dis : « Oui, bien entendu, Zapatero, heu oui… Zapatero… ! » Et je sens mes genoux qui flanchent. Je me retiens à la table. Zapatero en personne ! Même lui, ma mémoire refusait de le reconnaître. Je me sens trahi de l'intérieur, je ne peux plus faire confiance à mes sens. Écarlate de confusion, je quitte mon hôte, prétextant un ambassadeur à saluer, et je cours me cacher dans un angle mort de la salle de réception. Je me retrouve seul en train de boire un verre, accoudé à un bar. Il y a là un type balaise qui, debout à la même table que moi, mange une collation et trempe délicatement ses lèvres dans un verre de vin rouge. Je le regarde en oblique. Lui aussi a une tête de célébrité du football ; il y en a beaucoup dans le « Salon du Louvre » du stade. Je le fixe avec plus de précision : impossible de me souvenir. Une femme arrive vers lui. Elle, je la reconnais immédiatement : c'est la reine d'Espagne ! Pas moins. Je me dis : c'est normal qu'elle soit là, Barcelone joue ce soir une finale. Je reviens de nouveau sur l'homme grand et élégant accoudé au comptoir de ma solitude, quand soudain une bouffée de chaleur m'envahit et me fait tousser : « *La puta madre !* Juan Carlos d'Espagne. Le roi ! » J'ai envie de me frapper la cervelle comme le linge sale de Gervaise contre le rebord du lavoir. J'insulte mes yeux : « Paire d'abrutis, vous ne l'avez pas reconnu, lui, le roi d'Espagne ! À quoi me servez-vous, alors ? » Comment puis-je être ministre aveugle ? Jean-François Lamour s'approche de moi et me salue. Lui, je le reconnais, c'est mon collègue ministre des Sports. « Il y a plein de vedettes ici, je plaisante pour engager la conversation en souriant, j'ai même vu Raymond Domenech ! » Il saisit la balle au bond : « Tu veux que je te le présente ? Viens. » Il me conduit droit vers l'ancien Lyonnais, entraîneur de l'équipe de France. Je suis comme un enfant devant lui, je reviens à mes douze ans, mes yeux pétillent du bonheur d'assister à cette finale de rêve, dans ce « Salon du Louvre » du plus beau stade de France. Je remarque maintenant autour de Zapatero et du couple royal des agents de sécurité dont les yeux étaient rivés sur moi et je saisis qu'ils veillent en fait sur les personnalités espagnoles. Bien sûr qu'ils ne peuvent pas imaginer que je suis ministre, en France. Une fois que j'ai salué Domenech et épuisé le chapitre de nos souvenirs communs de l'Olympique lyonnais de Di Nallo et Jean Baeza, je réintègre ma solitude. Je suis seul dans ce salon présidentiel, enfant de la cité de La Duchère, ébloui par les gens importants qui conversent autour de moi. C'est mon Noël. Un passant traverse mes pensées et me sourit. Je lui souris en retour. Un visage s'approche du mien comme s'il me demandait de le reconnaître, lui aussi. Une main serre la mienne : « Bonjour monsieur le ministre » ; elle m'est affreusement inconnue, mais je feins d'être dans le match, j'étire un large sourire politique : « Comment ça va ? Bien ? Alors, quoi de neuf ? Grande finale, non ? » L'homme a pitié de moi. Il a l'habitude des paumés comme moi. Il me devance gentiment : « Vous ne m'avez jamais vu, je ne vous connais pas, mais j'admire votre travail et votre courage ! Continuez ! » Il va son chemin anonyme. Pour me ressaisir, je m'offre quelques amuse-gueules, tout en discutant avec le conseiller de Paris qui m'a présenté Zapatero. Il me dit tout le mal qu'il pense de Ségolène Royal. Il soutient le retour de Jospin, l'homme du « J'ai décidé de me retirer de la vie politique » d'il y a quatre ans. On n'a même pas eu le temps d'oublier son départ en pleine tempête que le revoilà déjà. Nous discutons de la nécessité de voir de nouvelles gueules en politique, de renouveler, de casser ce clivage droite/gauche qui use les Français, et mine de rien, subrepticement, l'enfant de La Duchère redevient ministre, parle politique en adulte.

Le match démarre. Je vais m'asseoir à ma place, à côté du président du conseil régional d'Île-de-France, Jean-Paul Huchon. Je ne sais pas pourquoi je le reconnais, celui-là, il a une tête ronde en forme de ballon de foot qui sort de l'ordinaire. Il dégaine un énorme cigare cubain de sa poche, l'allume facilement malgré la pluie qui commence à tomber sur les joueurs et sur les pauvres qui sont dans les tribunes bon marché, puis se met à l'aspirer comme un pompier. Le vent se lève. Il souffle. Dans le mauvais sens, c'est-à-dire vers moi. J'en prends plein les narines, de l'air cubain qui s'échappe de la cheminée du conseil régional d'Île-de-France. Heureusement ça ne le gêne pas, je ne voudrais pas l'incommoder. Une main tapote mon épaule droite. Je me retourne. Un homme en costume gris me salue. Aussitôt, je me jette dans le vide : « Bonjour, comment ça va ? Bien ? » Comme d'autres intelligents, le type est rodé aux victimes d'Alzheimer et me tend une perche : « Je suis l'ambassadeur de Grande-Bretagne ! », genre : je sais que tu ne me remets pas. Misère, j'ai déjeuné avec lui il y a deux semaines. Bien sûr, j'ai oublié son visage. Bien sûr, j'ai oublié son nom. Juan Carlos, Zapatero, l'ambassadeur. Je suis complètement enfumé.

Vingt minutes après le début du match, alors que j'ai déjà fumé la moitié du cigare de Fidel Huchon, l'arbitre expulse le gardien d'Arsenal qui a taclé un attaquant de Barcelone. Ça commence mal pour l'ambassadeur du Royaume-Uni. Je lui dis que c'est dommage pour le spectacle, qu'il peut avoir confiance en moi, je resterai toujours fidèle à l'humour anglais des Monty Pythons, quel que soit le résultat du match. Il retient diplomatiquement sa colère. Je l'imagine en train de sauter sur son siège en criant : « *Fuck you !* », en faisant des bras d'honneur à l'arbitre. Mon esprit déraille. Faudrait que je retourne au Val-de-Grâce un de ces jours, vérifier les durites, les fusibles, l'état de la pierre, si j'y pense. La route est encore longue jusqu'au coup de sifflet final. Jusque-là, tout est possible.

À la mi-temps, je croise une journaliste politique du *Monde* que je connais. Nous allons boire un verre. Elle m'apprend que son journal vient de lui annoncer un scoop : « Villepin ne passera pas le week-end ! » Pour la première fois depuis le début de l'affaire Clearstream, je sens que le gouvernement vit les prolongations. Le match est joué. Barcelone a gagné. Mon courage se dégonfle d'un coup, comme un ballon crevé. Je suis un homme sans lendemain. Mon costume bleu est déchiré. Je me souviens qu'hier le cabinet de Borloo m'a appelé pour me proposer de participer, avec le candidat à Matignon, à une émission de télévision, dimanche soir à Paris. Ils ont l'air de préparer un déménagement pour les prochains jours. Encore de l'intox. Je discute avec la journaliste du rôle de son journal contre le gouvernement, tandis qu'un passant passe devant moi et me tend la main : « C'est dommage qu'on ne vous ait pas beaucoup entendu au cours de ces mois. » Il attendait davantage de ma présence au gouvernement. Je profite de la présence de la journaliste pour dire qu'elle est en partie responsable, comme ses collègues, de mon absence de visibilité. Comme à chaque fois, j'essaie d'expliquer ce que je fais, mais je m'épuise en justifications. Les gens imaginent un ministre avec une baguette magique et des caisses pleines d'or sous les fesses et ils nous entassent tous dans la même poubelle : Gergorin, Lahoud, Rondot, le juge, le journaliste, les gros sous, les services secrets, les rivalités politiques, la guerre. Il y aura une autre finale à Paris : l'AS République contre Le Pen. Si on ne casse pas quelque chose.

Juste au moment où je me sens asphyxié par ces noires pensées, ma mère me téléphone en urgence pour m'avertir qu'elle a besoin d'oxygène, les bouteilles qui alimentent son assistance respiratoire sont vides. Elle ne peut pas joindre mon frère aîné, alors elle m'appelle. Je lui dis que je suis à Paris au Stade de France, avec Zapatero et Juan Carlos. Elle croit que c'est Carlos, le gros chanteur, puis elle finit par raccrocher en pleurant. Je sais bien qu'elle voulait juste me voir auprès d'elle. Moi aussi, j'ai besoin d'air. L'arbitre siffle le début de la seconde mi-temps.

Ce matin, j'ai encore plus besoin d'air qu'hier, je pars de chez Brigitte à pied pour rejoindre le ministère sans avertir mon officier de sécurité. J'ai failli glisser sur un excrément de chien et j'ai pensé que je devrais me payer des chaussures à crampons comme les footballeurs. Je croise un homme réel en bas de ma rue, la cinquantaine pleine. Il est dans sa voiture, le portable collé à l'oreille, en grande conversation. En me voyant, il dit à son interlocuteur de l'autre bout du fil : « Attends, attends un peu, y a Azouz Begag devant moi. » Il se met à me parler, se présente comme le descendant de Victor-Émile Michelet, poète ésotérique mort en 1938, puis il enchaîne en prose : « J'en ai plein le cul de l'UMP ! » Il me balance à la figure qu'on a dégoûté les Français avec nos magouilles, on a écœuré ce pays et que lui, de toute façon, il va se barrer d'ici... Après chaque alexandrin qui sort de sa bouche, il reprend le contact avec son interlocuteur en approchant le portable de ses lèvres : « Attends, je te dis, je parle à un ministre. T'as deux secondes ! » Je suis bouche bée. Nouvelle attaque : « Plein le cul de votre UMP ! » Je suis là devant lui à prendre ses coups et le descendant de Michelet qui s'écrie dans son habitacle : « Le ministre Azouz Begag, de l'Intégration, oui... de ses amis UMP... » Je regarde mes chaussures, avec l'envie de leur dire : « Mais pourquoi vous ne vous mettez pas en route ? Parce que ma tête voudrait bien se tirer d'ici. Allez, hue, allez ! » Je les fouette. Rien ne bouge. Je reste planté devant lui à l'écouter comme si j'avais besoin d'expier ma faute d'avoir osé pénétrer dans la cage, me mêler de ce qui ne me regarde pas. Je fais pitié à l'héritier du poète de la rue parisienne où Malik Oussekine a fini sa vie. Cet automobiliste sorti de nulle part m'a fait prisonnier de ses phrases juste sous la statue du philosophe Auguste Comte sur laquelle les pigeons défèquent sans respect. « Je suis le "société civile", les gens comme moi doivent entrer en politique pour réformer le système de l'intérieur... » J'essaie de me défendre, mais il me coupe la parole sans même me regarder : « Plein le cul de l'UMP, j'te dis ! » Il parle de nouveau à son portable : « Oh, tu sais pas ce qu'il me dit, le ministre ? Qu'il veut réformer le système de l'intérieur ! » Il se fout de moi. Peut-être que non. L'interlocuteur au bout du fil est-il un homme ou une femme ? Je m'invente une sortie de crise : « Ce sont les Français qu'il faudrait changer, ils sont ingouvernables, et les politiques sont à leur image... », mais il ne m'écoute déjà plus. Allez hue, mes chaussures ! Hue ! *Puta madre*, mais avancez ! Je ne vous ai pas payées trois cents euros pour ne pas m'obéir ! Rien à faire. Je suis devenu la statue du coin de la rue. Un ministre statufié. Le petit-fils de Michelet est reparti dans sa conversation trans-portable. Mes chaussures craquent, les semelles se mettent enfin en route, elles ne supportent plus la salve. Pas trop tôt. Mon corps marche en direction de la rue Saint-Dominique. « Au revoir, monsieur Michelet. » Parle à mon cul, ma tête est ailleurs, avec SFR ou Bouygues ! Je débouche sur le boulevard Saint-Germain. Je baisse la tête pour ne plus être reconnu par tous les Michelet des environs. Je veux passer entre les gouttes. Il était agressif, l'héritier de la rue, mais il avait raison. Il disait une vérité. Comme cet article de *L'Express* cette semaine : « Azouz Begag : un ministre en demi-teinte », qui assassine l'Arabe de service du gouvernement. La jeune pigiste, sortie de nulle part, Nora, m'a étripé. Bien fait pour moi. J'ai envoyé copie de l'article à Matignon, juste pour montrer un bout de ma misère, mais ils ont d'autres chats à fouetter que mes problèmes d'ego. Pardonnez-moi de vous avoir encombrés. J'attends le coup de sifflet final. Un journaliste satirique de Lyon m'a dit cyniquement un jour : « Toi au moins, tu es lucide. Tu ne sers à rien dans ce gouvernement et tu le sais. » Lui, je ne sais pas à quoi servent ses feuilles de chou, mais il a beaucoup d'humour, et c'est très bien.

*

Ma mère a eu son oxygène et moi j'ai toujours besoin d'air pur. Je me remplis les bouteilles en faisant mon Forest Gump, comme ce matin en remontant le Rhône, à mon habitude. Un passant me félicite : « Je vous adore ! » Plus loin, un autre m'applaudit. Je suis bien dans mes baskets ministérielles. Ce que je vis avec les passants est en décalage total avec les médias parisiens qui soit m'ignorent avec superbe, soit me descendent avec une condescendance liée à mes origines sociale et arabe. Contre la déprime : mes baskets. Ça pourrait être mon slogan.

Quelques médias parisiens détiennent un gros pouvoir politique, mais cela ne fait pas des élections, qui restent aux mains des Français de mes joggings. On est samedi. Je l'ai rappelé à cette journaliste qui m'annonçait que Villepin ne passerait pas le week-end. Il reste demain dimanche. Nous sommes le 20 mai 2006. Encore dix jours et nous fêterons le premier anniversaire de ce gouvernement de l'impossible. Il ne pleut pas mais le temps ne ressemble à rien, il n'a aucune identité précise. Une éternité que l'on n'a pas vu de week-end ensoleillé. Les lilas se sont déshabillés, les glycines ont commencé leur ascension sur les façades des jardins. Le printemps est là sans vraiment y être, en demi-teinte lui aussi, comme le gouvernement, suspendu au temps politique.

Ce matin, comme tous les dimanches, je suis allé acheter les journaux chez Nicolas, le vendeur de l'angle des rues de Saxe et Gambetta, à Lyon. Il adore la politique. Il m'interroge à haute voix devant ses clients pour leur montrer notre amitié : « Alors, monsieur le ministre, vous y croyez, vous, à Ségolène ? » Je dis oui et non. Il m'approuve du tac au tac : « Oui, moi non plus. Non, moi aussi. » Une vieille dame du quartier se pointe. Elle me dit qu'elle me voit tous les mardis et mercredis à l'Assemblée. Elle est convaincue, elle, qu'un candidat inattendu va débouler dans les mois à venir. Elle prétend que si Chirac ne parvient pas à diriger la France, c'est pas une femme qui va y arriver. Je souris. J'écoute. J'aime bien entendre les Français au carrefour, le dimanche matin, en face du PMU. Il y a du bon sens dans chaque mot prononcé. Je vérifie, avec eux, si je suis bien dans l'axe. J'ai confiance en moi : je ne me suis pas égaré hors des lignes. Dimanche midi, la France déjeune. Villepin va certainement passer et dépasser le week-end, n'en déplaise aux journalistes. Maintenant je suis sûr que c'est Sarko qui va quitter le gouvernement le premier. Le Président ne sait pas encore ce qu'il va faire. Il réfléchit. À son exemple, nous réfléchissons tous.

Un nouveau lundi proroge la semaine écoulée. Pas de rupture. L'affaire Clearstream s'est enlisée dans le passé. Ce matin, plus personne n'en parle, Villepin est toujours là. Je vais recommencer mes tournées en France dans l'espoir d'aller jusqu'à la finale de mai 2007. À Paris, je suis dans un tunnel, cette superbe ville glisse derrière mes vitres teintées, insaisissable, liquide. Chaque fin de semaine, je la fuis pour rentrer chez moi à Lyon. Le vendredi soir, avec mes amis, je vais manger une pizza Chez Carlo, un petit restaurant italien du centre-ville. Le lendemain je chausse mes baskets, j'enfile mes vieux vêtements de sport et je vais courir, toujours sur le même tracé, dans les mêmes pas, pour ne pas m'égarer. J'aime me retrouver le samedi matin dans ma cuisine, avec l'odeur de café, face à mon carnet, et laisser s'écouler mes émotions. Merci, ô écriture, c'est toi qui m'as porté, tranquille, jusqu'à mon âge. Je suis à Lyon en repli.

Je suis bien parce que j'ai passé une belle journée à Cannes au festival de cinéma où je suis allé voir le film *Indigènes*. J'y ai retrouvé avec plaisir Jamel Debbouze et Roschdy Zem. Le film est réussi. Deux heures de bonheur, de guerre des hommes, de morts pour rien. J'ai beaucoup pensé au peuple algérien du début du siècle, à l'époque de mes parents en somme, à ces paysans qu'on arrachait à leurs campagnes, à leurs troupeaux de moutons et à leurs chèvres, pour les emmener au front à Verdun, dans la Somme, à Monte Cassino. Ils ne parlaient pas le français. Ils n'étaient jamais sortis de leur bled. L'histoire est passée, mais, avec ce beau film, elle revient et ne sera pas sans laisser de traces. Je jubilais en gravissant les marches du palais du Festival pour la première fois de ma vie. Je portais le smoking obligatoire avec honneur, ébahi par la foule agglutinée devant l'hôtel Martinez où je logeais, des hommes et des femmes de tous âges, avec leur appareil photo, qui guettaient les vedettes. Quand je suis arrivé avec l'escorte de police devant l'hôtel, j'ai entendu : « C'est le ministre ! On est de Lyon, nous aussi ! » Le soleil faisait resplendir les visages. Belle ambiance, ce festival. Le cinéma, pensais-je de nouveau, reste le plus bel instrument pour changer le monde. J'ai de la chance de savoir écrire des scénarios.

Le lendemain, un bateau des pompiers est venu accoster devant la jetée du Martinez pour m'emmener visiter les îles de Lérins, à quelques encablures de Cannes. Le ciel, la mer, nos sourires, tout était radieux. Les gendarmes et les pompiers étaient ravis de me montrer ce joli coin du pays. J'ai beaucoup d'estime pour ces fonctionnaires sympas et respectueux qui me considèrent avec tous les égards républicains, et même un peu plus. J'aime être français avec des gens comme eux. En voguant entre les yachts de milliardaires ancrés dans la baie, je pense aux tirailleurs algériens et à leurs souffrances. Nous débarquons sur l'île. Nous la parcourons à pied. Dans son petit port grand comme un écrin, deux ou trois bateaux sont déjà amarrés. Des gens simples vivent leur petit bonheur, assis sur le pont. Une dame poursuit la lecture de son roman sans nous voir passer, un retraité nettoie le moulinet de sa canne à pêche et nous salue au passage. C'est un moment de grâce. Le commandant qui marche à mes côtés m'apprend que, pour les fonctionnaires qui sont mutés dans la région, la vie n'est pas rose, les logements sont inaccessibles. Il me parle d'un quartier de type californien niché sur les hauteurs de Cannes, me livre des noms de milliardaires qui ont fait construire des maisons hallucinantes, il me cite des chiffres que je ne peux même pas enregistrer. Il paraît que la sœur de Ben Laden habite sur ces flancs. Quel contraste, cette opulence, avec le monastère de Lérins ! Les moines nous accueillent avec un superbe sens de l'hospitalité. Leurs visages respirent la gentillesse. Ils nous font découvrir le cloître, leur distillerie, leur cave à vins, leur chantier de rénovation, leur salle à manger XVIIIe siècle. Je suis bien. Ici c'est la maison du silence. Des privilégiés sont autorisés à y passer quelques jours. Le cloître est d'une beauté saisissante. Les pierres se sont laissé draper par la mousse du temps. J'aime être là à entendre ces gens tapis dans le silence. En retournant vers le bateau, je sens les odeurs fortes de l'herbe sèche. En marchant je remarque les regards des passants, ils doivent me prendre eux aussi pour un individu en état d'arrestation, entre le commandant de gendarmerie en uniforme, deux policiers des RG et mon officier de sécurité. Faut dire que je suis en sandales légères, chemise à manches courtes et sans cravate. Je leur fais un signe amical pour leur assurer que je me sens en bonne compagnie, je ne suis qu'un enfant de tirailleur de passage chez les moines. Soixante ans plus tard, le fils de l'indigène est déposé par un bateau de la gendarmerie nationale sur la jetée de l'hôtel Martinez à Cannes. C'est pas beau, l'évolution sociale de l'espèce ?

Je me suis réveillé à 11 heures, ce dimanche. Il fait beau. Un rouge-gorge danse toujours à la fenêtre de mon printemps. Dans la rue, pas une voiture ne circule. Ce long week-end de l'Ascension, les gens sont partis, à part les travailleurs immigrés des foyers et les personnes âgées livrées à leur solitude qui gardent la ville en attendant le retour des gens heureux. Je n'entends pas le piano de mes voisins. Ils dorment encore, c'est leur façon de passer leurs vacances. L'équipe de France de foot a battu le Mexique en match de préparation de la Coupe du monde. Zidane n'a pas été au top niveau. On attend tellement de notre sauveur kabyle de Marseille que j'ai déjà peur pour lui, il va se faire allumer par les critiques à cause de ses trente-quatre ans. La France est un pays aux colères méditerranéennes. J'imagine les doutes du sélectionneur Domenech face au jugement des soixante millions de spécialistes qui veulent lui dicter ce qu'il doit faire. Le peuple a les yeux rivés sur les vingt-deux gladiateurs chaussés de crampons bleu, blanc, beur.

Mon corps est détendu. Cette nuit, je suis allé dans une boîte lyonnaise jusqu'à 4 heures du matin, mon record de ces quinze dernières années, malgré le bruit et la fumée. J'avais oublié que j'ai bientôt cinquante ans. Il n'y avait que des jeunes à l'intérieur. Quelques-uns m'ont reconnu et salué discrètement. Deux d'entre eux se sont approchés de moi avec un téléphone portable pour faire une photo. J'ai accepté avec plaisir. Les oreilles pleines de musique, nous avons parlé politique, j'ai expliqué pourquoi il faut s'engager pour changer la France.

Mon appartement baigne dans le jaune. Mes filles n'y viennent plus. Fini les week-ends sur deux pour la garde des enfants avec leur mère. Il faudrait que je déménage, un de ces jours, que je m'achète un petit appartement de soixante-quinze mètres carrés pour y stocker ma vie de nomade, mes livres, mes objets, mes souvenirs inutiles. Ce sera le dernier logement que j'occuperai sur terre. Je voyagerai partout dans le monde et, lorsque je reviendrai à Lyon, j'irai consulter ma vie d'avant à travers ces choses accumulées, j'ouvrirai mes albums photo et je me recueillerai sur celle d'Arthur où l'on voit la tombe de mon père. Mais, pour l'instant, je reste rue de l'Humilité, ce n'est pas le moment de changer d'adresse. Devant ma télé, j'attends le palmarès du Festival de Cannes. Je suis sûr qu'*Indigènes* va recevoir un prix. Je suis heureux de revoir sur l'écran de Canal +, l'équipe de joyeux lurons, surtout Jamel qui est sens dessus dessous, tout excité par l'événement. On ne voit que lui. Les autres acteurs ont du mal à respirer derrière le petit prodige. C'était entendu : le film reçoit le prix d'interprétation masculine pour les cinq acteurs simultanément. Sur scène, Jamel décide d'embrasser les membres du jury un par un, et les autres acteurs ont toujours autant de mal à être dans le cadre. Ils chantent ensemble le *Chant des Africains*.

Devant ma télévision, je les retrouve un peu plus tard dans les studios de Canal +. Jamel arrive en retard. Aussitôt, il marque un coup : « Ah, l'émission est en direct ? » Le journaliste demande si les pensions des tirailleurs vont être revalorisées après le film et, à ce moment, il évoque ma présence au Festival de Cannes. Je vois Jamel se contorsionner. « Azouz Begag ? Ah, le ministre de l'Inégalité des chances ! Le pauvre, il fait ce qu'il peut, mais il est tributaire de la situation… » Et il éclate de rire en se moquant de moi. Quel choc ! Mon cœur s'arrête de battre, je le relance, je lui dis : T'en fais pas, t'en fais pas, je m'occupe de l'affaire, continue tes battements… Mais pourquoi m'agresse-t-il, le jeune indigène ? Je croyais qu'il avait de l'estime pour moi. J'en étais resté à notre rencontre chez notre agent parisien. C'est bien ça, les Arabes se sont entendus pour ne jamais s'entendre ! C'est ce que j'ai redit la semaine dernière au directeur de l'Institut du monde arabe, à qui j'ai fait une proposition indécente, y organiser un colloque sur ce thème : « Pourquoi les Arabes se sont entendus pour ne jamais s'entendre ? » Cyniquement, j'ai ajouté qu'une seule journée serait insuffisante pour élucider cette réalité sociologique, mais qu'il faudrait des semaines entières pour faire place à l'avalanche de témoignages. Il n'a pas retenu cette suggestion. Il a même mis fin prématurément à la rencontre. Tant pis pour moi. J'ai seulement dit que les Arabes avaient besoin d'une psychanalyse générale pour s'étudier alors qu'ils sont en train de s'entredéchirer. Il avait raison, Jean-Pierre Elkabbach, le 28 novembre 2005, après la crise des banlieues, lors d'une réunion à l'Élysée avec Chirac et tous les patrons des chaînes de télévision, quand il a dit : « Monsieur le Président, vous savez ce qu'est un Bounty ? » Chirac n'a pas bien entendu. Il a dit : « Quoi ? » Elkabbach a répété. Puis a ajouté : « … chez *eux*, dès qu'un des leurs sort la tête de l'eau, il est aussitôt traité de Bounty par ses frères… un Noir de peau, mais blanc dedans… » Un faux, quoi. Un traître. Un fayot. Un béni-oui-oui. Sur le coup, les mots du célèbre journaliste et directeur d'Europe 1 n'ont choqué personne à part moi. Il voulait dire qu'une quelconque discrimination positive à leur égard était vaine, puisqu'ils s'entredéchiraient à cause de la jalousie. Hélas, je savais qu'il avait raison. Mais de là à le dire à l'occasion d'une telle rencontre, il y avait un pas que seul Elkabbach pouvait franchir…

J'ai eu le sentiment d'avoir été trahi par Jamel. J'étais humilié. Après avoir reçu le prix à Cannes pour *Indigènes*, à la télévision il était dans un état de grande surexcitation et il lui fallait un bouc émissaire. J'étais là, le politique tout trouvé. Quand je pense que je lui ai donné une accolade à l'issue de la projection à Cannes ! Ce soir-là, cassé devant ma télé, je suis allé me coucher, la mort *al dente*. J'espérais simplement que mes filles n'auraient pas entendu cette déclaration. Pourquoi les gens qui ont déjà tout en veulent encore plus ? La notoriété est un virus. Ce matin, le sentiment de trahison me barre la poitrine. Je m'en veux d'avoir pensé que cet acteur était l'un des miens. Il n'y a pas de miens qui comptent. C'est juste dans la tête, un leurre. Ça ne veut rien dire du tout. Il y a des gens qui refusent de mourir quand ils sont devenus riches, qui voudraient acheter l'éternité, mais l'éternité n'est pas *bancable*, comme on dit dans le milieu du cinéma. Jamel doit croire que les hommes politiques sont immortels et veut donc se mesurer à eux. J'entends mon père, au cimetière de Sétif, et tous les membres de sa famille morts dans la Somme en 1918 dans le 23e régiment de tirailleurs algériens qui m'encouragent : « N'écoute pas cet acteur. Il veut te détourner du chemin. » Je serre les dents, je ne réagis pas. L'immeuble lyonnais où j'habite était, jusqu'à une dizaine d'années, un théâtre qui portait un nom mythique : *L'Eldorado*. Être ministre, habiter le théâtre de ce qui brille, être locataire, tout est écrit. Je ne dois pas l'oublier, me laisser emporter par le torrent.

Hier encore, drôle de rencontre dans la rue avec une dame arabe qui me disait, avec ses mains, de laisser les violences derrière moi, de ne pas les laisser me dépasser, de les évacuer dans mon passé sans me laisser renverser. Elle faisait une drôle de moue en me délivrant ce message, comme si elle murmurait : « Tu comprends ce que je veux dire ? Je n'ai pas besoin de t'en dire plus long. » J'ai gardé trace de son visage et de son geste dans mon tiroir, à côté de tous les autres messages similaires que j'ai déjà reçus ces derniers mois. En s'éloignant, elle me répétait : « Tu m'as reconnue ? Oui ? » Et moi : « Hé oui, comment ne te reconnaîtrais-je pas ? Tu me prends pour qui ? » Elle a dit : « Bon, alors ça va. »

*

J'ai essayé de laisser glisser, mais j'ai quand même passé une nuit de tempête. Ce matin, je me réveille déçu de ne pas avoir franchi le cap des 3 h 17, à cause de Jamel. Je saute sur mon stylo, ma bouée de sauvetage. Je déménage dans le futur au fil des mots qui se forment sur ma feuille. Je vais marcher pour me changer les idées. Sur le trottoir, en réfléchissant, je croise une jolie fille dont j'aime la démarche. Je la fixe droit dans les yeux. Elle fait mine de ne pas remarquer mon regard. Cinq mètres plus loin, je me retourne, elle se retourne en même temps. Elle fait demi-tour vers moi. Je suis sur le point de m'excuser. Elle me dit : « Je voulais juste vous féliciter pour ce que vous faites ! Merci. Bravo ! » Je suis béat. Elle tourne les talons et reprend son chemin. « Au revoir. » Elle emporte avec elle son sourire, sûre de sa démarche. Je reste là, à sourire moi aussi, et soudain je suis heureux, un autre monde s'ouvre devant mes yeux. Mais pourquoi diable j'accorde tant d'importance au mal ? Je dois me contraindre à m'arrêter sur ces sourires qui me sourient, à ignorer les malfaisants qui m'enfoncent leurs doigts dans mon regard pour corrompre mes pupilles. Je ferme les yeux. Ils me raillent. « Allez, fissa, sors de là ! Dégage d'ici je te dis, dégage ! » me fait Brice Hortefeux, alors que nous sommes voisins sur les bancs de l'Assemblée nationale (11 octobre 2006). Il utilise un terme de l'époque coloniale. Il se croit encore dans l'Algérie de l'indigénat. Je fais le benêt. Je dis que je ne comprends pas le breton. « Fissa, dégage d'ici ! », il me répète plusieurs fois. Non, je reste. Je marche en regardant bien où je pose les pieds. Je marche, je cours, je réfléchis. Vu d'en haut, je trouve que l'humoriste, le milliardaire et le politicien ont un point commun : la solitude. Ils se méfient de leurs proches, s'enferment dans leur décor pour rêver la vie. Quand on est adulé par une foule, on n'est aimé de personne. Je remarquais cela, l'autre jour, en montant les marches du palais du Festival de Cannes, lorsque des voix criaient mon nom. Je me suis retourné, je voyais des mains tendues, des centaines de visages ouverts au soleil, des bouches en O, des mots qui sautillaient en l'air comme des poissons volants au-dessus de l'écume des mers. Que faire ? Aller les saluer, mais qui en particulier ? Rester sur place, feindre de ne pas entendre ? J'y suis allé. J'ai serré la main à quelques personnes lorsque quelqu'un a crié : « Jamel arrive ! » Et je me suis retrouvé bête avec ma main tendue vers ces gens pour qui je n'existais plus. « Vous pouvez me dire bonjour à moi, si vous voulez », m'a proposé gentiment une dame qui avait pitié de moi. J'ai dit merci, puis je me suis retiré en catimini au côté du sous-préfet qui m'attendait. Il était heureux pour moi : « C'est bien, les gens vous aiment bien, vous avez vu ? » J'ai dit que j'avais effectivement bien vu. Comme j'avais pas mal bronzé ces derniers jours de grand soleil, j'espérais que les rougeurs de la honte ne traversaient pas ma peau mate.

*

Il y a deux ans, j'étais chroniqueur sur RTL dans l'émission « On refait le monde ». Un journaliste m'avait dit alors combien il était atterré de voir les politiques accros à leur image médiatique. Cela m'avait marqué. Aujourd'hui, cette phrase me revient comme un bon conseil de sagesse. Je dois continuer à travailler, aller en France toutes les semaines, dans les quartiers, les campagnes, faire fi du qu'en-écrira-t-on. Encore quelques mois et le foot arrive sur nos écrans. Il va tout canaliser. Je plains notre équipe nationale, elle va en voir des vertes et des pas mûres. Le 13 juin, ils joueront leur premier match. Dire que certains médias voulaient empêcher le gouvernement de tenir jusqu'au début du Mondial. Ils poussaient pour expulser le Premier ministre avant le début de la compétition. Je suis malade de tout ce gâchis, de tous ces mois perdus pour les Français.

*

Il y a un an, la France perdait l'organisation des Jeux olympiques à Paris en 2012. Je me souviens de cette déception nationale. À 13 heures, j'étais au ministère en train de déjeuner. Éric, mon cuisinier, entre, la figure blême : « C'est Londres ! » J'ai laissé pratiquement tomber ma tête dans mon assiette d'asperges. Nous avions besoin d'avoir ces Jeux. Un an après, les cent trente millions d'yeux français sont braqués vers un homme, Zidane. La pression sur ses jambes va être immense. Il va souffrir. Je lui fais confiance ; ma petite galère personnelle n'est rien à côté des espoirs qu'il porte dans ses chaussures à crampons.

*

C'est la rentrée des députés après une semaine de vacances. Aux questions d'actualité, l'ambiance est morose. Borloo a une question. Il prend la parole, entame une diatribe contre les socialistes en déployant toute sa verve d'avocat. Les députés UMP s'emballent. Ils commencent à scander : « Borloo à Matignon ! » On se croirait au parc des Princes dans les tribunes des supporters. La gauche reprend de plus belle le slogan, et maintenant c'est toute l'Assemblée qui réclame un changement de Premier ministre, alors qu'à son perchoir Debré essaie de ramener le calme à coups de règle. Je suis assis juste derrière Villepin. Il sourit, c'est tout, en se tournant vers Henry Cuq, imperturbable ailier gauche. Je continue de me demander où il puise cette force.

Naturellement, le lendemain tous les médias relatent l'ovation réservée par l'Assemblée à Borloo et l'outrage fait à Villepin. « Mais attention au coup de pied de l'âne », prédit un journaliste dans un quotidien régional.

Je poursuis sans relâche mon tour de France de l'égalité des chances. De Nice où j'ai rencontré des milliers de jeunes pour le City Raid, je cours à Lille pour le lancement d'une école de la deuxième chance. Je fais la connaissance d'Édith Cresson, venue elle aussi à cette conférence d'ouverture. Charmante dame qui a essuyé la violence du système politique parisien quand elle était Premier ministre de Mitterrand. À 22 heures, quand le temps est venu de rentrer à Paris, elle insiste gentiment pour que nous fassions le voyage ensemble dans sa voiture. Comme il faut deux heures de trajet au lieu d'une seule en train, j'essaie de résister, mais son charme force mes arguments. Je me retrouve sur l'autoroute avec elle. Nous parlons politique. Elle me dispense des conseils, me raconte des détails des coulisses qu'elle a connues. Pour elle comme pour moi, les ennemis les plus virulents évoluent dans le cercle des plus proches. Ce sont les prétendants qui voulaient prendre son fauteuil de Matignon. Elle me rapporte les attaques que lui infligeaient les médias, *Le Monde*, *Libé*, d'autres encore. Cela me rassure : je croyais être aujourd'hui la bête noire de ces journaux, il n'en est rien. Comparé à elle, je n'ai pas l'honneur d'être une cible particulière. Je ne suis rien. C'est déjà beaucoup, finalement. En politique, les journalistes tirent sur tout ce qui bouge, à droite comme à gauche. Du gros morceau, de préférence, mais quand il n'y a que du fretin, ils ne font pas la fine bouche, ils flinguent quand même, ce qui donne à penser que le système est finalement assez démocratique. Je suis heureux d'aboutir à ce constat grâce à Mme Cresson.

À minuit, j'arrive chez moi. Heureusement, je ne croise pas l'héritier d'Edmond Michelet qui a tant de poésies à réciter à l'UMP. Il doit être au lit à cette heure-ci. Pour me remettre de mes émotions avec Édith, je bois un verre de pauillac, face à la télévision, affalé tout habillé sur le canapé, et le noir me tombe dessus sans tirs de sommation.

*

Quelques heures plus tard, les premières lueurs de l'aube me réveillent. Je suis dans un état de clochardisation mentale. J'ai mal dormi. J'ai rendez-vous à Matignon pour le bilan d'un an d'égalité des chances. Au cours de la réunion, je bégaye comme jamais, la fatigue de la veille ne m'a pas lâché. Aucun mot ne sort en bon ordre de ma bouche. J'espère que les participants à cette matinée auront compris mon état. À l'issue de la rencontre, dans le cirage, je me retrouve sur le perron de Matignon face à une dizaine de journalistes qui me tendent leurs micros et leurs caméras. Ravi, je me dis enfin : l'égalité des chances, ça les intéresse, ce n'est pas trop tôt ! Première question : « Que pensez-vous du scandale des stock-options du patron de l'entreprise Vinci ? » Le journaliste insiste : « C'est de l'égalité des chances, ça ? » Je réponds avec un brin d'humour : « C'est une méchante question. » J'enchaîne sur mon égalité des chances à moi. Mais, soudain, qui vois-je surgir dans mon dos et se placer dans le champ des caméras ? Catherine Vautrin. Sans scrupules, elle s'installe à mes côtés, prête à répondre aux questions des journalistes qui ne lui en ont posé aucune. Je la laisse sous les lumières artificielles et m'engouffre dans ma voiture officielle. « Allez, démarrez, Bernard. Emmenez-moi loin. – Bien, monsieur, dit-il, mais vous avez un déjeuner avec Laurence Parisot. » J'avais oublié. Je ne dis plus rien. Le chauffeur me relance : « Où va-t-on, monsieur ? – Déjeuner avec Laurence Parisot. – Bien, monsieur le ministre. »

Samedi, à l'église de Gerland, à Lyon, il fait un froid bizarre pour un début juin. Quand j'entends parler de réchauffement climatique, je ne comprends pas toujours. C'est le jour du premier anniversaire de ma nomination comme ministre. Ma première remise de médaille de la Légion d'honneur, aussi. Pas à n'importe qui : au père Delorme, mon ami, mon frère depuis une génération. Cinq cents personnes sont venues assister à la cérémonie dans la cour de l'église, des jeunes, des vieux, des Noirs, des Arabes, des juifs, des Arméniens, des chrétiens, le préfet de Région, Dominique Perben et sa femme, le vice-président du Sénat, des députés communistes et de droite. Sauf le maire de Lyon, socialiste, qui boycotte. Il fait un vent frais, mais la chaleur que dégagent tous ces cœurs réunis qui se tiennent la main autour de Christian monte au ciel, comme un espoir. Sa vieille mère est là aussi, je ne l'avais pas vue depuis longtemps. Quand j'ai fini mon discours, Christian entame le sien. En quelques minutes, l'émotion l'emporte, il laisse s'échapper quelques larmes. Je craque aussi. Une belle atmosphère d'humanité flotte ce soir-là dans la cour de l'église de Gerland, parmi les gens que j'aime.

*

Le lendemain, à 7 h 30 sur France Inter, à demi réveillé, j'entends une voix qui m'est familière. Je prête l'oreille. Il me semble que… mais je la reconnais : c'est la mienne ! À cette heure de grande écoute, ma voix dit que la question des stock-options du patron de Vinci est « une méchante question » pour l'égalité des chances. Le journaliste a pris mes propos au premier degré, juste pour me faire passer pour un sot. Bravo, l'information du service public sur l'action en faveur de l'égalité des chances du ministre Begag ! J'en fais tomber ma tasse à café par terre, tellement je tremble de rage. Le harcèlement médiatique se poursuit.

Un peu plus tard, j'ouvre *Le Progrès de Lyon* pour lire le compte rendu de la soirée mémorable de remise de Légion d'honneur entre un ministre d'origine algérienne et son frère, prêtre catholique. Je découvre un petit article minable sur la gauche, flanqué d'une photo indécente d'un centimètre carré où le soleil en contre-jour cache mon visage et celui de Delorme. Cette remise de médaille risquait de m'être politiquement trop profitable, il fallait en limiter l'impact.

J'enrage à nouveau. J'ai besoin d'oxygène, vite ! Je m'enfuis pour trois jours d'escapade à Chamonix avec Brigitte, dans un bel hôtel au pied du Mont-Blanc. De quoi me recharger les batteries pour quelques semaines, n'étaient ces hauts-le-cœur que je ressens maintenant à chaque fois que je regagne Paris et remonte sur le ring. Nous rentrons au restaurant de l'hôtel. Les serveurs nous accueillent avec un bel entrain. Au cours du repas, je plaisante avec l'un d'eux, puis nous parlons de la montagne, de Chamonix. Il n'est pas du pays. Avant qu'il ne dise de quelle région de France il est originaire, je devine : « Vous êtes de Nancy ! » Écarquillant les yeux, il me demande comment je sais. Je dis comme ça, par intuition. En face de moi, Brigitte ne paraît pas surprise, elle est habituée. Un peu plus tard, le serveur revient me voir et s'excuse de me demander si je suis bien ministre, car un jeune commis de salle qui s'y connaît en politique vient de me reconnaître. Je réponds oui. Il me sourit et me dit : « Merci de votre simplicité. » Je dis : « Merci de la vôtre. » À la fin du repas, comme je n'ai pas un euro à laisser un pourboire aux serveurs, je les invite le lendemain pour l'apéritif.

Vers 19 heures, au coucher du soleil, nous les retrouvons à la terrasse d'un café de montagnards. Nous parlons de leur dur métier et du manque de considération dont ils souffrent. Je leur offre le champagne. David m'avoue qu'hier soir il a été soufflé par mon intuition à propos de Nancy. « Je n'ai pas arrêté d'y penser toute la nuit », me confie-t-il. Je lui explique que je ne comprends pas moi-même ce qui se passe dans ma tête. Nous apprécions le champagne, il descend dans nos corps en même temps que nous admirons la glissade du soleil sur le massif du Mont-Blanc. Je comprends pourquoi les touristes du monde entier viennent ici en toute saison s'extasier devant la splendeur des éléments. En prime, ils ont de la chance de trouver des serveurs dévoués comme mes deux amis, qui gagnent à peine deux mille euros pour douze heures de travail quotidien et qui trouvent la force polie de sourire. Je leur raconte un Conseil des ministres, ils sont tout ouïe. À chaque fois que je sors de Paris, je rencontre de ces Français réels, et le décalage me fait revivre.

Nous sommes le 5 juin. Le gouvernement est toujours là, aussi présent que l'aiguille du Midi face à nos yeux qui retient le ciel bleu nuit. On parle toujours un peu de remaniement, du départ de Villepin, mais de plus en plus de tennis à Roland-Garros. Et de football surtout. La Coupe du monde approche. À Roland-Garros, Amélie Mauresmo a perdu en huitième de finale. Cet après-midi, l'espoir français Gaël Monfils s'est lui aussi incliné. J'ai l'impression que les Français ont souvent peur de gagner. Ils sont meilleurs à l'étranger qu'à domicile, comme si le public gaulois et nos médias faisaient peser sur eux une pression anesthésiante. La tête dans les étoiles, je prie pour que notre équipe de foot passe le premier tour du Mondial ; sinon, ce sera une tragédie nationale cette fois, pire qu'en 2002, en Corée, où nous n'avions pu battre le Sénégal.

Dans le train qui me ramène à Paris, j'ai le cœur tourneboulé. Il y a longtemps que je n'ai pas reçu de nouvelles des ancêtres, à moins que le coup de Nancy soit encore un de leurs signes, comme celui de Bordeaux, l'autre jour dans les ruelles de Lyon ?

Trois cent soixante-neuvième jour de ministre. Il fallait tenir pendant la traversée du Clearstream, c'est fait. La glace et la braise, toujours. Il fait très chaud à Paris, ça sent l'été de tous les dangers. Les Français se sont rués sur les climatiseurs. À l'Assemblée, je pensais obtenir une question d'actualité sur le bilan d'un an d'égalité des chances, mais mon conseiller m'a dit que je n'étais pas en odeur de sainteté à l'UMP. Fini, les passages télé, pour l'ennemi de l'*étalon* Sarkozy, comme le nomme une députée ! Je suis politiquement asphyxié, sauf en province où il y a encore de l'air. Sarko m'a atteint, m'a éteint comme il l'avait promis. En me rendant à une réunion du groupe UMP, je croise mon collègue Christian Estrosi. Souriant, il me fait : « Qu'est-ce que tu fais là, toi ? Tu n'es pas à l'UMP ! » Je lui rétorque que je suis villepiniste. « C'est un parti, ça ? », il plaisante. Je dis que c'est le mien en tout cas. Il poursuit sa marche accélérée vers la salle, sans plus s'intéresser à moi. Je ne suis pas de la famille, ils vont me le faire sentir à l'approche de l'élection, organisée comme une guerre entre deux clans idéologiques séparés par une feuille de papier à cigarette. D'ailleurs, depuis ce week-end les Français s'y retrouvent encore moins puisque la candidate Ségolène Royal préconise la suppression des allocations pour les familles de banlieue dont les enfants sont délinquants, en plus de l'encadrement militaire des primo-délinquants. Des mesures bien droites. Les démagogues prennent leur respiration. Ils font le plein. Malheur à moi : dans une guerre de tranchées, celui qui n'est dans aucun camp meurt le premier ! Comme mes ancêtres, je suis un tirailleur au front. Je me bats pour la France. Pour la République, même si je ne parle pas le français politique. Au gouvernement, les ministres choisissent leur destin. Les ralliements vont bon train, ces dernières semaines. Début 2007, les rafales vont être terribles. On va vers la fin du match. Depuis quelque temps, l'intuition m'a quitté, je ne suis plus en état de réception. Dans le regard vert de Villepin, je ne lis plus rien. L'autre jour, lors d'une réunion à Matignon, il m'a envoyé un laconique : « Comment ça va ? », et moi, comme un vieux copain, j'ai répondu : « Bien, et toi ? », mais, bizarrement, il a tourné la tête sans me répondre, comme s'il ne m'avait même pas entendu. Il a replongé dans son monde intérieur et introduit la réunion.

*

Ça y est, on franchit enfin la ligne du 9 juin : début de la Coupe du monde de football. Oublié, Clearstream. Oublié, *Le Monde*. Les bourreaux doivent être déçus avec leur hache en main. Je me dis qu'une démocratie devrait faire l'économie de ce gâchis politique. Une démocratie peut vivre sans Le Pen au carrefour. Chaque jour qui passe dépose devant ma porte son bidon d'amertume, mais je dors comme un gros câlin, à présent, ça change la vie.

Un journaliste de France Inter m'a encore demandé si je n'étais pas la caution du gouvernement, j'ai failli sortir de ma rue de l'Humilité et lui balancer à la gueule : « Et toi, t'as pas l'impression d'être un idiot avec tes questions stupides ? » Je m'en suis bien gardé. Pendant l'émission, il a retenu des questions du public et les premières, émanant d'auditeurs arabes, n'ont pas manqué de faire à leur façon mon apologie : « Vous n'avez aucun pouvoir, vous n'avez pas de moyens... Vous êtes ministre de la Française des jeux ! » Admettons que le choix de ces auditeurs ait été fortuit.

Les harkis sont des Arabes, ils se sont donc naturellement entendus pour ne jamais s'entendre, alors que, face au sort que leur a réservé la France, ils auraient gagné à parler d'une même voix pour défendre leurs droits. Mon collègue Mékachéra m'a convié à leur rencontre nationale dans le camp de Bias, en Lot-et-Garonne. Un millier de personnes nous attendent de pied ferme, chargées de leurs valises pleines d'espoirs inlassablement déchirées. Ici, c'est : « Attention, blessures fraîches ! » La tension et l'attention sont à leur comble. Les gens se retiennent. Ils écoutent d'une seule oreille les mots officiels que nous prononçons à la tribune. Au bout d'une demi-heure, ils se débrident. Tout le monde veut prendre la parole. L'animateur, à côté de moi, se met à faire la police, comme au bled, il hurle pour demander aux gens de ne pas évoquer leurs problèmes personnels, leur facture d'électricité, de gaz, leur demande de logement insatisfaite, ils ont deux ministres en face d'eux, il faut leur poser des questions précises sur des thèmes généraux, compris ? « Les deux ministres nous ont fait l'honneur de venir à Bias, il faut les honorer, rester digne. On est d'accord ? » Cause toujours, tu m'intéresses ! Le peuple veut parler. Le peuple en a tellement gros sur la patate, le cœur, l'estomac, le foie, les intestins, les glandes et tous les autres organes, que rien ne le fera taire aujourd'hui, précisément ! Depuis quarante ans ces gens bloquent leur pierre, comme moi depuis un an, alors aujourd'hui que l'occasion leur est donnée de l'expulser, ils ne vont pas se gêner. Mon collègue s'énerve, il pense que nous sommes tombés dans un piège. Les cris fusent de tous les coins de la salle. Ça se bagarre verbalement partout, debout, assis, femmes, hommes, jeunes et vieux médaillés. L'organisateur sourit : « Regarde-moi ça ! Qu'est-ce que tu veux faire ? » Des caméras de télévision filment.

En plein cafouillage, nous décidons de partir pour la cérémonie de dépôt de gerbes dans le camp, au milieu des champs. Quelques minutes plus tard, nous voici engouffrés dans une voiture officielle avec le préfet. La chaleur est brûlante. Le thermomètre dépasse les 35 °C. Je découvre le camp de harkis de Bias, lieu de souffrances des supplétifs de l'armée française en Algérie, camp d'infamie pour l'histoire de France. L'atmosphère est surréaliste. En face du monument aux morts se tient un petit blindé de l'armée de terre. Une dizaine de jeunes soldats présentent les armes lorsque nous pointons nos costumes au carrefour. Les harkis du camp nous rejoignent. Vieux en veste trop longue ou bien aux jambes désormais trop courtes, arborant chacun trois ou quatre médailles, trop lourdes pour leurs frêles poitrines, des jeunes aussi, des enfants, des vieilles femmes en robes algériennes, kabyles ou chaouias, toutes débarquées directement de leur mechta au camp de Bias, il y a quatre décennies. Une vieille vient se réfugier, toute tremblante, au creux de mes bras. Elle a l'air de me demander ce qu'elle fait là, me parle dans un dialecte qui m'est inaccessible. Les flashes des photographes crépitent. C'est l'histoire tragique de l'Algérie française qui s'effondre entre mes bras dans une langue étrangère, au camp de Bias, Lot-et-Garonne, France, 2006. De jolies jeunes filles veulent se faire photographier avec moi. Elles me remercient d'être là, avec Mékachéra. Soudain, l'hymne aux morts retentit. Le soleil plombe encore plus sur nos crânes. Je suis écrasé par mon costume. Ma cravate m'étrangle. Dans un silence funèbre, le masque de la mémoire descend sur les visages. Il enveloppe aussi le paysage. Mes yeux se dérobent vers les champs alentour, hauts en herbe, rougis par les coquelicots. Je pense : Ces gens ont été déposés ici par le train de l'Histoire, si loin de leur village, et les herbes poussent plus haut qu'ailleurs pour qu'on ne les voie plus, pour qu'ils meurent les uns après les autres derrière les vastes étendues de l'oubli. Un petit coup de sirocco fait frémir les hautes graminées autour du camp pendant l'hymne aux morts. Le silence se fait encore plus pesant sur la délégation. J'essaie de me tenir droit dans mes chaussures noires et mon costume bleu. Les gouttes de sueur perlent à mon front. Arrive le moment de déposer les gerbes. Mékachéra murmure quelques mots pour guider mes pas. Les gestes doivent être précis. Mes pas sont emboîtés dans les siens. Les fleurs offertes à la mémoire, nous nous tenons au garde-à-vous devant la stèle, quelques minutes. Puis nous regagnons notre place. Incroyable comme les symboles et les rites militaires sont fondateurs du sentiment national.

La cérémonie terminée, je regarde ces familles harkies, je mesure leur si grand besoin d'amour, de reconnaissance. En buvant un verre d'orangeade avec ces gens qui se sont fait piéger par l'Histoire, sans comprendre, je me dis qu'il faut toujours laisser au cœur le soin d'énoncer son jugement sur l'histoire des hommes.

Dans les champs, les hautes herbes se sont remises à respirer au vent.

*

Le Falcon de la République française qui nous ramène à Paris décolle en fin de soirée en se frayant un passage dans le ciel mauve. À bord, nous commandons du scotch pour reprendre des couleurs. Ce que je viens de vivre avec les harkis du camp de Bias, au milieu des hautes herbes, je ne l'oublierai jamais. C'est aussi cela, être ministre : avoir un point de vue unique sur le pays, ses habitants, leur histoire. Les gens comptent sur moi. Je suis un fils du peuple de France, ils me font confiance. Avec eux, ma présence au gouvernement a encore un sens.

De retour à Lyon, je me retrouve les deux pieds dans les herbes rases et les ronces de l'histoire immédiate. Pour entamer la journée avec du piment rouge, je tombe sur un petit article venimeux du *Progrès de Lyon*. Point de départ, une rumeur : « L'Élysée aurait-il oublié qu'Azouz Begag était ministre ? » Ça débute comme ça pour dire que, lors de la visite de Chirac à Lyon, la semaine dernière, au congrès de la Mutualité, j'avais tout simplement été oublié par le protocole, et que grâce à l'intervention in extremis de Dominique Perben, candidat à la mairie de Lyon, j'ai pu bénéficier d'un rattrapage. Ils veulent faire de moi un supplétif d'un genre nouveau. J'ai demandé à mes conseillers d'appeler le journal pour protester et exiger un droit de réponse. On a retrouvé l'auteur de l'information. On lui a demandé des explications. Il a dit qu'il la tenait d'un journaliste lyonnais « bien informé ». Bien informé, soit, mais par qui ? Je n'ai pas pu savoir. Avez-vous vérifié cette information auprès de l'Élysée ? Non. Pourquoi ? Ce n'est pas le principe de ces brèves. Le journaliste du *Canard enchaîné* m'avait tenu le même propos, lors de mon voyage au Qatar. Me dénier mon statut de ministre, moquer le bicot. Comme l'écrit le journaliste du *Progrès de Lyon*, même Chirac ne sait pas que je suis ministre ; alors, que dire du peuple, que dire des harkis du camp de Bias, et des autres nouveaux camps outre-périphériques ?

Tant pis si tout le monde oublie que je suis ministre, je continuerai jusqu'au coup de sifflet final.
Demain, le bicot ira à Saint-Étienne, en voiture officielle, précédé de motards.

*

Dans le quartier de Montreynaud, à Saint-Étienne, j'étais déjà venu il y a dix ans en tant qu'écrivain. Le soleil de juin a repris de la gîte. L'après-midi, je fais une mini-conférence sur l'égalité des chances devant cinq cents jeunes chefs d'entreprise. Un clown assure l'animation et donne sa tonalité à ce Congrès national de jeunes dirigeants : on est sérieux, mais on ne se prend pas la tête. Je commence à parler debout, parce que je sens mieux les choses ainsi, et je vois aussitôt que la salle me suit lorsque je me mets à évoquer la richesse de la diversité française. Dans la salle bondée de visages que je devine, je palpe l'attention des esprits, j'entends le glissement des sourires sur les lèvres, comme un archet sur les cordes d'un violon, puis, soudain, les éclats de rire, la libération par la joie. À un moment donné, je me souviens que le matin même, à Montreynaud, j'ai suggéré à deux jeunes qui m'ont interpellé sur leurs problèmes concrets de venir s'exprimer devant les patrons. Je les appelle, sur scène, comme ça, intuitivement. Ils montent, intimidés, prennent l'un et l'autre la parole. Ils sont vrais. La salle applaudit avec enthousiasme. Jamais de leur vie ils n'ont vécu pareil moment. Haut placé dans les cieux, un chef d'orchestre a décidé de me remonter le moral, même si l'Élysée a oublié que je suis ministre. Je me retourne, le clown me serre la main. Il joue derrière son masque. Doit être de Nancy, lui aussi, ou quelque chose comme ça. À 17 heures, il sonne la fin du congrès. Alors tous les chefs d'entreprise se lèvent pour m'applaudir. Depuis un an, c'est la première fois que je vis pareille euphorie. Mes batteries sont regonflées à bloc. Quand je quitte la salle pour aller rejoindre ma voiture, des personnes m'attendent pour me saluer. Je veux leur demander : mais pourquoi ? Remercier de quoi ? C'est juste pour ce que je suis : ma sincérité, ma liberté, une personne entière. Je cherche des yeux quelqu'un. Il a disparu. Je demande à un organisateur « Vous savez où est le clown ? – Le quoi ? » Il ne sait pas. A-t-il jamais existé ? Ma voiture démarre. Je lève le bras pour dire au revoir à tous ces gens bien. Je vole. Je vole à bord de ma voiture qui me ramène à Lyon et qui roule à douce allure sur l'autoroute, derrière deux motards de la gendarmerie. De temps en temps, l'un d'eux s'approche d'un véhicule qui gêne notre passage pour le forcer à se ranger sur la droite parce qu'il y a un ministre juste derrière. J'imagine la tête des chauffeurs qui voient jaillir un motard à hauteur de leur portière. Toute ma vie, j'ai eu peur des policiers, des motards : un héritage culturel ; et maintenant ils m'ouvrent la voie sur les autoroutes de la République. Mon père doit se frotter les mains, sur les étoiles, honoré d'avoir semé du bon grain dans le sillon de l'humanité. Il me voit sur écran plasma. Le clown était déguisé, lui je n'ai pas pu voir son vrai visage.

Les motards me déposent rue de l'Humilité. Les voisins m'épient à travers leurs rideaux. Ils me connaissent, maintenant. Ils ne pensent plus à l'arrestation d'un dangereux terroriste dans l'immeuble, comme au début. Je sors de la voiture, vais saluer les motards. J'aime bien ce geste de reconnaissance ; c'est un préfet, un jour, qui me l'a appris : aller serrer la main des fonctionnaires qui servent la République, remercier ces gens dévoués. Ils apprécient qu'un ministre fasse quelques pas vers eux pour dire merci. C'est tout. C'est beaucoup.

J'ouvre la porte de mon appartement. Je suffoque de fatigue. Affalé sur le canapé, je feuillette mon courrier, remarque que ma vue baisse sérieusement... Soudain, j'entends la sonnerie de la porte. Je vais voir ma caméra intérieure. J'aperçois le visage d'une jeune fille. L'image est floue. Je presse un bouton : « Oui ? » C'est une anonyme. Elle dit qu'elle vient de me voir arriver avec les motards et elle voudrait me parler, absolument, ou bien que je lui donne l'adresse de mon ministère. Mais elle commence à bredouiller des mots qui se meurent dans l'écouteur. Je lui propose plutôt de monter cinq minutes chez moi. C'est une fille arabe, trente ans. Elle s'excuse de se présenter ainsi, comme une intruse. Je lui dis qu'il n'y a pas de problème. Elle s'assied sur un fauteuil. Je la laisse parler. Elle me dit qu'il fallait qu'elle saisisse sa chance en venant frapper à ma porte. Ne suis-je pas le ministre de la Chance ? Elle est étudiante, elle a besoin d'argent pour terminer ses études, une bourse ; je lui demande combien, elle répond cinq mille, puis trois mille, enfin mille feraient l'affaire. Progressivement, je sens bien qu'elle voulait seulement entrer chez moi pour connaître son destin. Je lui sers un jus d'orange. Ma fille cadette entre à ce moment-là. La belle intruse s'excuse et prend alors congé. Elle m'écrira à mon adresse Internet. Ma fille s'installe, tandis que je raccompagne la visiteuse à la porte. Une fois de retour dans l'appartement, je lui explique que cette femme a sonné et qu'elle s'est retrouvée là. Elle ne comprend pas, dit que je suis inconscient, qu'elle aurait pu me dépouiller ! Ma fille cherche à protéger son papa des dangers du métier de ministre. Tiens, c'est vrai, me dis-je, je ne suis plus obsédé par la parano. Ma pierre m'a quitté.

*

La nuit, le clown est venu frapper à mes rêves. Il voulait sans cesse jouer avec moi. Me raconter des blagues, pour me remonter le moral. Je lui ai dit que ça allait très bien, aujourd'hui. Il voulait à tout prix que je devine de quelle ville de France il était. Je l'ai supplié d'attendre demain, j'étais en plein sommeil réparateur.

Je n'ai rien vu du mois de juin, ni le soleil, ni la moindre cerise, ni les senteurs de l'herbe estivale. Il paraît même que c'est l'été depuis deux jours. Je me souviens vaguement être sorti un peu, le soir de la fête de la Musique, avant-hier. Il a plu, je suis retourné chez moi sans parler à personne. Je n'existe plus du tout en politique. J'ai disparu dans les remous des affaires.

Ça continue. À l'Assemblée, il y a eu un incident verbal entre Villepin et François Hollande, et ce terme, « lâcheté », dont les médias ont fait leurs choux gras. Deux jours plus tard, Villepin a présenté publiquement ses regrets et tout est rentré dans l'ordre. Je me souviens que lorsque Georges Frêche, patron socialiste de la Région Languedoc-Roussillon, maire de Montpellier, a traité les harkis de « sous-hommes », aucun ténor du parti n'y a trouvé à redire. Là, le mot « lâcheté » a provoqué les foudres des socialistes. Ils se sont tous levés, menaçants, certains pointant le doigt sur le PM, l'air de dire qu'ils allaient lui casser la figure. On aurait dit des « cailleras » de quartiers. Assis sur mon siège, je me marrais. En vérité, non, je ne me marrais pas. Ces feuilletons télévisés ne me font plus rire depuis plusieurs mois. Du coup, des députés UMP poussent encore plus fort à un changement de Premier ministre, avant le 14 Juillet et exigent du gouvernement l'arrêt de toute réforme pour ne pas effrayer l'électeur. Ils ne veulent pas de la loi antitabac dans les lieux publics, ni de la fusion GDF-Suez sous prétexte qu'elle entraînerait une hausse des prix du gaz. Que plus rien ne bouge : telle est leur vision. Ils ont choisi Sarko. Ils demandent au Premier ministre de déclarer qu'il n'est pas candidat afin d'éteindre la rivalité entre les deux hommes. Même le fidèle chiraquien Bernard Accoyer demande officiellement au PM de ne pas penser à l'élection présidentielle.

*

Des journalistes de *Paris-Match* sont en grève contre le départ de leur patron Alain Génestar, licencié dit-on, qui a publié une photo de Cécilia avec son amant dans un grand café parisien.

*

Lors des premiers matches de la Coupe du monde, en Allemagne, les Bleus ont fait piètre figure. Match nul contre les Suisses et la Corée du Sud. Les Gaulois conspuent le sélectionneur et Zidane. L'équipe est critiquée pour le vieil âge de ses joueurs, en particulier les trente-quatre ans de notre héros kabyle. Ça va être très dur, contre le Togo, pour le dernier match de qualification. La France retient son souffle.

*

J'ai reçu un mail de mon ami Pierre, de Lyon qui m'annonce qu'un grand écrivain, Bernard, a été victime d'un accident vasculaire cérébral ; il est immobilisé dans une chambre d'une maison médicale, en Savoie. Il me demande si je veux venir lui rendre visite, avec lui et le père Delorme, un de ces prochains jours. Je réponds oui. D'un jour à l'autre, tout ne peut-il pas s'arrêter pour moi aussi ?

Au Conseil des ministres, dans la salle du café, Brice Hortefeux me salue d'un mot habituel de bienvenue : « Tiens, tu es toujours là, toi ? » Avec son grand sourire rouge, il a l'air de dire : « Tu es encore vivant ? Tu existes toujours ? Les herbes qu'on a semées autour de toi ne sont donc pas assez carnivores ? » Depuis plusieurs semaines, il s'est pris à jouer de cette ritournelle infantile. Begag, le ministre invisible ; existe-il vraiment, ou est-ce un gadget autodestructible ?

Ils ont boycotté la belle sortie que j'ai faite à Londres lundi dernier, avec mon homologue Trevor Phillips. Il n'y a eu aucun retour média, comme on dit dans les cabinets. Pas la moindre ligne dans le moindre journal, pas la moindre image sur la moindre chaîne de télévision. Pourtant, TF1 et France 2 avaient dépêché des équipes sur place. Rien. Pas un mot sur les échanges de haute tenue que nous avons eus dans le quartier de Brixton avec les associations antillaises et africaines. Je ne sais pas pourquoi des journalistes de la télévision française ont fait, à grands frais, le déplacement jusqu'à Londres. Je ne suis personne. Pendant la colonisation, puis dans les usines de France de l'après-guerre, nos grands-parents et parents ont connu cette négation. Ils étaient vraiment traités comme des sous-hommes. Je suis un sous-ministre. Nous, nous sommes toujours des « sous ». Les gens d'en dessous. La violence électorale monte. Le niveau intellectuel baisse. Je me fissure. Des pans entiers de mon passé s'affaissent en bas de mon crâne. La fin est proche. Je suis pressé de sortir du terrain.

Heureusement, l'été est aux fenêtres. Il a fallu attendre le dimanche 25 juin pour qu'enfin la saison des amours fleurisse dans le pays. Les Français respirent, le pire a été évité. Les Bleus se sont qualifiés pour le second tour de la Coupe du monde en battant le Togo 2 à 0. L'été bleu est installé sur le pays. Je suis allé voir le match à Canal +, sur un écran géant de très haute qualité. À la seconde mi-temps, quand les deux buts de la libération ont été marqués, j'ai sauté sur mon siège en criant : « Allez, la France ! Allez, Zizou ! À bas les anti-CPE ! À bas Clearstream ! À bas les journalistes ! » Tout le monde s'est marré. Les gens n'avaient jamais vu un ministre comme moi. J'avais tellement craint la défaite. Bravo, Vieira et Henry, les libérateurs, ils ont ouvert le passage. Je suis sûr que nous allons battre l'Espagne au prochain match. À bas Clearstream ! À bas les anti-CPE ! Vive la France !

*

La chaleur monte. Les rues de Paris sont calmes et les députés sont contents, il n'y aura pas de session extraordinaire en juillet, comme Villepin en avait évoqué la perspective à propos de la fusion GDF-Suez. Le 14 Juillet risque d'être une date clé pour le gouvernement. On m'a laissé entendre que Chirac allait être interrogé à 13 heures par Poivre d'Arvor, mais aussi certainement par Audrey Pulvar, la journaliste antillaise de France 3. Je suis heureux que la diversité française se soit à ce point banalisée, partout. Irréversiblement. Il reste un mois avant les vraies vacances. Villepin va tenter de capitaliser à son profit la baisse du chômage depuis un an. On sera autour des 8 % d'ici à la présidentielle. Je n'ai jamais attendu un 14 Juillet avec autant d'excitation.

*

Dimanche 3 juillet. Je ne sais pas ce qui se passe, la canicule a pris la France dans ses griffes. On n'a plus d'air. Comme il y a deux ans. Ma vieille mère, avec son assistance respiratoire, n'en peut plus. Elle veut tout débrancher et retourner à Sétif, sa terre ferme, sa terre fraîche. Les 37 °C quotidiens lui tapent sur le système, malgré l'air conditionné qu'on a installé chez elle. Elle me demande pourquoi elle ne me voit plus à l'Assemblée nationale ; je dis que c'est fini, « les *dipitis* sont en vacances ». Elle me demande si moi aussi je prends des vacances, je dis oui. Dans un an à peu près.

Ça chauffe aussi sur les pelouses des stades de foot allemands. Les Bleus ont battu l'Espagne, éliminé la belle équipe du Brésil dans un match d'anthologie au cours duquel Zidane a été royal. Nous sommes en demi-finales. Zizou et Ribéry sont auréolés. Les Français ont les yeux rivés sur leurs pieds. Le pays s'est libéré de ses fantômes. La victoire est en nous. Nous irons en finale. À bas Clearstream ! Enterré sous la pelouse !

*

Ce matin me parvient une nouvelle inattendue. Matignon a annoncé que le directeur du cabinet de Villepin, Pierre Mongin, va prendre la tête de la RATP. Ce départ d'un fidèle sonne le glas d'une ambition présidentielle. Mais il y a tant de choses que je n'arrive pas à comprendre. Je ne sais rien. J'ai rencontré dans mon bureau Alain Minc, l'essayiste, homme de pouvoir, pour lui exprimer mon mécontentement d'avoir été boycotté par *Le Monde* depuis plus d'un an. Il s'est assis sur un siège et m'a parlé de Clearstream. Il m'a dit que, le 9 juillet 2004, Villepin savait que son nom à lui, Alain Minc, figurait sur les listings, et il ne l'a pas averti alors qu'ils avaient dîné à plusieurs reprises, ces dernières semaines, en amis. Est-ce que je mesure ce que cela signifie ? Je reste pantois. Je lui dis en texto : « Cé koi 7 affaire Clearstream ? » Soudain il se cabre. Il me dit de cesser de me moquer de lui. J'ai envie de lui dire : « La tête 2 ma mère k j c pa c k ça veu dir ! » En verlan, en phonétique, en aparté. Il ne croit pas un instant que je sois à côté de la plaque, ignorant tout des dessous de cette affaire. Je lui apprends que même les Français n'y ont rien compris. Il me croit d'autant moins que je ris de me retrouver devant cet homme puissant, moi, ministre de la République, fils d'un rescapé des massacres de Sétif en 1945, analphabète, arabophone, pauvre prolo maçon. Alain Minc considère mon bureau. Il me dit : « Je peux être sincère avec vous ? » Je dis : « Toujours. » Il me montre une belle photo qui trône sur mon bureau où je figure avec Villepin. « C'est ça votre problème. Vous avez fait allégeance à cet homme. Votre combat est bien plus important, vous n'auriez pas dû prendre position contre Sarko. D'ailleurs, regardez, il n'y a même pas un portrait du président de la République dans votre bureau. Ce n'est pas normal. » Il a raison. Ma photo avec Villepin est belle, mais elle n'a pas à être là, au milieu. Je dis que la fidélité est une valeur importante pour moi, je sais qui m'a fait entrer au gouvernement, je lui resterai fidèle jusqu'au bout. Je lui raconte notre rencontre à Brive-la-Gaillarde, il y a trois ans. Il laisse échapper un rictus cynique. Le mot fidélité le fait tressaillir. Il ne fait peut-être pas partie de son dictionnaire politique. Je dis qu'il fait partie du mien. Incroyable rencontre ! Il ne m'a pas cru. Il s'en va. Il doit se dire que je suis un *homo politicus* de type ultrarusé, comme il n'en a jamais rencontré auparavant.

Une fois seul dans mon bureau, j'y suis allé dénicher un portrait de Chirac chez mon directeur de cabinet. L'ordre est rétabli.

C'est ma finale à moi : le 30 juin à la Villette, la Journée nationale de l'égalité des chances. Dans une salle de quatre cents personnes, à peu près la moitié écoute le discours de Villepin. Je suis insatisfait. Je voulais que cette journée soit populaire, que les gens rencontrent leur Premier ministre dans un quartier, chez eux, mais je n'ai pas pu imposer mon point de vue. C'était à la Villette, devant des institutionnels triés sur le volet, pas de grand public. Sur les huit ministres annoncés pour les tables rondes, deux et demi sont là : Jean-François Lamour et François Goulard. Borloo se pointe à la fin, à l'instant où Villepin arrive avec son cortège, moment propice pour la présence des caméras et des photographes. Je monte sur le parvis de la Villette pour accueillir le Premier ministre. Borloo est déjà là, avec son air débonnaire, le portable collé à l'oreille. Le Premier ministre sort de sa voiture en bras de chemise, décontracté. Je le salue. Il dit qu'il fait une chaleur insupportable. L'autre est toujours collé à son portable. Villepin et moi entrons dans la salle de conférences, à la tête d'une petite foule, suivis par un drôle de bonhomme qui parle à son portable des affaires du monde, la veste boutonnée de travers. Le PM sourit jaune et me prend à témoin : « Tu vois le respect ! » Son visage s'est rétracté dans les plis de fatigue. Nous montons sur la scène, il fait son discours ; Borloo reste à l'écart, mains croisées dans le dos, l'air de dire : « Moi je ne suis venu que par amitié pour Azouz ; le reste, c'est pas mes oignons. » L'atmosphère est maussade. Dommage pour mon égalité des chances. Il faut dire que la veille, j'ai vu sur TF1, au journal, le même Borloo annonçant en personne une baisse spectaculaire du chômage. Le lendemain, la presse lui en attribuait la paternité. Sur l'égalité des chances, la Journée nationale à la Villette, pas un article, pas une photo. *Nada de nada*. L'envie me démange de décocher un grand coup de pied dans la fourmilière et de sortir du terrain, mais je ne pleure plus sur mon sort. Après tout, l'été est là.

Depuis quelques jours, Cécilia est de retour à Paris, place Beauvau, en voyage privé avec Sarko à Venise, en voyage officiel à Saint-Laurent-du-Maroni, en Guyane. Ça sent bon la France des amours retrouvées. La France qui joue en finale de la Coupe du monde en Allemagne contre l'Italie.

*

Voilà, le match est fini. Il va bientôt falloir tirer les rideaux. C'est ma dernière fête nationale. Samedi 9 juillet : nous avons perdu aux penalties contre les Italiens. Zizou a donné un coup de tête à l'Italien Materazzi à la 110e minute. Je n'en ai pas dormi de la nuit. Cette 110e minute va hanter le reste de ma vie. Elle n'aurait jamais dû exister. Pauvre Zidane, héros de la Coupe du monde. Le lendemain, j'ai appelé son père à Marseille pour lui dire que tous les Français étaient derrière son génie de fils, malgré le coup de tête contre ce voyou qui insultait sa mère, sa sœur ou sa religion. « Éternels regrets », titre *L'Équipe*. J'ai une envie de donner un coup de boule dans les poteaux de la cage, moi aussi, mais ils sont en béton armé et je vais me fracasser la tête. J'en ai encore besoin quelque temps pour sauver ma peau.

*

Les cérémonies du 14 Juillet ont été somptueuses. Quelle fierté, une nouvelle fois, de me retrouver dans la tribune officielle, avec les autres ministres, derrière Chirac, pile face aux Champs, pour admirer la patrouille de France, impeccable, au-dessus de nos têtes, les hélicoptères, les avions de chasse, les puissants chars Leclerc, cinquante-sept tonnes, vrombir sur le pavé en passant devant nous, crachant leur noire fumée et arrachant le pavé sous leurs chenilles. Les frissons, en entendant *La Marseillaise* chantée par tous ces jeunes qui déploient les mots Liberté, Égalité, Fraternité sous le ciel de Paris. C'est la deuxième fois que je me sens aussi profondément français. La première fois, c'était lors du discours de Villepin à l'Assemblée des Nations unies, en février 2003. Aujourd'hui, l'armée est mon armée. Toutes ces troupes défilent pour moi. C'est un peu grâce aux tirailleurs.

*

Pour son interview, le président de la République a été interrogé par PPDA et David Pujadas. Pas d'Audrey Pulvar. Pas de diversité pour cet entretien qui sonnait comme le dernier. Mon cabinet avait été informé par l'Élysée qu'il n'y avait pas lieu de commenter cette absence. Point barre. La journaliste n'a pas cherché à me joindre. Les journaux n'ont pas remarqué son absence. Même *Le Canard enchaîné* qui, la semaine dernière, écrivait qu'avec cette victoire « le sous-ministre Azouz Begag voudrait bien prouver qu'il sert à quelque chose ». Je ne sais rien de rien. Je rentre chez moi, rue de l'Humilité. Je ne sais pas si je suis heureux ou mort. La voiture qui me ramène à la gare de Lyon roule dans le couloir de bus. Feu rouge, nous nous arrêtons. Une jeune femme noire s'approche, tape à la vitre de Francis, mon officier de sécurité. Il ouvre. Elle l'avertit : « Ne tournez pas à droite, c'est plein de flics ! » Et elle montre du doigt la voiture de police qui verbalise les véhicules pris sur les voies réservées aux bus. Francis la remercie en souriant, referme la vitre, et nous éclatons tous de rire. Nous regardons la jeune femme qui est en train de traverser le passage piétons. Je dis à Francis d'actionner notre sirène de police, juste pour faire un clin d'œil à la gentille citoyenne. La pauvre se retourne, blême, gênée tout ce qu'elle peut, se met à courir à toutes jambes pour fuir d'éventuelles représailles. Les passants sont formidables.

*

D'après *Le Figaro*, Villepin a déclaré qu'il ne sera pas candidat à la présidentielle. Sur la photo, il arbore un air grave. Dans ses yeux, je vois une lueur verte de coucher de soleil. Il a le regard d'un écrivain hagard qui tourbillonne autour de sa feuille blanche sans trop savoir où il en est.

À Lyon, ce matin, je commence un nouveau roman pour renouer avec ma vie d'écrivain. Je reçois un texto me conseillant de quitter ce métier de salaud et de revenir à mon travail. Demain, je vais aller avec Pierre et Christian Delorme rendre visite à notre ami écrivain sur qui un rideau noir est tombé.

Ma mère étouffe dans son appartement. La canicule cherche toujours des proies faciles.

En milieu d'après-midi, nous entrons dans cette ville de Savoie, pétrifiée par le silence de juillet, encerclée de montagnes bleu ciel qui, en cette période de canicule, font descendre dans la vallée et vers le lac des courants de fraîcheur parfumés au sapin. En fait, ce n'est pas une ville, plutôt un village sans prétention. Son centre est introuvable, il n'en a pas. L'endroit où nous nous rendons n'est indiqué nulle part. Nous suivons le panneau « Hôtel de Ville » pour le trouver. Mais, étrangement, la rue dans laquelle nous roulons nous éjecte au bout de quelques centaines de mètres dans une voie sans issue, en pleins champs. Si bien que le village est à présent indiqué derrière nous. Nous nous amusons de cette situation ubuesque. Demi-tour vers ce qui paraissait être le centre géographique du village. Toutes les boutiques sont closes pour cause de sieste ou de congés annuels, excepté une pharmacie. Pas âme qui vive pour nous renseigner. Nous nous trouvons perdus dans les dédales de ce village sans entrée ni sortie, qu'on pourrait penser abandonné par ces habitants, lorsque nous apercevons un paysan qui file dans la rue, tête baissée, les yeux rivés vers le bout de ses sabots pour fuir les insupportables 38 °C qui brûlent ses champs depuis deux semaines.

– Bonjour, monsieur, nous cherchons la maison qui accueille les personnes âgées dépendantes, lui lance Pierre.

L'homme n'entend plus comme à ses vingt ans. Pierre réitère. Cette fois, l'information parvient à destination :

– Ah, Les Hirondelles ? C'est tout droit. Suivez la voie sans issue, puis passez l'horizon et tout de suite à votre droite.

Pierre écarquille les yeux : « Passer l'horizon ? » Mais l'homme a déjà repris sa route.

– Hep, hep, monsieur ! Pardon, mais qu'est-ce que vous entendez par « passer l'horizon » ?

En se retournant à peine, le fuyard précise : « C'est un petit hôtel, là », et il envoie son doigt en l'air du côté des montagnes pour nous ouvrir la voie. Comprenne qui pourra. Du coup, Pierre a calé le moteur. Suivre un horizon, derrière une voie sans issue, pour trouver une éclaircie : voilà un vocabulaire étrangement métaphorique pour rendre visite à un vieil écrivain, auteur d'une centaine d'ouvrages, plongé dans le noir par l'éclatement d'un vaisseau sanguin dans le cerveau.

Après avoir emprunté de nouveau la voie sans issue et dépassé L'Horizon, nous entrons dans le bâtiment. Il a l'allure d'un chalet de montagne. Personne à l'entrée. Personne non plus pour nous indiquer où est logé le célèbre homme de plume, monsieur Renaud. Nous errons de chambre en chambre, hasardant de discrets regards par les portes ouvertes. L'image des visages et des corps résistant aux attaques conjuguées de la chaleur et du surplus d'années me brise le cœur. Nous croisons un jeune couple dans un couloir. Elle pousse la chaise roulante dans laquelle est assis son ami. Ils sont si jeunes pour être des personnes âgées dépendantes que j'ai envie de leur demander quel rocher leur est tombé sur la tête. Mais ce sont d'autres mots qui me sortent des lèvres : « La chambre 56, s'il vous plaît ? » Ils ne savent pas. Ils n'ont l'air de rien savoir, et surtout de ne plus rien vouloir savoir de la vie. Ils semblent déjà en avoir trop vu. Tous deux sont regroupés autour de leur malheur pour le circonscrire, et font bloc.

Finalement, nous touchons au but. Pierre ouvre la porte de la chambre 65 – nous nous étions trompés de numéro –, après avoir délicatement tapé trois coups, sans obtenir de réponse. L'écrivain doit dormir.

*

Non, il ne dort pas. Il est tassé dans un fauteuil de handicapé, le corps en forme de peinture cubique, face à un gros livre posé sur un pupitre. Il a l'air d'un chef d'orchestre conduisant sa vie du regard en guise de baguette. La fenêtre ouverte laisse entrer les montagnes dans les sept mètres carrés où notre vieil ami livre son combat. Il le livre contre un ouvrage aux pages ouvertes telles les ailes brisées d'un albatros. L'homme lit. Ou plutôt il essaie, derrière ses grosses lunettes. Il ne nous a pas vus entrer dans sa nouvelle demeure, chaleureusement aménagée avec toutes ses œuvres, ses objets familiers, ses peintures, ses photos aussi, nombreuses sur les murs, sur lesquelles sourient des enfants, les siens, et le visage radieux d'une femme, son amour, sa montagne à lui. C'est elle qui a aménagé la chambre, son dernier emménagement, Pierre nous l'a dit. Il a dit aussi que l'écrivain a eu de la chance de trouver cette compagne qui l'escorte jusqu'au bout de la voie sans issue. Elle s'appelle Sylvia. Je l'aime déjà.

– Bonjour, monsieur Renaud.

Pierre annonce notre présence de sa voix onctueuse et fraternelle. Il lui a apporté des bonbons de Lyon, les fameux « coussins ». C'est Sylvia qui lui a indiqué qu'il était encore gourmand de sucreries. La tête de l'écrivain peine à se tourner vers nous. Pierre se rappelle à son bon souvenir, puis nous présente sommairement : un prêtre et un écrivain lyonnais. Mais l'homme ne parvient même pas à reconnaître Pierre. Sa machine ne peut plus recoller les morceaux de son disque dur. Il a lâché le cerf volant du temps. Il gambade d'étoile en étoile dans les jardins de l'infini. Sa bouche s'est affaissée sur son menton et ses lèvres se confondent avec des moustaches. Son menton s'est écroulé sur son cou que seul, désormais, retient le col de sa chemise. Il a le sourcil broussailleux de type pompidolien, pire que moi. L'homme fait une drôle de moue, comme s'il était encore sous le choc du rocher qui lui a coupé la route il y a quelques semaines. Le choc est encore frais. Il n'en revient pas de cette brutale fermeture d'horizon. Il n'en reviendra pas, non plus. Peut-être.

Une guêpe pénètre dans la chambre par la fenêtre ouverte. Je la suis un instant dans ses cabrioles. Il n'y a rien d'autre à faire.

Non, l'écrivain n'a plus souvenir de Pierre qui, au cours des années écoulées, a fait de lui plusieurs interviews et des critiques de ses livres dans les journaux de la région et qui a toujours gardé pour lui une admiration sans bornes. Et Christian qu'il a croisé il y a vingt ans dans l'Association citoyenne de la Vienne, s'en souvient-il ? Le corps de l'écrivain ne réagit pas. Ses yeux s'imprègnent de la question posée, l'analysent. J'ai l'impression qu'elle n'est pas parvenue à son cerveau. Et moi ? A-t-il jamais entendu parler de moi ? questionne Pierre. Un silence neutre. Un instant, nous

nous demandons quel est le sens de notre présence ici si la mémoire de notre ami n'est plus.

La guêpe, que le silence n'effraie pas, tournoie autour de l'écrivain. Pragmatique, elle est attirée par le sucre des bonbons que tient Pierre et dont elle ferait volontiers son miel.

– Je vous ai apporté des bonbons, annonce alors Pierre en lui tendant le sachet.

– Qu'est-ce que c'est ? s'intéresse le vieil homme qui, tout à coup, recouvre une énergie insoupçonnée.

– Des coussins de Lyon, répète Pierre de la même voix douce.

Il nous regarde en souriant.

– Ah bon, fait l'écrivain avec la réserve d'enthousiasme qui lui reste dans le coffre.

L'affaire devient sérieuse à ses yeux. Il met en mouvement ses bras et tente d'articuler ses doigts pour ouvrir le sachet. Impossible. L'ensemble n'est plus coordonné. Sa tête, ses yeux, ses doigts ne sont plus dans le même axe. Nous assistons à son impuissance, gênés. Pierre s'avance pour lui prêter ses mains. Il ouvre grand le col du paquet et, dès que les sucreries vertes sont accessibles, les doigts hésitants mais vigoureux de l'écrivain s'introduisent vers le trésor, attisés par le papier qui crépite au passage. Ça y est, ils en ont attrapé un. Comme une pelle mécanique, ils serrent la proie, l'enserrent, la conduisent à bon port. La détermination est totale, la concentration maximale. C'est une chance inouïe qu'il ait sauvegardé de son accident un sens vital : le goût. Il déguste un premier coussin, déglutit difficilement mais délicatement, puis s'en offre un autre. Et un autre encore. Le goût, c'est le bon fil pour renouer le contact entre tous les éclats épars de son corps et de ses sens. Autour de lui, immobiles, nous suivons les méandres de ses gestes lourds et courts.

– C'est bon ? demande Pierre.

Le vieil écrivain lève ses yeux ronds et humides. Affirmatif. Avant de revenir au sac à bonbons, ses yeux se posent au passage sur Christian qu'il cherche toujours à replacer dans une case perdue.

*

Depuis notre entrée dans la chambre, Pierre et Christian se tiennent debout devant la porte. Par respect ou peut-être par humilité, leurs pas n'ont pu s'aventurer plus avant dans l'habitacle du vieil écrivain où chaque millimètre carré sert désormais de nid à un souvenir précis. Moi je me suis tranquillement faufilé derrière lui et me suis posé sur un angle du lit, près de la fenêtre.

– Vous vous souvenez de moi, monsieur Renaud ? Je suis Pierre Deschamps, j'ai écrit plusieurs articles sur vos romans par le passé, murmure Pierre à son oreille.

La main de monsieur Renaud redescend en plongée dans le sac à coussins sucrés, doucement, cependant qu'il essaie d'établir des connexions dans sa tête. Ses doigts de pêcheur remontent en surface un bonbon de Lyon. L'homme esquisse un murmure de victoire. Il avale sa proie. Mastique avec jubilation. Au bout d'un moment, repu, il remue les lèvres, oriente légèrement ses yeux vers moi. Je sens qu'il veut défaire un nœud dans ses entrailles. Je plonge mes yeux dans les siens pour l'encourager, lui dire : « Vas-y, collègue, je suis avec toi, bats-toi ! On est là, on t'aime. » Une lettre, puis deux, puis quatre parviennent à se hisser au bord de ses lèvres, c'est la libération, le mot chrysalide qu'elles ont formé essaie de se faire la belle. Nous sommes rivés à son visage. Oui, ça y est, ça vient, le bébé sort, on le voit. Le vieil homme expulse alors d'un seul jet son souci en pointant vaguement un doigt sur moi :

– Il est assis sur mon lit, lui !

Lui, c'est moi. Après deux secondes de stupeur, nous éclatons tous de rire en même temps. L'écrivain a encore le sens aigu de l'observation et de la propriété. Nous rions à pleines dents. Pas lui, son lit est un lieu sacré. Je me lève pour calmer son courroux, me confonds en excuses.

– C'est un écrivain, rappelle Pierre en plaisantant, pour me faire pardonner, l'air de dire : « Il ne sait plus bien ce qu'il fait. »

Progressivement, nos rires fuient par la fenêtre ouverte. Ils partent escalader les montagnes bleues de Savoie. Dans la chambre, le silence reprend ses aises. Monsieur Renaud doit se demander pourquoi nous rions comme des enfants devant son âme transformée en Scrabble. Entre deux bonbons, il jette toujours des regards de détective sur nous, il voudrait bien savoir qui sont ces intrus qui ont fait irruption dans son entrepôt et qui se permettent de s'asseoir sur son lit. Il a l'air d'un de ces techniciens des télécommunications qu'on voit souvent sur les trottoirs des villes, agenouillés devant une armoire, une pince à la main, face à des millions de liaisons téléphoniques, et qui sont chargés de réparer des ruptures de canalisation, de convoyage.

Une infirmière entre dans la chambre.

– C'est pour la toilette, annonce-t-elle.

Nous sortons.

*

Dans la cafétéria où nous patientons, deux vieilles dames jouent au Scrabble. L'une est sourde, l'autre en fauteuil roulant. Leurs doigts lents n'ont rien perdu de leur intelligence. Elles composent des mots à très forte valeur ajoutée, je l'ai remarqué dès que je me suis approché d'elles. Elles lèvent la tête. Elles sourient avec cette rare douceur qu'on trouve seulement chez les êtres qui ont traversé tous les océans de la vie.

– C'est pour entretenir la mémoire, me dit celle qui est sourde, les yeux rivés sur les lettres.

Sa partenaire continue de faire la somme des points qu'elle vient de marquer avec le mot « égalité ». J'ai envie de lui dire que je connais bien ce mot, j'en ai fait mon métier, mais je garde le secret pour moi. De toute façon, qu'est-ce qui a encore de l'importance pour ces dames ? L'heure du dîner, un de leurs enfants qui vient les embrasser et leur rappeler ce qu'a été la belle vie avec ses promesses d'éternité, de rayonnement, de jeunesse, un souvenir qu'elles arrivent à conserver dans un coin d'armoire, sous une pile de sédiments fossilisés, un visiteur qui vient apporter une éclaircie en échangeant avec elles deux mots banals. Banals mais vivants.

Deux octogénaires s'approchent de nous. Elles font mine de s'intéresser un instant au déploiement des lettres de l'alphabet sur le carton du Scrabble – la dame sourde leur confirme à nouveau que « c'est pour la mémoire » – puis remettent en mouvement leur corps, destination les couloirs de cet hôtel des Hirondelles dont le seul horizon mène aux chambres sombres, remplies de temps mort. Elles font glisser les semelles de leurs pantoufles sur le carrelage rafraîchissant. Elles sont sur des nuages. Il vaut mieux. Elles ne savent peut-être pas que juillet est mortel. Les premiers jours ont déjà eu raison de dizaines de personnes âgées à travers le pays.

Je regarde le père Delorme avachi sur une chaise en Formica bleu. Il prie. Je sais qu'il pense à sa vieille mère. Comme moi. Les pas de nos vieux, c'est comme le balancier de l'horloge de notre enfance qui faisait entendre son goutte-à-goutte dans un coin du salon.

L'infirmière se pointe devant la porte de la cuisine où nous nous sommes réfugiés. Elle dit qu'elle a fini la toilette de la chambre et celle de son hôte, accessoirement. Nous revenons dans la 65. Notre ami a le regard braqué sur rien. Une jeune femme entre derrière nous. Elle dit qu'elle est psychomotricienne et qu'elle a quelques exercices à faire faire à son patient. Nous pouvons rester, si nous le souhaitons.

*

Une jolie rouquine, l'infirmière. Elle sort de son cartable une feuille de papier sur laquelle elle a dispersé les lettres de l'alphabet comme un collier rompu qui a perdu ses perles. Elle la dépose sur le pupitre de notre ami et lui propose un jeu :
– Vous me trouvez la lettre C, monsieur Renaud ?
Alors commence la scène la plus triste à laquelle mes yeux d'écrivain aient jamais assisté. Le vieil homme aux cent livres fixe la feuille de toute son énergie. De longues minutes passent devant son visage sans qu'il puisse en saisir une seule à son avantage. Je sens qu'il essaie de bander tous ses muscles pour pointer le doigt sur la fameuse lettre C. C comme cible. Il pousse, il pousse, depuis l'extrémité de ses pieds jusqu'aux confins de son intelligence. Pas un souffle de vent n'est soulevé. Pas la moindre brise de vie. Le doigt ne veut plus faire allégeance. Il ne tient plus en laisse. L'ordinateur central redouble de violence pour intimer l'ordre à la main d'envoyer ce putain d'index sur la lettre C, dans cet alphabet en miettes, exaspéré par l'infirmière qui répète mécaniquement : « La lettre C, monsieur Renaud, allez-y ! La lettre C. » Mais la carcasse

du grand écrivain est plombée. Ses ressorts sont cassés. Les nombreux coussins de Lyon qu'il a mangés font leur effet sieste. Les minutes tombent dans le précipice du passé comme les perles du collier craqué. J'ignore si le vieil homme a enfin repéré visuellement la lettre C. Est-ce la connexion entre son œil, son cerveau et sa main qui requiert un technicien des télécoms ? Oui, c'est ce que répond la psychomotricienne.

– Regardez du côté du W, monsieur. Cherchez par là, vous voyez le W ?

L'infirmière guide la manœuvre. Mais rien n'est plus en vue, ni dans l'œil, ni dans le toucher de l'écrivain. Soudain, à notre grand soulagement, une connexion se fait dans ses archives, la main frissonne, elle se met en action, se lève, péniblement, tremblante, incertaine, s'élève encore... et retombe épuisée sur une lettre en plein milieu du champ de l'alphabet en ruines, touchée en plein vol par un missile de déception et de renoncement.

– C'est le Q, monsieur, le Q. On cherche le... vous vous souvenez de ce qu'on cherche ?

La question reste suspendue, dans l'attente de plus amples informations.

– C'est le C qu'on cherche, OK ? Allez, on continue !

Le vieil homme n'en peut plus. Il espère une ponctuation, un point final. Il voudrait se mettre entre parenthèses et s'allonger sur son lit que l'autre intrus a libéré. Son index affalé sur la feuille glisse de lassitude parmi les débris alphabétiques, sans parvenir à accrocher la moindre lettre, pas même le A de amour, le P de pitié ou le M de miséricorde. Il pleure. Sa défaite est au bout de son index. C'est peut-être la dernière.

L'infirmière lui suggère de tourner son regard vers la gauche. La gauche, la droite, peu importe, maintenant, il ne sait plus les points cardinaux, ses jours n'ont plus de sens. Il doit se voir ridicule, ainsi cimenté dans un geste qu'il n'a plus la force de conduire à son terme ni de ramener à la maison. L'infirmière tente de le maintenir en éveil, mais il est trop tard. Je le regarde. Il s'est assoupi dans sa posture de peinture cubique. La jeune femme abdique. Elle range les lettres de l'alphabet dans sa pochette.

Pierre et Christian n'ont pas bougé depuis le début du cours de reconstruction alphabétique du vieil écrivain. Je leur fais signe qu'il est temps de nous éclipser. Mais, de nouveau, une éclaircie surgit dans les yeux de l'homme aux cent livres endormis. Il soulève une paupière vers moi.

– Qui c'est, lui ? crie-t-il, effrayé par ma présence.

Pierre en souriant, tente de le rassurer :

– C'est un écrivain.

Grimace :

– Un politicien ?

– Non, dit Pierre, un écrivain.

L'homme me balance du tac au tac :

– Pas de quoi être fier !

Sa voix est puissante, tout à coup. L'humour l'a réveillé, c'est son ultime source de souffle. Avec le goût, c'est l'arme de vie qui lui reste en stock. Nous éclatons de rire pour la dernière fois dans cette chambre. « Pas de quoi être fier » : je ne sais s'il parlait pour lui-même ou pour moi, ou encore pour tous les hommes de lettres du monde entier qu'un rocher mal placé finit un jour par analphabétiser. Les écrivains meurent aussi.

Hélas, aussi vite qu'il est sorti du brouillard, monsieur Renaud y replonge. Une étincelle impétueuse a jailli de ses braises. Il ignorait qu'un minable vaisseau pourrait terrasser un gaillard comme lui. Il ne pourra plus jamais établir de liaison entre les lettres de l'alphabet de sa vie. Le technicien des télécoms est mort sur le trottoir suite à une malencontreuse manipulation.

La guêpe qui s'est invitée dans la pièce, à la recherche de fraîcheur et des coussins de Lyon, s'est posée sur le roman que l'écrivain endormi tentait de lire à notre arrivée.

Sur les murs, les photos des enfants et de la bien-aimée semblent nous remercier de notre visite.

La jeune technicienne en alphabet est sortie avant nous. Derrière Pierre et Christian, je referme la porte dans mon dos.

À la cafétéria, les dames travaillent encore à leur Scrabble pour faire reculer la mort.

À la sortie des Hirondelles, il n'y a personne, comme lorsque nous y sommes entrés. Nous traversons en sens inverse l'hôtel L'Horizon, reprenons la voie sans issue, repassons devant la pharmacie du village.

Les montagnes de Savoie attendent éperdument.

Au bord du lac coincé dans la vallée, nous prenons une limonade à une terrasse de café. Des vacanciers se baignent dans l'eau douce. Il fait très chaud. Il n'y a aucune raison d'en être heureux.

DU MÊME AUTEUR

Aux éditions du Seuil

Le Gone du Chaâba
« Point-Virgule » n° 39, 1986
Seuil, 1998
« Points », n° P1320
et Seuil Jeunesse, 2005

Béni ou le paradis privé
« Point-Virgule », n° 69, 1989
et « Points », n° P1321

Écarts d'identité
(en collaboration avec Abdellatif Chaouite)
« Point-Virgule », n° 86, 1990

Les Voleurs d'écritures
(illustrations de Catherine Louis)
« Petit Point », n° 7, 1990

L'Ilet-aux-Vents
« Point-Virgule », n° 114, 1992

Les Tireurs d'étoiles
(illustrations de Josette Andress)
« Petit Point », n° 36, 1992

Quartiers sensibles
(en collaboration avec Christian Delorme)
« Point-Virgule », n° 145, 1994

Une semaine à Cap maudit
(illustrations de Catherine Louis)
« Petit Point », n° 79, 1994

Les Chiens aussi
Seuil, 1995
« Point-Virgule », n° 174, 1996
et « Points », n° P1229

Le Gone du Chaâba
Béni ou le paradis privé
Les Chiens aussi
3 volumes sous coffret
« Point-Virgule », n° 905, 1996

Zenzela
Seuil, 1997
et « Points », n° P1509

Du bon usage de la distance chez les sauvageons
(en collaboration avec Reynald Rossini)
« Point-Virgule », n° 199, 1999

Le Passeport
Seuil, 2000
et « Points », n° P1413

Ahmed de Bourgogne
(en collaboration avec Ahmed Benediff)
Seuil, 2001
et « Points-Virgule », n° 59, 2003

Les Voleurs d'écritures
suivi de Les Tireurs d'étoiles
sous coffret
« Points-Virgule », n° 46, 2005
et « Points », n° P1640

Le Théorème de Mamadou
Seuil Jeunesse, 2002

Le Marteau pique-cœur
Seuil, 2004
et « Points », n° P1313

Chez d'autres éditeurs

L'Immigré et sa ville
Presses universitaires de Lyon, 1984

La Ville des autres
Presses universitaires de Lyon, 1991

La Force du berger
(illustrations de Catherine Louis)
La Joie de lire, 1991

Jordi et le Rayon perdu
La Joie de lire, 1992

Le Temps des villages
(illustration de Catherine Louis)
La Joie de lire, 1993

Les Lumières de Lyon
(en collaboration avec Claude Burgelin et Albert Decourtray)
Créations du Pélican, 1994

Quand on est mort, c'est pour toute la vie
Gallimard, « Page Blanche », 1991
et Gallimard Jeunesse, 1998, 2002

Ma maman est devenue une étoile
(illustrations de Catherine Louis)
La Joie de lire, 1995

Mona et le bateau-livre
(illustrations de Catherine Louis)
Compagnie du livre, 1995
et Chardon bleu, 1996

Espace et exclusion
L'Harmattan, 1995

Place du Pont, la Médina de Lyon
Autrement, 1997

Dis Oualla !
Fayard, « Libres », 1997
et Mille et une nuits, 2001

Un train pour chez nous
Thierry Magnier, 2001

Les Dérouilleurs
Mille et une nuits, 2002

L'Intégration
Le Cavalier bleu, 2003

La Musique du Maghreb : Zowa et l'oasis
(raconté par Fellag,
illustrations de Nicolas Debon,
mise en musique par Fatahallah Ghoggal et Luis Saldanha)
Gallimard Jeunesse, « Mes premières découvertes de la musique », 2005

L'Île des gens d'ici
(illustrations de Jacques Ferrandez)
Albin Michel, 2006

Un train pour chez nous : CM1
(en collaboration avec Catherine Louis)
Magnard, 2006

La Justice et son double
(en collaboration avec Pierre-Alain Gourion et Gilles Verneret)
Aléas, 2007

La Leçon de francisse
Gallimard Jeunesse, 2007

La Guerre des moutons
Fayard, 2008

COMPOSITION : NORD COMPO À VILLENEUVE-D'ASCQ

GROUPE CPI

Achevé d'imprimer en décembre 2007
par **BUSSIÈRE**
à Saint-Amand-Montrond (Cher)
N° d'édition : 96962. - N° d'impression : 72034.
Dépôt légal : janvier 2008.
Imprimé en France